EL SÍNDROME DEL ARCA

Reynaldo Cañizares

WANCEULEN
Editorial

WANCEULEN
Narrativa

A la memoria de mis abuelos Carlos, Paula y Zoila, mi padre Mario
y mi amigo Agustín de Rojas

A mis conocidos de los barrios marginales de Santa Clara

A mi madre Juana María

A mi esposa Isa

A Oria García

A Alden y Glebys

A Lorezo, Rebeca y a Mario Brito

PRÓLOGO

Escribir este libro es expresar de forma egoísta mi negativa a morir, de perpetuarme en la memoria de la gente y de expresar rebeldía contra todo lo que me molesta y me lastima.

Cuando terminé el manuscrito me encaminé a Santa Clara, hacia el Pasaje del reparto Condado, donde viví junto a mi abuela Zoila y mi tío Martín, en el número trescientos veinticuatro de la Calle Candelaria, donde habitaban muchos de los personajes de esta historia.

Llevaba una copia de la novela en mi carpeta. Quería demostrarles que se habían equivocado, que yo no era la persona insignificante que suponían.

Me senté en la acera, en el escalón de la casa donde habían vivido Nena e Hilario, difuntos ya, desde donde tantas veces contemplé la calle que baja junto a la casa del "Fide Stevenson" y de la abuela de Barbarita, hasta hundirse en el rio Bélico.

Ignacio, Nena Cuvarrubias, Humberto Muebles, Chea López, Beni "El turco", Teresa y Rosa ya no estaban entre los vivos, también se habían marchado para siempre Silverio Pentón, Raúl el fotógrafo, Romeri la Vikinga, la abuela de Barbarita, Eleuterio, Mireya la gorda, el Yoyi Veloz, la abuela de Erinaldo y Ester. Hace varios años tuve un encuentro con Ibraín zapatico, cubierto de andrajos, arrastrando los pies por la calle; en aquel entonces supuse le quedaba poco. Muerta está mi abuela Zoila, mi tío Martín y su amigo Tello.

Observé la entrada del pasaje, sin atreverme a entrar.

Evoqué una tarde en el centro de la ciudad cuando me encontré con Dilaida, la acompañaba una muchacha que se le parecía, quizás su hija. Ni siquiera me reconoció. Esta era una señora alta, gruesa, muy poco que ver con mi pequeña Dilaida.

¿Qué sucedió con Iris, la hija de Ester, quién una lejana mañana de septiembre, inspiró mi primer cuento?

¿Dónde estará su prima María, la de los ojos tiernos?

Todo había cambiado, la calle, el pasaje, la gente...Nada se parecía al lugar que amé y donde dejé para siempre mi infancia.

Puse el manuscrito en el piso, a la entrada del callejón.

Nunca tendría el valor suficiente para entrar otra vez al sitio donde, en el único instante en que el viento agitaba la llama de una vela, fui feliz.

Demasiadas historias, demasiadas pérdidas, demasiadas muertes. Son difuntos honorables. Solo míos.

CAPÍTULO I

Ignacio

L a ciudad de Santa Clara estaba muriendo.

Las llamadas democracias socialistas de Europa del Este se desmoronaban por su propio peso. Desde aquellas Repúblicas comenzaron a llegar a Cuba vientos de cuaresma.

Todavía ajena, la pequeña familia de los Martínez, compuesta por Ignacio, Milagros y su pequeña hija Maydolis, de cuatro años, parecía haber alcanzado la armonía que siempre precede a los tiempos de tormenta.

Mientras Ignacio y Milagros se consolaban mutuamente pensando que Europa estaba lejos, se produjo un acontecimiento que precipitó la debacle

Como quiera que la producción de la fábrica donde trabajaba Ignacio, como ingeniero mecánico, dependiera en gran medida de la materia prima que venía desde la Unión Soviética en conflicto, al deprimirse al mínimo los envíos de metal y las piezas de repuestos, sobrevino la ruina y la inacción casi total de la industria.

Ignacio, un hombre lleno de vitalidad, orgullo patriótico y satisfacción por sus éxitos laborales, al quedarse sin trabajo se desmoronó junto con la fábrica.

Varios meses empleó Milagros en tratar de moderar la pena de su esposo. Luego, al ver que este no superaba la astenia, concentró sus pensamientos en buscar la forma de mantener a su gente a flote el tiempo que durara aquel mal llamado "periodo especial"; así aceptó una plaza de Contadora en el Departamento de Economía del Telecentro, lo que le reportaba un mayor salario que el de locutora de programas.

El abandono de amigos y parientes siempre acompaña a la angustia y la pobreza. De todos los que frecuentaban la casa, solo uno, el primo Pedro, un músico que dirigía un trío tradicional, con presentaciones en los Restaurants "La Carreta" y el "Pavito", de la Avenida Central, se mantuvo firme en sus visitas.

Quedaba todavía la solución de viajar un par de veces a la semana al interior, de donde provenía la familia de Ignacio, y donde si bien las necesidades se hacían sentir, el hambre era mucho menor.

No era un descubrimiento. Muchas personas de las ciudades habían establecido un fructífero comercio con las áreas rurales; se llevaban hacia allá camisas, pantalones y zapatos de trabajo, que podían intercambiarse por alimentos, que en Santa Clara constituían ya sinónimo de abundancia

Pero a Ignacio le repugnaba volver al campo natal derrotado, además todo era muy confuso. ¿Cómo explicarse que todo se había venido abajo de la noche a la mañana, que debía convertirse en mercachifle, en despreciable usurero para sobrevivir?

Era demasiado. Tenía ganas de hundirse en la tierra, y solo entonces abrir los ojos; pero no hallaba hacia dónde mirar. Daba miedo.

Pero no era solo eso. Ojos abiertos, parpadeando sin ver. Ignacio estaba a punto de perder el juicio.

CAPÍTULO II

Maydolis

Ya Maydolis había cumplido los cinco años y estudiaba en el pre escolar, cuando sobrevino una circunstancia desastrosa. La niña enfermó.

Como siempre la habían llevado a la escuela. Varias horas después, una de las auxiliares docentes acudió a la casa para decirles que la pequeña tenía fiebre.

Lo que restaba del día y la noche Milagros e Ignacio la pasaron junto la cama de la niña, y al amanecer, él acudió al Hospital a buscar el resultado de los análisis que el médico le había indicado

No podía ser más desalentador. Maydolis estaba muy débil, y la amenazaba una anemia hemolítica. Durante varios días su pobre constitución batalló contra la depauperación. Bajo aquellas condiciones, una simple gripe podría matarla.

Sin aviso previo Ignacio se encontró encima de una bicicleta, en el batey donde se había criado o donde fuera, buscando leche, granos, viandas...para venderlos en la ciudad y comprar ropa, alcohol, cuchillas de afeitar que luego utilizaría para comprar leche, granos, viandas... Como un negociante cualquiera se introdujo en las esencias más profundas de la compraventa.

Y aunque Maydolis ya crecía sana y robusta, aunque el orgullo estaba roto, aunque el desconcierto había sido sustituido por un odio brutal que hacía que se aferrase al manubrio de la bicicleta y los dientes se apretasen, no era suficiente.

Ignacio llegaba y se tiraba de inmediato en una butaca, sin una palabra, con un suspiro, pesadamente, añorando los tiempos que antecedieron a aquel eterno periodo especial. Viento fresco corriendo por dentro y por fuera, y entonces del pensamiento surgían aquellos filamentos, gruesos como raíces, que lo ataban hasta el fin.

Que jóvenes eran entonces, ¿hacía cuanto?, tres años, cuatro...Se sentía eternamente viejo. Milagros lo miraba seria y tierna. Una mirada muerta entre dos muertos.

CAPÍTULO III

La familia

Como quiera que la situación amarga se prolongara, Milagros tomó la decisión de permutar la vivienda por otra más pequeña en un barrio bastante alejado del centro de la ciudad, y recibir a cambio una suma de dinero que les permitiría con prudencia, vivir un tiempo sin tantas estrecheces.

Del triste calendario a los tres les quedaría la nostalgia por la amplia casa del reparto Escambray, junto al Episcopado Católico y el Instituto Cubano de Amistad con los Pueblos; la pequeña morada oscura del reparto Condado y las noches solitarias... El cansancio deslizándose por dentro de sus cuerpos, la cama en la penumbra y el frío.

Exteriormente el cambio pareció no afectar tanto a la niña, pero solo era apariencia. Si bien hizo nuevos amigos, se perdió para siempre la sonrisa y el aire cándido de sus grandes ojos almendrados.

La familia Martínez sobrevivía. Lo principal fue que se mantuvieron unidos cuando la gente se separaba y naufragaban por miles, perdida la esencia fundamental de su condición humana. Gracias a las actividades comerciales en que se inmiscuía Ignacio, no les faltaba el arroz y los frijoles, platos base de la comida criolla, un lujo que en la mayoría de las mesas había sido sustituido por plátanos hervidos.

Herida en lo más profundo, la economía del país se desmoronaba. El transporte público estaba a punto de colapsar. Por alguna inexplicable razón Milagros no abandonó su trabajo, aunque con lo que ganaba no podía siquiera pagar el carretón de caballos que necesitaba tomar para llegar al Telecentro.

CAPÍTULO IV

El Condado

El barrio Condado es amplísimo y en antítesis de su nombre, goza de triste fama por ser el hogar de las personas más pobres y de menos escrúpulos de la ciudad de Santa Clara. En la periferia el suburbio abraza pequeñas zonas rurales, caseríos independientes que, en las condiciones de la economía de mercado implantada en Cuba a partir del Periodo especial, alberga a muchos de los llamados rencorosamente por el pueblo: "nuevos ricos", pues su poder adquisitivo está muy por encima del ciudadano común.

Ajenos a toda cortesía y familiaridad, los habitantes del Condado practican el credo de que "nada importa de mi puerta afuera".

La barriada es cortada en varios pedazos por el río Bélico, que hace honor a su nombre por las aguas negras y pestilentes, donde la gente vierte toneladas de inmundicias y donde descargan las cloacas de algunas fábricas y manufacturas artesanales que tanto auge tomaron a partir de finales de los años ochenta del pasado siglo.

En aquella época quien poseía una vaca o un cerdo era considerado un magnate. Los metros de tierra cultivable, aún en los lugares donde no existía regadío se pagaban a precios galácticos.

Con la notoriedad de que en el Condado con dinero podía encontrarse hasta un elefante, los poderosos y los indigentes se mezclaban en las calles y muy rara vez la policía visitaba estas.

En la época que los Martínez hicieron su entrada al arrabal, este se resistía a morir. Perdidos los productos de primera necesidad la gente comenzó a acudir a variantes desesperadas. El zumo de una planta llamada maguey sustituyó al jabón, las alpargatas de tela y suelas de goma eran los zapatos habituales, los vasos de cristal fueron suplantados por toscos jarros de zinc, fabricados por los hojalateros.

Para la pequeña familia de Ignacio, Milagros y Maydolys, el dinero recibido por el cambio de la casa se tornó tierra firme, por si llegaban tiempos peores, pues ante tanta inseguridad cualquier cosa podía esperarse. Mientras, Ignacio con sus negocios de compra—venta, se convirtió otra vez en el sostén de la familia.

En uno de los primeros paseos que diera Ignacio para conocer el lugar tuvo un singular encuentro con un hombre negro y muy delgado, de estatura mediana, vestido con un traje completamente blanco, corbata y zapatos incluidos. Tenía un sombrero hongo en la cabeza y un bastón. Revoloteando a su alrededor, apoyado ora en un pie, ora en otro, un mucamo trigueño de nariz aguileña le sostenía una sombrilla también blanca de mango de madera, protegiéndolo del achicharrante sol de la tarde. Un fotógrafo los seguía, disparando las instantáneas a cada instante. La escena hubiera sido burlesca, pero la gente saludaba al excéntrico con gran deferencia.

—¿Cómo está, señor Robin?

—¿Cómo sigue su madre, señor Robin?

—¿Le apetece un refresco, señor Robin?

"Quizás tenga Santo hecho", pensó Ignacio, pero la forma pausada y teatral de caminar, sus ojos malévolos y aquella mueca que le deformaba la cara negaban que fuese una criatura divina, más bien le imprimían un aire tétrico de caricatura de gánster de los años veinte.

—Manolito —dijo el comediante— dile a Ignacio que quiero hablarle.

Era una voz muy baja, y a la vez cavernosa.

"¿De dónde me conocerá?", pensó Ignacio intrigado, "acabo de llegar a este barrio"

Así que sin dar tiempo a que el sirviente se acercara, se encaminó hacia el estrafalario personaje.

—Usted ya me conoce, pero yo todavía no tengo el placer —le dijo, en un tono poco amistoso.

El negro era frágil, bastaría un golpe para que se le descompusieran los huesos.

—Calma Ignacio, calma, soy tu amigo, solo te estaba dando la bienvenida a este vecindario. Eres un hombre bueno y trabajador y has llegado a un buen lugar. Bienvenido —dijo.

Ignacio sintió la fuerza de su mirada sombría, implacable, ardiente, miserable. Todo a la vez. No era un santo, al contrario, era Lucifer mismo venido a la tierra.

—Mi nombre es Octavio, pero la gente me llama Robin —musitó

Ante la sola mención de aquel nombre Ignacio sintió que lo hubiesen sacudido desde dentro. ¿Acaso sería el mismo Octavio "el dibujante", que, gracias a las muertes aterradoras provocadas por él, durante años mantuvo en espanto a toda Santa Clara? Claro que era él, tenía sentido lo que pasaba en la calle, pero... ¿qué hacía ese monstruo en libertad?

—Ahora estamos a mano, Ignacio, ya los dos nos conocemos —dijo esto casi sin mover los labios. Mascara lisa de ojos vacíos.

Ignacio no respondió, hipnotizado todavía por la cara de piedra.

El satélite de la sombrilla que hasta ese instante había permanecido en silencio adelantó un paso hacia Ignacio, amenazante. Lo miró como si fuese una especie de insecto. Permaneció así unos segundos interminables, luego introdujo la mano debajo de la camisa donde se marcaba un bulto y solo entonces comenzó a hablar.

—Al jefe no le gustan los mirones ni los chivatos.

Toda la calle está en absoluto silencio. Solo se escuchaba el débil rumor de los pasos de la gente que se alejaba.

—Como se te ocurre Manolito, ofendes a Ignacio. Ignacio es un buen hombre, no un mirón. Es honesto.

—Pero jefe, usted ayer dijo...

Después del aliento seseante de Octavio, la calle volvía desde la profundidad a su lugar habitual y muy al final el rostro deformado de Manolito, muy cerca del inexpresivo de Octavio, que a pesar de su negrura tenía una consistencia de cera.

—No me contradigas Manolito.

—Yo no lo he contradicho jefe, perdone.

—Ay Manolito por qué hablas tan mal ¿cuándo entenderás que somos gente seria, educada?

—Usted perdone, jefe, pero yo solo quería contarle a Ignacio.

—Entonces cuéntale Manolito, cuéntale.

El tal Manolito extendió una mano hacia el "dibujante" en un gesto teatral.

—A decir verdad, la gente de "arriba" se ha olvidado un poco de este jugar —hizo una pausa y giró el brazo en un gesto abarcador— entonces Robin protege al barrio y este a cambio protege a Robin.

Una grotesca simbiosis biológica. Demasiado desatinada para ser real.

Y todavía cuando aquel fúnebre grupo iba calle abajo, podía escucharse el parloteo incesante de Manolito.

—¡Jo, jo, jo! ¿Vio la cara del tipo cuando oyó su nombre, jefe? ¡Jo, jo, jo!

CAPÍTULO V

En el nombre del padre

E l pueblo cubano es muy religioso. Aunque parezca increíble, es en los momentos más difíciles cuando la gente busca a que aferrarse para olvidar un tanto las penurias y darle un sentido a sus vidas. Lo más cercano y barato que tienen es el culto a las divinidades, sean cuales sean estas.

Desde el momento en que el Periodo especial esparció su manto de hierro sobre la isla, miles de personas se aprehendieron a la religión cristiana pues en la resurrección de Cristo encontraban la clave de su esperanza: si Jesús estaba vivo y permanecía junto a ellos ¿qué podían temer en el futuro?, ¿qué les podía preocupar? Si se había sido fiel, se llegaría a una vida nueva, en la que gozarían de Dios para siempre.

Jesús resucitó, él venció a la muerte; entonces ellos resucitarían también.

Milagros no fue una excepción, desde que Ignacio cayó en la inanición ella y Maydolis concurrían cada domingo a misa, en la iglesia del parque del Carmen

Un día Ignacio llegó a la casa y encontró sentada en la sala a una señora alta, y a su hija. La mujer sostenía una biblia abierta sobre el regazo.

—Isora —se presentó— y esta es mi hija Isorita.

La muchachita, de unos doce o trece años correspondió a la presentación con una sonrisa.

—Me llamo Ignacio, como ustedes deben saber ya, soy el esposo de Milagros

—Son nuestras vecinas —se apresuró a aclarar Milagros— y mis hermanas de culto.

Ignacio se sentó junto a Isora e Isorita. La belleza de sus rostros, la blancura del cutis y la pulcritud de la ropa no dejaban lugar a las dudas; eran cristianas, católicas o protestantes, Ignacio no era muy ducho en materia de devoción.

—Su hija está muy bien educada señor Ignacio, en verdad ella, su esposa y usted son como el Cielo los ha hecho, damos gracias al Señor porque forman una bonita familia.

Ignacio sonrió complacido.

—Somos personas sencillas —dijo.

—Y generosas —agregó Milagros.

—Su esposa también es muy prudente, gracias a Dios —agregó Isora.

—Lo es —afirmó Ignacio— de no ser por ella no sé lo que hubiera sido de nosotros en estos tiempos que nos ha tocado vivir.

—Por ella y por Dios.

Ya la cantaleta estaba aburriendo a Ignacio, ¿no sabía de dónde saldría la tal Isora, que hacía, a que se dedicaba además de su labor proselitista?

Miró a Milagros, pero esta estaba observando ora a Isora, ora a Isorita, medio embelesada.

—A pesar de Dios, en las calles hay mucha gente mala, muchísima gente maldita y dañina y alguien de la casa tiene que tener los pies en la tierra —dijo Ignacio.

—Y por su culpa seremos barridos todos de la faz de la tierra.

Ignacio le lanzó una mirada incrédula.

—¿Lo cree usted?

—Claro que sí —dijo Isorita— ¿usted no ha leído el libro del Génesis?

Era una trampa.

—No, en verdad no.

Entonces Isora sonrió, triunfante.

—Tiene que conocer a Dios, tiene que darle entrada en su corazón.

Ignacio miró desesperadamente a Milagros buscando apoyo, pero esta tenía los ojos bajos.

—¡Y vio Jehová que la maldad de los hombres en la tierra era mucha, y que todo designio de los pensamientos del corazón de ellos era de continuo solamente el mal! —recitó de memoria Isora.

—¡Ese es el libro del Génesis! —afirmó Isorita.

Una vez comenzado el sermón de Isora ya nadie la podía parar.

—Y se arrepintió Jehová de haber hecho al hombre en la tierra... —llegado a ese punto pareció dudar un poco, entonces abrió el libro divino y se sumergió en la búsqueda.

—¡Aquí está, gracias a Dios! —dijo.

—Sé más o menos lo que plantea Jehová —se defendió Ignacio. Pero ella ni siquiera lo escuchó.

—Y le dolió el corazón...

—Iré a buscar a la niña —dijo Ignacio evasivo.

—¡Espere un momento! —levantó el índice acusador hacia Ignacio— ¡Y dijo Jehová: Barreré de la faz de la tierra a los hombres que he creado, desde el hombre hasta la bestia, y hasta el reptil y las aves del cielo; pues me arrepiento de haberlos hecho!

Había ido subiendo el tono de voz, hablaba ya a gritos. Miró a su alrededor y vio que todos la observaban, se inclinó hacia delante y tomó una mano de Ignacio entre las suyas.

—¿No conoce tampoco a Noé, ni a Job? Le aseguro que necesita que Dios entre a su corazón y solo así usted y los suyos podrán salvarse.

Entonces, Milagros se incorporó y se acercó a Ignacio. Le tomó el brazo halándolo hacia atrás con fuerza, deshaciendo el agarre.

—Vete ahora mismo a buscar a Maydolis —le dijo— que cuando regreses yo te cuento lo que me explicó a mi Isora.

CAPÍTULO VI

El negocio

L a entrada de Ignacio al interés del jabón de sebo, mejoró un poco la economía de los Martínez. Ya no era necesario para él recorrer en bicicleta los más de sesenta kilómetros de ida y vuelta al batey del Purio, si bien crecían los riesgos, porque para llevarlo a la cárcel por el trueque de ropa y viandas la policía debía sorprenderlo en la ejecución del acto, pero el jabón se fabricaba con materiales robados al propio Estado y esto ya dejaba de ser una infracción menor.

Teóricamente en condiciones normales producir el jabón no es complejo, basta unir en las cantidades adecuadas algunas partes de grasa y otras de alguna sustancia que actúe como álcali.

Como se explica, en condiciones normales a nadie se le ocurriría mezclar sebo industrial y sosa, pues el producto terminado de un olor peculiar y nada agradable deja muchísimo que desear, desde el punto de vista estético, físico y es perjudicial para la salud

El sebo y la sosa mezclados a alta temperatura y vaciados en moldes conformaban una mezcla sólida, maloliente, que producía buena espuma y que, si bien quemaba las manos, era mejor que lavar o bañarse solamente con agua o con el jugo de las hojas de maguey, que por su alta acidez cuando llevaba un tiempo en contacto con la ropa la destruía y tan tóxico que ampollaba la epidermis tornándola de un color marrón oscuro.

Pero en condiciones anormales, como las que se vivían en Santa Clara, servirse con aquel jabón significaba una ostentación, aunque conseguir el sebo en el mercado negro era bastante difícil.

Cuando Ignacio comenzó en la actividad, un intermediario le llevaba las masillas del producto ya hechas, a la casa, a un precio al por mayor muy ventajoso. Luego las cosas empeoraron, el costo de los suministros se fue a las nubes. Era imposible pedir más a los consumidores habituales por la venta de una pastilla de jabón de sebo. Entonces las ganancias comenzaron a descender.

Ignacio renunció al intermediario que le llevaba la mezcla a la casa para ahorrarse ese servicio, pero de poco le valió, pues el precio de las adquisiciones parecía haberse disparado hasta las nubes.

Cuando el importe de venta se mantiene y los costos suben, para equiparar las ganancias es posible hacer tres cosas, vender, vender y vender.

Y para vender había que ampliar las áreas de mercado. Mientras él se mantuviera en su calle y dentro del Condado, para los competidores las cosas estarían bien. Pero si cruzaba la frontera que constituía la arteria Candelaria, desde el Puente del río Bélico al Gimnasio de levantamiento de pesas, todo le podría suceder; lo mismo a él que a los miembros de su familia, y cuando en el Condado se decía todo, significaba todo, en el sentido preciso de la palabra.

A Ignacio solo le quedaba extender su mercadeo fuera de la ciudad, muchas veces se había sentido tentado a retomar su bicicleta y salir hacia los campos aledaños a las ciudades colindantes de Placetas o Camajuaní, mucho más próximas a Santa Clara que el batey de El Purio, en Encrucijada, y donde de seguro el negocio caminaría mejor que en la metrópoli; pero el razonamiento lo contenía. ¿Cómo trasladar la mercancía hasta allá sin ser notado? ¿Qué tiempo duraría a salvo sin que aquella tropa de los auxiliares voluntarios lo delatara? Un solo encuentro con la policía significaba el fin. Una bicicleta por la carretera con la parrilla cargada con una caja sería harto sospechosa.

Fue Pedro el músico, su primo, quien le dio la solución. Ignacio siempre había tenido a Pedro como un hombre de muy poco ingenio, incapaz de ver más allá de la música de sus instrumentos y quizás porque su presencia le recordaba los tiempos en que vivían allá en el reparto Escambray, le disgustaba sobremanera la frecuencia de sus visitas a la casa.

En el mundo todo es equilibrio, y no puede existir el bien, si por otra parte no existiese el mal, como no puede existir la aberración y la fealdad si en el mundo no hubiese espacio para lo bello.

El primo Pedro, tan bondadoso en apariencia, estaba unido a Alba, una agraciada mulata que escondía bajo su cuerpo delgado una ambición sin límites, una voluntad y una viveza a prueba de fuego, y un don de poderío sobre la voluntad de las demás personas que rayaba en la tiranía.

Albita, así se le conocía, se preciaba de tener una clara inteligencia, pero en lo que todos coincidían era en su talento para el engaño y la rapidez y malicia con que elaboraba un tupe, lo que la hacía salir ilesa de las situaciones más desagradables, y al final, aunque siempre los buscara de carácter débil, ninguno de los hombres que compartieron su cama valieron gran cosa después de la ruptura.

De nada le valieron los consejos y las alertas al primo Pedro. Estaba tan enamorado de Albita que veía en cada hombre un enemigo, y su disposición estaba tan dominada por la mujer, que haría cualquier cosa no solo por complacerla, si no tan solo por arrancar de aquellos labios sensuales una simple sonrisa.

Según la familia Martínez se iba sumergiendo más y más en la vida decadente del Condado, de alguna forma la antigua timidez de Pedro iba tomando aires de superioridad.

Una tarde la libertad que iba sintiendo le llevó hasta formular una idea. Tal vez ni reflexionó siquiera.

—Primo, yo se que las cosas no te están saliendo bien, como antes.

Ignacio miró a Pedro, asombrado de que este pudiera hablar de temas que no fueran Albita y la música.

—¿Qué tiene que ver eso contigo, Pedro?

—Aparentemente nada...

Un calor pesadamente sombrío se había posado sobre ambos. Ignacio recordó que hacía mucho tiempo Pedro era un joven normal lleno de ideas y de sueños. Pero el simplemente lo había olvidado.

Y, súbitamente, como un torrente de sonidos modulados, la voz de Pedro se abrió.

—Tengo un amigo que trabaja de guardia en la vieja fábrica de gomas.

La Recapadora de gomas era una instalación grande, ubicada más allá del barrio limítrofe de la Sakenaf, en la frontera este de la ciudad. Pero el derrumbe de las democracias socialistas de Europa del este coadyuvó también al desplome tecnológico de la industria. Pero no era el caso desaprovechar las grandes instalaciones, así que ubicaron allí unos almacenes de víveres, adonde fueron a parar miles de tanques de sebo industrial, utilizados como antiespumante, que habían quedado en desuso desde que se detuvo la única fábrica de Levadura seca forrajera con que contaba la provincia.

Ignacio sabía que todo el sebo con que se fabricaba el jabón que se producía en Santa Clara salía precisamente de la Recapadora de gomas. Era imposible mover una libra de sebo sin la complicidad de los guardias de la fábrica. Conocer a un guardia de ese lugar era como tener las manos del rey Midas.

—¿Quién se va a tomar el trabajo de contar todos los días miles de tanques de sebo, uno por uno?

Nadie. Claro.

—Hay que llevar dos tanques igualitos a los que tienen allá. Ellos lo llenan de agua o de lo que sea, pero ese es su problema, lo nuestro es llevar dos vacíos, se los damos y regresamos con los dos tanques llenos.

Un tanque de sebo significaba una fortuna. No podía ni calcularse los miles de pastillas que daba un tanque de sebo. Entonces dos...

—Lo que te propongo es vender el sebo nosotros, en vez de tú deslomarte y jugártela todos los días aquí con el jabón. Eso de la venta a toda hora en tu casa te va a durar hasta un día, en que un "chiva" de este barrio dé el pitazo.

Sonaba bien aquello. Como la música que tocaba Pedro en el Pavito y en la Carreta.

Y era tan perfecto el momento que los dos respiramos palpitantes, Ignacio escuchando ya dentro de él la felicidad alta, excesivamente orgánica.

—¿Y cómo llevamos el vacío y traemos el lleno, rodando? —una sonrisa burlona.

Ignacio tenía la sensación de que si podía mantenerse unos instantes en aquel estado de éxtasis tendría una revelación. Un tanque de sebo, casi cuatrocientos kilos de peso, dos tanques ochocientos kilos. Matemática pura

Ni un instante de vacilación. La respiración agitada todavía. ¿Dónde estaría ese otro, Pedro el distraído?

—No, rodando no, pero sí cada uno en un triciclo.

—¿Y tú piensas andar con un triciclo cargado con un tanque de sebo por toda Santa Clara?

—Con dos.

Al amanecer salían los triciclos a trabajar por toda la ciudad, con un cajón de carga detrás, en la parrilla. Ese era el momento de trasladar los tanques, disfrazados con sacos vacíos.

Ignacio continuó respirando levemente, vibrando todavía bajo los efectos de los últimos sonidos traslúcidos que permanecían en el aire.

—No sé quien nos alquilará dos triciclos para eso —dijo

Pero el primo Pedro no se dio por vencido. Quería subir y nada le quitaría el auge sin la caída.

—Los compramos nosotros... bueno, tú los compras, la inversión es tuya, porque lo que soy yo no tengo un medio partido por la mitad. ¿Pero tú te imaginas cuantos viajes podremos dar hasta que...?

Hasta que nos cojan, iba a decir Pedro, pero se contuvo, pues en ese instante para los dos la policía era un concepto abstracto, vacío de lógica. Mejor para Ignacio era sumar y multiplicar fajos de billetes, galones de comida, escaparates de ropa de marca, recuperar otra vez la casa del Reparto Escambray... Sonaba bien, carajo.

Las ciencias exactas. Un triciclo costaba una fortuna, dos triciclos costaban dos fortunas. Matemática pura, de la simple.

Los objetos volvieron a tomar forma, a levantarse a su alrededor y moverse.

—Tengo que pensarlo, y consultar con Milagros —dijo Ignacio.

La plenitud se tornó dolorosa y pesada. La figura de Pedro volvió a tener límites, de vuelta en su cuerpo.

—Sabes cómo son las mujeres —un bisbiseo apenas.

Sí, así como Albita, pero más alta y blanca. Un mástil con bandera de luz, ondeando en el abismo.

CAPÍTULO VII

Enrique traqueteo

E nrique se había casado con una muchacha de quien se enamoró a la primera vez, junto al mar. Se enamoró de los caminos de Malena, la paz que venía de sus ojos y la guerra que la pequeña trusa en su cuerpo no podía ocultar.

Y así esperaba ansioso el momento en que terminaba el trabajo e iba a reunirse con ella. Algunas veces se convertía en presente, otras se derretía...

Enrique "traqueteo" era custodio de la Recapadora de gomas, pero no era uno cualquiera, se había graduado en la Escuela Nacional de CVP con la máxima calificación. Había sido el primer expediente de su curso. Todavía no le apodaban "traqueteo".

Con aquel historial, el recién graduado Enrique fue ubicado de Jefe de Grupo de custodios en la Cebadero Porcino Estatal, uno de los lugares más conflictivos de patrullar de la ciudad y de donde se sabía salía un gran porciento del pienso animal que se traficaba en Santa Clara.

Enrique tenía la voluntad, pero le faltaba experiencia.

En menos de dos meses diez custodios subordinados a él habían pedido la baja del centro, junto a dos Jefes de turno de Producción y cuatro alimentadores de naves, porque Enrique no era "trompeta". Agarraba a la gente *ipso facto* y les daba la oportunidad de renunciar al trabajo sin llevarlos a proceso penal.

En cuatro meses, es decir el tiempo de una crianza y entrega de los cerdos al matadero, la Unidad de Ceba Porcina de Santa Clara pasó a ser de las menos eficientes a la mejor del país.

Era increíble, los cerdos alcanzaban los noventa kilos estipulados para el comercio en menos de tres meses. Magia. Enrique era un mago.

Una noche, tuvo una visión; se veía caminar sin rumbo por las calles de la ciudad, de repente perdía el equilibrio y caía en un charco que de pronto era una poza oscura y profunda. Por alguna razón Enrique no podía mover los brazos y las piernas, sumergido completamente. Después... el silencio.

Cuando la visión comenzó a repetirse Enrique se asustó. Pero cuando no pudo hacer el amor a Malena, fue el desastre. Así, una y otra vez.

Y otra noche Malena se levantó de la cama, pero antes que Enrique pudiera darse cuenta de su propio gesto ella se echó a llorar. A su alrededor todo era silencio solo roto por los sollozos y el sonido hueco del corazón de Enrique.

El también se levantó, tembloroso.

Malena contuvo la respiración.

—Puedo esperar —dijo.

Enrique no respiraba ya. Su sexo se encogió aún mas, aterrorizado

—¿Esperar, que?

Ella miró fríamente a sus ojos vacilantes. Algo malvado, ávido y humillado en la mujer hizo que Enrique empezase a comprender.

Esconder el rostro, Huir por las calles, caer en un charco, hundido totalmente el cuerpo en el agua oscura y en el silencio.

Era insoportable. El cebadero había pasado a segundo plano, o a tercero, o a cuarto...

Sabía que la mayoría de sus compañeros lo odiaban profundamente, pero si alguno de ellos lo apreciaba un poco ese era Omarito.

No comprendió porque lo hizo, quizás fue porque era domingo y habías pocas personas en la Unidad, o tal vez porque la brisa y el silencio del patio hacían que todo pareciese más leve y flotante como una enseña blanca. Lo cierto es que le contó todo a Omarito el custodio y ese fue el comienzo.

Esa tarde fueron a tomarse unos tragos de chispa é tren en el bar clandestino de Mireya la gorda, en el Condado. Levemente sumergidos en los ojos claros de la gorda, en su boca sonriente.

Ella daba vueltas por la sala, atendiendo personalmente a los clientes.

—¿Qué le sucede a este tipo tan lindo? —preguntó la gorda— tiene una tristeza que le sale desde el fondo.

Detenida entre ellos y la luz de la puerta. La voz de la gorda, sus ojos entrecerrados y la cabeza medio ladeada daban la sensación de que llovía, todo mezclado levemente en la memoria con el alcohol.

—No se le para —dijo Omarito con crudeza.

Mireya rio. Con una seguridad que asustaba.

—Tranquilo, eso no es nada. No estás enfermo, niño lindo, solo muy tenso.

La gorda le pasó la mano por la cabeza y Enrique frunció la frente ante la caricia inesperada. De repente el ambiente y la mujer misma se destacaron en su conciencia, engrandecida en todos los detalles. Y Mireya le levantó la barbilla, los ojos claros y tranquilos en la victoria, tal vez incluso con un poco de simpatía.

—¡Pastora! —llamó— atiende a la gente, que yo voy a estar ocupada un rato.

Caminaba firme y ondulante delante de él. Sabiendo lo que deseaba. De pronto Enrique descubrió la insospechada potencia de aquel cuerpo y aquella mano tibia, de los ojos quietos.

Las cosas que habían estado inmóviles hasta ese momento lo cercaban, la luz feroz iluminó el cuerpo desnudo de Mireya, de líneas dulcemente apagadas. Un vértigo dulce se apoderó de su cabeza e hizo vacilar sus piernas.

Ella lo empujó sobre la cama y Enrique cayó hacia atrás. Sin que el actuara apenas, Mireya le arrancó la ropa. A Enrique el deseo le paralizó el corazón, le iluminó el cuerpo. La cubierta dura entre los dedos de la mujer, entre sus labios ávidos. ¿Cómo hablar de las cosas que existen y que no se habían probado nunca?

—Te toca a ti, lindo —dijo ella.

Y Enrique bebió de su néctar, con los ojos cerrados, gloriosa ambrosía, sangre de Dios.

—Ahora dame —dijo Mireya— dame, dame, dame... —había fuego bajo ella, sobre ella y dentro de ella.

Una gata salvaje y ardiente. Le dio, le dio, le dio, hasta el cansancio, con una alegría profunda, mezclado un ahogo en la garganta con la imposibilidad de sollozar de placer.

Después los cuerpos desnudos humearon dulcemente por los restos del incendio.

—¿A quién no se le para ahora, niño lindo, explícame?

Al otro día de nuevo la inquietud volvió a apoderarse de él. Tal vez tuviera que ir otra vez a lo de Mireya la gorda...

Aquella afición por el cuerpo de Mireya no podía conducirlo a nada bueno, y de hecho el mal que se inició una vez con la confesión íntima a Omarito, continuó en caída vertical de la mano de Manolón, el amante de Mireya, que en la época en que ellos vivían su aventura estaba preso.

En cuanto Manolón vino de pase, con unos tragos de más, se fue directo al Cebadero Porcino, a limpiar su honor cuchillo en mano.

—¡Enrique maricón, sal si eres hombre! ¡Ven cojones, que te voy a enseñar lo que le pasa a quien toca a la endumba de Manolón!

No era fácil acercársele, armado y con la razón.

Enrique estaba oculto en la oficina, balbuceando frases sin lógica. Al fin, a base de consejos, los custodios de la puerta lograron que Manolón se retirara, pero con su partida se fue también el honor de Enrique.

Cien mil lenguas malévolas se desataron, ese mismo día no había llegado a su casa y ya Malena conocía del suceso. La pasada impotencia de Enrique fue asociada directamente con la denuncia sobre la amante. Pero Malena no era mujer que dejara las cosas a medias. No bien se levantó al otro día, se encaminó hacia el Condado, a casa de Mireya.

Para Enrique los malos momentos no hacían nada más que comenzar. La historia de Mireya corría de boca en boca. Sus enemigos, es decir, la Unidad en pleno, habían logrado que el Director de la Empresa convocara a una reunión extraordinaria.

El único hombre con energía para defenderlo, Omarito, se plegó a la mayoría por miedo a perder su puesto. Inmediatamente Enrique fue removido. En el término máximo de diez días podía apelar la decisión empresarial.

Cuando llego a su casa con el ánimo en el piso, sin saber cómo iba a explicar el suceso, descubrió que toda su ropa y sus efectos personales habían desaparecido; Malena los echó a la calle y la chusma se sirvió de ellos con cuchara grande.

Palabras extrañas salían de sus labios, frases que a veces ni el mismo entendía. En un momento Enrique se sorprendió recibiendo un golpe de sus propias manos.

Quería explicarles a todos lo sucedido, necesitaba que la gente entendiera el por qué de su acción. Hablaba y hablaba sin parar y repetía la experiencia con los ojos cerrados.

Entonces llegó el nombrete: "traqueteo"

En medio de la pérdida del raciocinio se produjo otro sentimiento de caída. Malena permutó la casa. Enrique "traqueteo" estaba en la calle

No era culpable, pero necesitaba ser absuelto. Un día, tal como la había perdido, el loco recuperó la razón.

Así que "Enrique traqueteo", con nuevos conceptos sobre la vida, pasó a trabajar como simple custodio en la antigua Recapadora de gomas, donde se almacenaban miles de tanques de sebo industrial.

CAPÍTULO VIII

Pedro el músico

A Pedro el músico y a Enrique "traqueteo" les unía la injusticia. Pedro nació en El Purio, de donde mismo era Ignacio, de hecho, sus madres eran hermanas. A Ignacio siempre le gustaron los estudios, de niño su mayor placer era construir carritos de madera con ruedas de latas escachadas y una varilla y hierro como eje; Pedro en cambio se pasaba horas y horas embelesado, tocando a modo de batería con dos palitos unas latas vueltas al revés y una cazuela vieja.

Ignacio se marchó a estudiar a Santa Clara y ya no regresaría a vivir al batey. Pedro concluyó el Servicio Militar y volvió al Purio donde fundaría un grupo musical que amenizaba los guateques de cada domingo en la Casa Comunal, compartiendo con el conjunto de los Cincuentenarios.

Más allá del mísero salario que Pedro recibía como auxiliar de producción en el ingenio, había que ganarse la vida, y en el batey del Purio se podían hacer cuatro cosas: sembrar arroz, vender alcohol casero destilado de las mieles de purga, criar puercos, y en último caso, morirse de hambre. Nada más.

Pedro no tenía tierras, así que descartaba lo de la siembra, ni quería problemas con la justicia, con lo que eliminaba la venta de alcohol, por tanto, la cría de cerdos era para él la única opción posible.

Los cerdos no daban un minuto de respiro, por la comida, claro, pero cuando uno había vivido años en el batey las cosas se facilitan. Detrás del ingenio había unos tanques enormes de miel de purga, donde el trasiego era tremendo. Con una bomba de paletas se llenaban las casillas de ferrocarril, pues era así como se trasladaba la melaza desde el ingenio al puerto. El operador del turno de noche hacía su negocio con los que fabricaban calambuco y con los criadores de puercos.

Había cuatro operadores de bombas, y todos entraban en el jueguito, es decir, todos menos el "perro Catulo".

El "perro Catulo" tenía bien puesto su nombre; fue soldado del ejército en el derrocado gobierno de la tiranía y en este se había sumado al carro de los vencedores como ayudante voluntario de la Policía. El junto a Domingo López, Domingo Quintana, Manolo Pineda, Marcelo "Tamarindo", Rigo "Tres bolones" y Alejandro "el Viruta", constituían la primera línea de combate del temible cuerpo armado de los auxiliares voluntarios a los que la malevolencia popular daba en llamar "guarapitos" y que sin recibir paga alguna mantenían a raya a los cabeza duras del batey.

Saber cuando estaba Perro Catulo en el turno de noche en las bombas era fácil, pues se había establecido un sistema de trabajo en que los operadores rotaban el turno cada cuatro días y siempre había uno de descanso.

Quiso la mala suerte que uno de los operadores, Guillermo, a quien le tocaba esa noche el trabajo, se sintiera indispuesto y fue necesario localizar de urgencia al Perro Catulo que estaba en sus días francos. Si bien a algunos de los pobladores les llegó la mala nueva, esta no se extendió a todos los que se servían del preciado subproducto.

Alrededor de la media noche Pedro llegó a la estación de bombas, en su bicicleta, dispuesto a comerciar con el Guille un tanque plástico de treinta litros de miel. Cuál no sería su sorpresa al dar de manos a boca con el mismísimo Perro Catulo, quien le apuntaba con un revolver cargado, directo a la cabeza.

—¡Que te mato coño... que te mato...!

Pedro dejó caer el tanque, levantó los brazos y respiró con cuidado, sin fuerzas para articular una sola palabra.

—¡Que coge la bicicleta de diestro y el tanque... coño... que te llevo por delante para la garita del guardia!

Toda la vitalidad que exhibía Pedro momentos antes había sido sustituida por miseria y cansancio.

—¡Que tú vas a saber lo que es robar miel, coño... camina derechito, que te mato!

Pedro el músico lo supo. Perdió bicicleta, tanque y miel. Y como en las lides taurinas se estila dar el golpe de gracia al cornudo, también le fueron decomisados los cerdos y recibió una multa de mil quinientos pesos; de no pagarla lo esperaba la cárcel.

Después, en la más paupérrima miseria, casi inmaterial, abandonó el Purio para refugiarse en Santa Clara y quitarse del colimador de la policía y de encima la letra de justicia.

CAPÍTULO IX

El pasaje

N o se sabe si por los contactos sociales que logró en su época de Jefe de los custodios de la Unidad porcina, o por humanidad, en recordación del tiempo que estuvo loco y saltimbanqui por las calles de la ciudad, pero Enrique "traqueteo" logró que le otorgasen un refugio en el barrio Chamberí.

Este tiene sus demarcaciones con el Palacio de los Pioneros, la Audiencia Penal, y se extiende pasando el Hospital Provincial por el oeste hasta tocar con la Carretera Central, que advierte al viajero que va saliendo de Santa Clara, pero que está todavía en una zona donde las viviendas son lujosas y se erigen como propiedad de las personas más selectas de la metrópoli. Pero en profundidad mientras más el transeúnte se aleja de las céntricas e iluminadas avenidas y desciende gradualmente hasta chocar con los puentes del rio Bélico, el brillo desaparece y cuando se precipita unos cientos de metros más, Chamberí se roza con el Condado, de forma que no existe entre los dos, un suburbio definido.

El cuartucho de Enrique "traqueteo" estaba enclavado en el centro de un pasaje dividido en varias secciones, por nombrar de alguna forma a aquellos espacios. En aquella sajadura convivían con un carpintero aficionado a la pesca, de nombre Humberto Muebles, casado con Teresa, una mulata de reposada belleza que le regaló cinco hijas y dos varones, Juanito, Wilfredo, Odalis, Coqui, Dilaida, Siomara e Ismaris, a las que acompañaban dos primas, Francisca y Mercedes, hijas de Erinel, la hermana de Teresa, emigrantes las tres de un pueblucho de mala muerte llamado Mata, un viejo medio tarado al que apodaban Ibraín "zapatico", por su forma característica de caminar sin apoyar el talón, su sobrina Pastora, que alojaba en aquel reducido espacio a Clementina con sus hijos Belkis y el Torito y Rosa, una señora muy fina, acompañada de su hija Siomara, que tenía un chico pequeño llamado Maikel.

Al cuarto número trescientos veinticuatro de ese callejón, fue donde Pedro condujo a Ignacio, pues antes de arriesgar tamaña cantidad de dinero, este quería conocer a Enrique, en su propia casa.

Y así como los grandes empresarios concretan en la mesa llena de exquisitos manjares los más grandes negocios, la triada se agasajó con varias tilapias fritas, que Muebles había pescado en su última incursión a la Presa Minerva, un enorme estanque artificial que abastecía de agua a la ciudad, y como les explicaría después, gracias al bote de su amigo Hilario "el zapatero", que para no ser menos le presentó al distinguido visitante a su esposa Nena, su hijo varón apodado "prieto", y a las hembras Mercedita y Mayra, esta última el orgullo de la casa, pues estudiaba para oficial en la Escuela "Camilo Cienfuegos".

En tiempos usuales, los peces se habrían preparado con aceite de girasol o de soya, de primera calidad, o en última instancia con manteca de cerdo, dañina para la salud, pero que tanto gusta a los cubanos; pero esos no eran precisamente tiempos convencionales, y entonces los comensales tuvieron que conformarse con sofreír el pescado en una mezcla de enjundia de tenca y esencia de las semillas rojizas de una planta llamada ordinariamente bija, acompañado esto de un puñado de cebollinos machacados de la hierba silvestre conocida como brujita, para borrar el sabor de aquella grasa tan desapacible que amarraba la boca. Aún así comer frito era un lujo.

Al poco rato apareció Dilaida, una de las hijas de Muebles, con una fuente de plátanos hervidos, el alimento que los santaclareños bautizaban como fú-fú y que en los tiempos difíciles sustituyó al arroz en la mesa criolla.

Y cuando la mulatica salía del cuarto, Pedro le hizo un guiño cómplice a Ignacio.

—Estoy loco por ella —le susurró al oído.

—¿Pero y Albita? —preguntó este, también en un susurro.

A la sola mención de Albita, el rostro de Pedro se tornó pálido y tembloroso.

—¡Calla, por favor, me asustas!

El desagradable tema fue borrado por la nueva entrada de Dilaida, quien sostenía delicadamente una botella de Chispa e' tren, el pernicioso alcohol que la gente destilaba ilegalmente de las mieles de purga y que ante la obligada ley seca, se había convertido en la bebida selecta del vulgo. Para que se asemejase al ron de marca Muebles añadía al licor una ramita de menta y unos pedazos de roble requemado, después lo dejaba añejarse durante un mes.

—¡Díganme que bebida es esta, adivinen! —los retaba.

Así, sorbo tras sorbo.

—Los triciclos entrarán a la fábrica a las doce de la noche del domingo y no antes —dijo Enrique— allí los estará esperando el guardia de la puerta de entrada, que los dejará pasar. Bordearán un almacén pintado de blanco, por la derecha y detrás de este está el almacén de los tanques de sebo.

—Pero andar por la ciudad con los ciclos y los tanques vacíos a esa hora de la noche sería un suicidio —observó Ignacio.

—Que va, el traslado hacia acá será por la mañana temprano; los triciclos quedarán escondidos en una casa cercana por lo menos tres días antes, por si las moscas, saliendo de la fábrica cargados se ocultarán en esa misma casa y saldrán de ella al amanecer.

—¿Y la gente es de confianza?

—Nosotros le pagamos de nuestra parte del negocio, mejor que ustedes no conozcan nada más. Después transportar el sebo y venderlo es cosa suya.

Pedro escuchaba, abstraído, como si no mostrara gran interés en aquel asunto.

—¿Cuántas veces repetimos la operación? —pregunto Ignacio.

—Mira, mejor vamos a ver como salimos la primera vez y después hablamos.

—¿Y los jefes de la fábrica son de confianza?

—El gordo, que es el director, es un tipo chévere, tú no te metes con él, y él no se mete contigo. Pero si te propasas te muele.

Así entre tragos, trozos de plátano hervido y porciones de tilapia frita, se fue desenredando el negocio que les proporcionaría a los tres un dinero con el que podrían vivir con holgura, al menos un tiempo.

Quizás para mostrarse galante, Enrique "traqueteo" realizó un acto que aún se recuerda en las crónicas del pasaje como uno de sus momentos de gloria: juntaron lo que quedaba de los pescados con los plátanos y a gritos, invitaron a los demás habitantes a celebrar todos juntos.

Para rematar la orgía, Moré el dependiente de la tienda y su mujer Chicha, los que vivían en la periferia de la calleja, trajeron otras botellas de chispa e' tren y unos huevos, con los que se improvisó una caldera de sopa.

De todos los cuartos de la ciudadela comenzó a salir un tropel. Parecía increíble que dentro en aquellos pequeños tabernáculos pudiese vivir tanta gente.

Don Eleuterio, Nena Cobarrubias, Yara, Petronila, Neri, María la mulatica, Armandito el loco, el Yoyi Veloz, Barbarita la india, Clementina, Belkis, "El torito", Esther y sus hijas Mimi, Maquito, Iris, Iraisis y su sobrina María, la de los ojos tiernos.

A modo de orquesta, Martín, que en los casi olvidados tiempos de los carnavales dirigía una de las comparsas de Santa Clara, acudió a un viejo cubo vuelto al revés, mientras Tello, su contrincante en las parrandas, le hacía el acompañamiento con un peine y un papel, a modo de trompeta.

Tanta era la algarabía, que hasta Zoila la mora, quien había perdido su trabajo de planchadora para la calle, desde que se estableció en la ciudad la usanza forzada de la ropa de saco, salió al solar bailando una rumba electrizante, que obligó a los juerguistas a seguirla en una cadeneta larga, sin fin...

CAPÍTULO X

Milagros

Pasada ya la prueba de confianza a Enrique "traqueteo", quedaban dos limitantes, la primera era la más difícil, convencer a Milagros de que era importante sacar una parte importante del dinero del seguro de Maydolis para invertirlo en la compra de los dos triciclos, la segunda también era problema monetario, modificar los equipos para que cupiese en cada uno un tanque de los que la gente reconocía como de cincuenta y cinco galones, lleno de sebo industrial.

Normalmente el cajón trasero de las bicicletas de tres ruedas no era tan largo como para que contuviera el envase, se necesitaba ampliarlo un poco más. Había que buscar un especialista en pailería y soldadura, persona discreta que hiciera el trabajo sin hacer demasiadas preguntas. Alfonso Muebles, el del pasaje del Condado era el hombre ideal.

Quedaba la compra de las chapas y las varillas de soldar. Con la carestía del país en el mercado internacional, aquellos productos se cotizaban en la bolsa negra a costos astronómicos.

Todos los caminos conducían a Milagros.

Ignacio aprovechó la sobremesa para hablar con ella. Milagros tenía el rostro ladeado hacia Maydolis que hacía bolitas de migas de pan.

—Eso no se hace, mima, en la mesa no se juega. ¡Dile algo Ignacio!

Ignacio tomó un trago de agua, se secó la boca con la mano.

—Deja eso, pequeña —dijo con desgano.

Maydolis lo miró, sus manos detenidas en medio del gesto de completar la bolita.

—Debes ser más enérgico con tu hija, la malcrías demasiado —replicó Milagros.

Ignacio permaneció en silencio. Debía intervenir ahora, el momento justo para explicarle a Milagros que debían hacer el negocio con Pedro por el bien de la niña, tomar el dinero y multiplicarlo como el pan y los peces, para el futuro de Maydolis.

Sus manos se agitaban en el aire, intentando describir el cuadro que la voz no conseguía.

Maydolis rio ante la pantomima del payaso loco. Milagros hizo una mueca.

—¿Qué te pasa?

Las frases negadas a salir se acumulaban en la garganta y en las cuerdas vocales marcadas profundamente en el cuello.

—No puedes rechazarme esto —dijo al fin.

Un conejo blanco y tembloroso muriéndose del susto.

Liberadas, las palabras salían de su boca cada vez más rápidas. Ignacio calló de improviso y después tomó la mano de Milagros entre las suyas.

—Para comprarnos de nuevo la casa del Reparto Escambray, tener dinero sobrante y que la niña no viva más aquí en este cuchitril.

Dijo esto temblando. Los hombros doblados sobre la mesa.

Por un momento Ignacio pensó que Milagros iba a echarse a reír, pero ella estaba seria, luego se encogió de hombros.

—Prosigue

Pero Ignacio no siguió adelante. Era un conejo, de esos conejos de ojos rojos y extraños, que parecen prestos para lanzarse al ataque, amenazan, avanzan... pero que en un instante ante la presencia del enemigo se escabullen.

Milagros se sentía desconcertada. Ignacio se inclinó sobre ella, procurando continuar.

—No hay manera de hacerlo, si no ponemos nuestro dinero es imposible —dijo al fin.

Esta vez Milagros si le lanzó una sonrisa.

—Entonces si entiendo, nosotros ponemos el dinero y todos los riesgos, y tu primo, tan inocente, se lleva la mitad de las ganancias. Es además quien conoce a la gente que participa en el trajín y lleva los hilos. En fin, es quien manda.

Nunca había escuchado a Milagros hablar así. No la conocía. Los ojos encendidos como los de una fiera. Un lobo de piel erizada y dientes al desnudo.

—¿Sabes quién lleva verdaderamente los pantalones en todo esto? Su mujer, esa puta urraca, Albita.

Estaba tan irritada que ella misma se daba las respuestas.

—Lo vamos a hacer, pero a mi forma, de lo contrario no habrá nada con Pedro ni con nadie. Los términos de este acuerdo hay que renegociarlos.

¿De dónde saldría esa otra Milagros que él ni siquiera imaginaba?

—Tu primo es un dominado. Un tipo que no manda ni en su propia casa ya está derrotado.

"¿Y desde cuándo la vida era un campo de batalla? Ah, las mujeres. No se trataba de gritar más alto que ellas, o pegarles para demostrar quién era el más fuerte. Era mucho más complejo.

—Esto es negocio y no tiene nada que ver con familia. Y usted se me pone duro. Que Pedro se busque a otra persona y que le pague del dinero que le toca para que se monte encima del otro triciclo, si no lo encuentra que suba a la inteligente de su mujercita o de lo contrario, tú compras una sola bicicleta y que dé en ella dos viajes en el día, pero usted no va a andar pedaleando de madrugada por las calles con ese tanque de sebo detrás, jugándosela Usted es el hombre del dinero, el tipo importante.

No debió dejar que Milagros trabajara en el Telecentro, la cambiaron sin que él se diese cuenta, pero ya era demasiado tarde.

Ignacio extendió la mano y acarició la cabecita de Maydolis. Sentía encima la mirada acorralante de su mujer; esperando que el dijese algo.

Se puso de pie. Se rascó una mejilla.

—Voy a hablar con mi primo —dijo.

CAPÍTULO XI

El Testimonio

Cuando el primo Pedro emigró a la ciudad, escapando de los agentes del orden público del batey del Purio, le pareció que estaba en medio de una conflagración y que esta lo había seguido hasta allí. Pedro no se adaptaba a la urbe, aquejado de una profunda depresión y del llamado estrés postraumático, tan llevado y traído por los escritores que parece cosa de fantasía, pues son muchos los soldados protagonistas de cuentos, poemas y novelas que atacados por el mal después de concluida la guerra, aún les parece que están dentro de ella.

Nadando en esa ambivalencia, donde si no trabajaba lo siquitrillaban con la Ley que penaba el vagabundeo y si lo hacía no ganaba el dinero suficiente para pagar el alquiler del cuarto que ocupaba en el reparto de América Latina, conoció a Albita.

Desde chico Pedro era aficionado a la música y a la escritura. Muy buen alumno, hubiera concluido la carrera universitaria de filología con excelentes notas, pero el Periodo Especial le tronchó la vida. Maldecía cada minuto, cada segundo en que los países del campo socialista se habían puesto a inventar con la política y quedaron derrocados. Maldecía al imperio norteamericano por su maldad contra miles de personas inocentes, por tantas víctimas entre los países que habían elegido el socialismo como su destino.

Simplemente se dejó llevar por el momento, nadó en la vorágine, cuando lo más efectivo en épocas de agitaciones es estarse quieto.

Dejó la carrera. "¿Para qué quiero el título universitario, si hasta un conductor de caballos o un recogedor de basura gana más que un Licenciado, un Ingeniero o un Médico?", se justificaba ante sus padres y amigos.

Mala decisión, pues la efervescencia que acompaña a los cambios sociales es efímera.

Odiaba al perro Catulo por creerse policía cuando solo era un infeliz "guarapito", un viejo invisible de casi setenta años que necesitaba que lo reconociesen, un anciano cagalitroso encaprichado en dar un escarmiento con alguien como él, haciendo hincapié en que sus puercos y por asociación directa, su familia, casi muriese de hambre.

Si lograra que el tiempo volviese atrás, en vez de la incursión suicida a las bombas de miel de purga, simplemente compraría el galoncito de melaza y asunto concluido. Pero cuando Pedro abría los ojos se encontraba con la metamorfosis, en una ciudad hostil, en medio de un conflicto y el era uno de los blancos.

Iba a ser otro día duro. A los artistas es más difícil fastidiarlos, ellos tienen un poder de abstracción muy grande, se dejan crecer la barba y el pelo, toman té con ron y se escudan del mundo circundante con sus historias. Un poco inventadas y un poco ciertas. Pedro tenía la ventaja que sabía tocar la guitarra. Mientras más cosas uno supiera hacer mejor preparado se estaba para enfrentar la vida. Y Pedro comenzó a escribir sus memorias, que incluían el fatídico encuentro con el perro Catulo que definiría su vida para siempre.

Varias casas editoriales al principio se mostraron interesadas, pero cuando los editores llegaban en su lectura a lo de los auxiliares, el entusiasmo decrecía rápidamente y le cerraban las puertas, literalmente hablando. Argüían que el estilo era demasiado burdo. El retrato que hacía de perro Catulo y los demás ayudantes voluntarios de la policía les parecía brutal e indecente y comprometía políticamente al país. Los más conservadores le sugirieron que eliminara a esos personajes del texto.

Pero era imposible prescindir de ellos, pues al hacerse menos realista, el Testimonio de Pedro no valía nada.

CAPÍTULO XII

Albita

U na noche, en medio de una descarga a guitarra con unos jóvenes inadaptados con quienes chocó por casualidad, Pedro conoció a Albita.

Eran hippies, pero aquella mulatica de ojos pardos, hablaba diferente, sonreía diferente. Y ella tuvo la intuición de refugiarse junto al único hombre fuera de su grupo que era joven, honesto y tenía un techo disponible, no notaba su delgadez, no le importaba su aliento a cigarro y alcohol casero, el único al que no le molestaban sus tatuajes ni su pasado.

Pedro se sentía contento. Hasta ese momento eran otros los que habían tomado las decisiones por él y dictado su ritmo de vida. Pero ahora sería diferente. Aquello le daba una provechosa ventaja sobre los demás, sobre todo porque ellos no esperaban que, por causa de Albita, de la noche a la mañana se hubiese convertido en un hombre tan sagaz.

Mientras vivió en el Purio las manecillas del reloj del tiempo avanzaban lentamente, y a Pedro le gustaba esa cadencia armónica. Santa Clara era otra cosa, roto todo equilibrio lógico, el mundo circundante se tornaba caótico; la gente enloquecía para marchar al ritmo de aquel intervalo fantástico. Abrir los ojos, levantarse, salir a la calle, búsqueda de dinero, bullicio, comida frugal, cerrar los ojos y ya las manecillas del reloj del tiempo lo obligaban a abrirlos y levantarse otra vez para sumergirse en el remolino.

Albita fue la calma, el espacio en que el tiempo pierde todo sentido; estar en el Purio y en Santa Clara a la vez.

Gracias a ella le perdonó a "perro Catulo", de no existir el auxiliar, de no producirse el hecho junto a las bombas de miel final, Pedro todavía estuviera en el Purio, no viviría en Santa Clara, no conocería a Albita, su Universo, su vida, su todo.

Un canto llegaba a sus oídos a través del agua. Era tal la semejanza que Pedro no podía distinguir donde tenía los pies y donde la cabeza.

La letra de la canción tan conocida se desvanecía para subir otra vez de tono, tan fuerte que Pedro tenía la certeza de estar al lado mismo de Yanet.

Debajo del laurel, debajo del laurel,
yo tengo mi confianza debajo del laurel.

Yanet era una mulata clara que vivía dos casas más allá, con patio por medio. A Yanet le gustaba cantar. Música negra de mulata linda, de hembra buena de ancas espectaculares.

La voz de Yanet llenaba el espacio del solar y a la vez que se propagaba se hundía en las profundidades de un grave, en sufrimiento.

Mientras la cara de las mujeres del barrio se estiraba, los ojos de los hombres se hacían más negros y brillantes al reflejo melódico de la luz.

Debajo del laurel, debajo del laurel,
yo tengo mi confianza debajo del laurel.

Pedro se inclinaba hacia delante, tratando de captar cada sonido escapado de los labios que derramaban miel.

Debajo del jagüey, caballo tumba al amo
caballo tumba al amo, debajo del jagüey.

El mantenía aquella asombrosa inclinación, sus ojos perdidos ya en el centelleo de miles de mundos distantes.

En la fiesta de los congos yo he visto un colorao
Cimarrón, cimarrón, donde está mi cimarrón.

Albita comenzó a desvestirse. Tenía la piel suave y dura a la vez. Tenía un majá de Santa María tatuado en la parte baja de la cintura y una mariposa en una nalga. Tenía las nalgas grandes y levadas: "las suaves colinas de África". Pedro contenía el aliento, porque conocía cada paso del ritual. "Cielo santo", pensaba.

Un gemido que se iba haciendo más y más perceptible. A Pedro le parecía que lo escuchaba por primera vez, siempre renovado. El mundo se movía ahora a un ritmo acompasado. No tenían prisa. Y a la vez sí. Pegados uno al otro en nuevo roce húmedo.

La cama se deslizaba fuera en una cadencia desenfrenada, a punto de estallar.

Pero no estallaba en ese momento, sino un rato después cuando Pedro se estremecía intenso a la par de Albita en un punto de luz parpadeante.

De dos casas más allá llegaba la voz apacible de Yanet, pero a Pedro ya no le gustaba. Comprendía adónde iba a parar. Escuchaba cosas parecidas desde que llegó al barrio de América Latina, dos años antes, pero nunca las había interpretado.

En la fiesta de los congos yo he visto un colorao,
Yo he visto un colorao en la fiesta de los congos
Cimarrón, cimarrón, donde está mi cimarrón.

Pedro hizo un esfuerzo para seguir dilucidando la letra.

Muchas caras de hombres pasaban a su alrededor, flotando junto a Albita. Dolía. Una sensación parecida al frio intenso. Era como estar muerto o perdido.

Podría ser algo que no estuviera ocurriendo ahora. Era totalmente imposible cambiar un hecho del pasado o del futuro. Sin sentido; solo parecía real el canto de Yanet, difuminado y confuso.

—¡Carajo! —dijo Pedro al fin.

Se sentó en la cama. Se quedó así un minuto casi, jadeando.

—¿Nunca me vas a traicionar, mi nena, verdad que nunca lo harás?

A través de Albita Pedro podía ver a los hombres que la acariciaban. Podía olerlos. Podía sentir el torrente espumoso que llevaban dentro.

—¡Ay Pedro, otra vez no...!

La voz de Yanet no lo dejaba.

Antes de que trajese a Albita al cuarto, las canciones de Yanet no eran molestas, le permitían hundirse en ellas y sentirse seguro.

Yo he visto un colorao, yo he visto un colorao
en la fiesta de los congos

Una intención velada. Todos los cantos de negros eran cantos de puyas.

"Un colorado...", pensó Pedro. ¿Cuántos colorados no habría en Santa Clara?

Personalmente conocía a uno del reparto Dovarganes que le decían Chea. Chea López. Siempre sonriente. Un jodedor, que era lo más cercano a un loco y un loco lo más parecido a un cimarrón.

Ahora todo cobraba sentido. Maldito Chea. Bajito y fuerte, se comía los hierros. Había que entrarle con un bate.

Pedro miró fijamente a Albita. Se aferró a su imagen como cuando vivía en el Purio y se agarraba a los postes de una cerca hasta que pasase la tormenta.

—¿Qué tú tienes que ver con Chea, el de Dovarganes? —preguntó, escupiendo cada palabra.

—Estás chiflado de remate —dijo Albita.

No la oía. Se limpió los ojos, porque de seguro la humedad en ellos era la causa de que todo lo viera borroso.

Cimarrón, cimarrón, donde está mi cimarrón.

CAPÍTULO XIII

Las suaves colinas de África

H abían pasado dos semanas desde que Ignacio, Pedro y Enrique "traqueteo" se reunieran en casa de este último, y como quiera que el primo Pedro andaba medio perdido y el necesitaba comunicarle las nuevas condiciones, Ignacio decidió llegarse hasta su casa.

Albita abrió la puerta, tenía los ojos rojos y marchitos.

Ignacio se preguntaba cómo la gente lograba organizar su vida en un cuarto. Detrás de la puerta se ocultaba un barril de agua; a la izquierda existía una mesa pequeña con cuatro sillas de madera; más allá estaba la cama grande arrinconada contra la pared; a la derecha de ella un escaparate; más allá la tinaja de barro para el agua de tomar y después el fogón de petróleo, que echaría su alegre llama en el futuro si las cosas mejoraban; mientras tanto, encima de él se aposentaban dos hornillas de hierro para carbón.

Eso era todo. Lo imprescindible para la vida de dos personas.

Albita encendió el carbón y comenzó a preparar café. Estaba vestida con una blusa a rayas y un short rojo muy corto.

—¿Y dónde está Pedro? —preguntó Ignacio.

—Fue por ahí, de milagro no te lo cruzaste.

—No lo vi. ¿Tú sabes cuánto demorará?

—Pedro nunca regresa antes del mediodía.

Permanecieron así un rato en silencio, luego se escuchó un suspiro largo y a continuación las palabras de Albita

—Tu primo me tiene la vida hecha un yogurt —las lágrimas escapaban de sus ojos, incontenibles.

Ignacio descubrió la entonación de profunda alarma. Aquello era el principio del fin y el tono de preocupación que acababa de observar en la voz de Albita le produjo el estremecimiento que provoca cualquier revelación de locura.

—Mi primo te adora, Albita. Solo dale un poco de espacio.

—Me está matando con sus celos. Anda por ahí que parece un oso, todo hinchado. Se fajó con un hombre de Dovarganes porque dice que estaba conmigo, pero a ese yo ni lo conozco, tu primo le fue encima con un bate.

Se inclinó hacia delante para soplar el carbón de la hornilla. La blusa se levantó un poco sobre la espalda dejando al descubierto la parte inferior del tatuaje de la serpiente y el nacimiento de las suaves colinas de África, de donde escapaba incontenible un fragmento del ala de la mariposa.

Albita se volvió un poco hacia él. Sorprendido infraganti, Ignacio se sintió turbado en extremo.

Respiró entonces el perfume del café, buscando sosiego.

—Mi primo siempre habla de ti, solo sabe hablar de ti.

El café humeaba dulcemente hacia el techo perdido en la penumbra. Las piernas delgadas y lisas de Albita, sus caderas y sus senos pequeños se agitaban ante Ignacio y él se estremeció de miedo y desconcierto.

—El no me quiere, Ignacio, no es lo que pensé. Cree que soy una puta y ya estoy cansada.

Una mujer de pupilas amplias y profundas. Los ojos de Albita continuaban brillando entre los vapores. Ignacio habló, pero ni siquiera escuchaba su propia voz.

—El me dijo que te contó de nuestro negocio. Todo lo ideó el para ti, Albita, para comprarte una casa grande fuera de este lugar.

Pensaba que sus palabras eran paz, y murmuraba bajito sílabas fundidas.

El cuarto se volvía difuso. Las cosas y las paredes cedían sus contornos, diluidos en su propia inmovilidad. Albita se había sentado junto a Ignacio encogida en su propia debilidad.

Frente a ellos la ventana se abrí hacia el sol.

Albita se puso de pie. Fue hasta la ventana y la cerró.

—No quiero ver, no quiero oír, ni sentir nada más.

Ignacio también se puso de pie. Todo era vago y leve.

"Un milagro", pensó, "el misterio que ahora fluye dentro de mí, en forma de notas desesperadas y románticas"

Desde fuera se escuchaba una voz de luz que aumentaba su deseo de fulgurar dentro del cuerpo húmedo de Albita. Una locura.

Sin que mediaran palabras se acercó a Albita y la besó en los labios. Ella se dejó llevar, aferrada al mástil sin bandera, erecto y mudo.

—Cógeme Ignacio, hazme olvidar todo, cógeme ya de una vez...

Debajo del jagüey, caballo tumba al amo
caballo tumba al amo, debajo del jagüey.

Ella se echó sobre la cama, apoyándose en los codos y arrastrando a Ignacio en su caída.

Ignacio llevaba al cuello una cadenita con una medallita. De un lado Santa Bárbara bendita a la que era devoto, del otro la voz

Debajo del jagüey caballo tumba al amo,
caballo tumba al amo, debajo del jagüey.

Las curvas fuera de la blusa de Albita, la boca de Ignacio tan segura de su destino.

Albita abrió las puertas de su bosque húmedo e Ignacio se zambulló en el, en las nubes altas, en las tierras imposibles.

"Ah, las suaves colinas de África". Alturas palpitantes y cálidas que recibían las notas y las devolvían liberadas en forma de imágenes. Elevaciones extraviadas con pulsos que asían el pelo de Ignacio y le sacudían la cabeza con desenfreno.

Súbitamente los cuerpos unidos se abrieron en un brote de música interior sin modulación alguna. Vibración intensa que traspasaba todos los nervios a la vez saturados de sonidos y estremecimientos. Música pura desgranándose sobre la tierra, tan distante y tan cercana que todo se unía: amanecer, día, noche...

CAPÍTULO XIV

Raúl el fotógrafo

Raúl el fotógrafo del Condado no era un artista cualquiera. Se graduó en un curso a distancia de la Escuela Internacional de Fotografía de Madrid y era primo de Rosmely "la vikinga", famosa por sus viajes mar adentro, sus fenomenales montadas y sus remontadas olímpicas.

Rosmely le presentó a Ernesto, un empresario español muy serio, pero que con ella perdía su compostura y que le regaló a Raúl un bono de inscripción del curso y le envió por correo los manuales.

Al lado de los fotógrafos empíricos de la ciudad, Raúl era un diamante. Concluidos los estudios se le propuso participar en un Proyecto Comunitario: una cadena de pequeños estudios fotográficos a lo largo de todos los barrios de la ciudad. A Raúl le tocaría el de "México chiquito", con posibilidades futuras de integrarse a la dirección provincial de la Asociación de Fotógrafos de Cuba.

Pero las cosas buenas duran poco. Con el derrumbe de las democracias socialistas europeas el proyecto se estancó, luego se cortó el suministro de piezas de repuestos y por último llegó la catarsis.

Entonces una junta de Gobierno acordó, que al ritmo que se fueran rompiendo las cámaras fotográficas, así se cerrarían los nuevos talleres. Un día se estropeó el obturador de la cámara de "México chiquito" y como el sueño es más incompleto que la realidad y menos lógico, Raúl el fotógrafo, graduado de un curso de la Escuela Internacional de fotografía de Madrid y primo de Rosmely "la vikinga", se quedó en la calle.

A Raúl le pesaba el estómago y le produjo una tristeza en el cuerpo que se unía a aquella otra tristeza honda porque no se vislumbraba una solución a corto plazo. Respiró más profundamente. El dolor le subía en oleadas y entonces vomitó su afectación con los ojos cerrados y el cuerpo adolorido y vengativo. Después se fue poniendo todo rojo y luego solo círculos y manchas oscuras.

Con el último dinerito que le quedaba Raúl compró una cámara propia, para dedicarse a lo único que sabía. Tirar fotos.

Pero el negocio andaba en picada, pues la gente en las malas épocas no quiere verse reflejada ni siquiera en un espejo. Las tradicionales celebraciones de quince años con ampliaciones fueron al olvido, y las bodas se redujeron a la firma de los contratos matrimoniales por el notario.

Las relaciones de producción y las fuerzas productivas en el barrio estaban cambiando y un día Robin "el dibujante" y su edecán Manolito "el palomo", lo intersecaron en plena calle San Miguel.

—Tú siempre me has ignorado Raúl, creías que nunca te haría falta, y ya ves ahora.

Raúl iba a contestar, pero había algo terriblemente amenazador en aquel silabeo apenas comprensible.

—Pero soy un hombre agradecido, voy a ayudarte.

El no le pidió ayuda a nadie. Algo fermentaba en el murmullo condensado de aquel día nuboso. Sonidos guturales y dientes blancos brillantes.

"¡Ah!", pensó Raúl, "ya recuerdo, esta es la parte del libro de Mario Puzo, cuando al emigrante italiano le mancillan la hija y el va a ver a don Vito Corleone, buscando justicia". Sí, eran las mismas palabras y el mismo susurro maligno de don Vito Corleone.

La voz de Manolito "el palomo" rompió la tensión.

—Íbamos de camino a los Sirios, porque el jefe tiene que terminar un encargo, pero pasamos por aquí porque él quiere hablar contigo.

¿Quién en el Condado no conocía la triste fama de la casa que Robin tenía en los Sirios y quién en la ciudad entera no sabría los efectos desastrosos de los dibujos de Robin?

Raúl miró las manos del artista. Lo curioso era que a pesar de su piel negra tenía los dedos blancuzcos y temblorosos.

El fotógrafo intentó sonreír, pero sus labios estaban tan resecos que la sonrisa se perdía en ellos.

—Lo que usted diga, don Robin —dijo al fin.

Ante las palabras mágicas se fueron calmando los estremecimientos de las extremidades superiores del "dibujante"

—Quiero que me tires unas fotos, es un favor que te pido.

—Como usted diga, don Robin

Otra vez los contornos de las cosas tomaron sentido, los pasos y las absurdidades de la gente, sus controversias obstinadas, el hechizo burlón, la necedad, su indolencia.

—Ya no vamos a los Sirios, Manolito.

"El cabrón iba a pintarme", pensó Raúl el fotógrafo, y suspiró aliviado.

Después de eso Raúl se convirtió en el fotógrafo oficial de Robin. No había una ocasión importante en que no lo acompañase para dejar constancia del acontecimiento.

En agradecimiento Robin le compró un estudio, hasta con su cuarto oscuro. Era más de lo que Raúl había soñado nunca, y lo mejor, el artista pudo dedicarse a lo que siempre le gustó; la investigación.

Raúl tenía lo que pudiéramos llamar la primera agencia de detectives privados del Condado, con fotos demostrativas incluidas. En la puerta existía un cartel que decía: Con la justicia todo, contra la justicia nada.

Ni siquiera valía la pena explicar quien representaba a la justicia en el barrio.

Por ello no fue de extrañar que cuando Milagros observó a Ignacio taciturno y actuando de manera tan extraña, acudiese a Raúl para que este le informara en que malos pasos andaba metido su marido

CAPÍTULO XV

El Fide Stevenson

No fue fácil que el primo Pedro aceptara las condiciones de Ignacio. El concilio duró varios días, pero él se mantuvo firme aún cuando el negocio estuvo a punto de irse a bolina.

Al fin se pactó el acuerdo, y Pedro se dio a la tarea de escoger al hombre que lo acompañaría en el traslado del sebo hacia las casas donde Silverio y su hijo Jorge Pentón, tenían las manufacturas de jabón.

Milagros llevaba razón, aquello era muy riesgoso, y era cosa de hacerlo nada más dos o tres veces para luego retirarse, pues las consecuencias con la Ley podrían ser infortunadas.

Varias noches después, en la puerta del cuarto de Pedro y Albita se escucharon toques y risas, al abrir la puerta se encontraron con un negro alto y musculoso que sonreía junto a una muchacha bellísima, de ojos brillantes.

Pedro lo abrazó, y luego le dio la mano a la muchacha, muy correcto.

—Ven Albita, que ya llegaron "el Fide" y su novia

"El Fide", como le decía la gente del Condado y de toda Santa Clara, vivía en la calle Candelaria, entre Toscano y Central, una cuadra antes de que esa calle se hundiera en el rio Bélico.

"El Fide" era un boxeador de los buenos en Cuba, solo que tuvo la mala suerte de ser un atleta de Periodo especial.

Fuerte como un toro, con una técnica depurada y una pegada tremenda con ambas manos pronto fue conocido primero en el mundillo del deporte, luego como el niño mimado de toda la ciudad. Para que le pudiesen pagar un salario por la licencia deportiva, "el Fide" tuvo que trabajar un mes como expedidor de guaguas en la Terminal de ómnibus interprovinciales, lo que no hizo más que acrecentar su fama.

Después que ganara su primer Campeonato Nacional adquirió el sobrenombre de "Stevenson", pues, aunque era zurdo y de la división de los setenta y cinco kilogramos, ninguno de sus rivales pudo terminar el combate en pié. El hecho de que se negara a integrar la Preselección nacional de la Finca del Wajay, por no dejar desamparadas a su madre y su hermana, añadió otro halo romántico a la leyenda de aquel "Fide Stevenson", tan gentil y caballeroso que no trituraba a sus rivales del patio, pero que ante los foráneos se mostraba implacable.

Los niños andaban tras del "Fide", los hombres imitaban su ropa, las muchachas se disputaban sus noches.

El climax de su popularidad llegó durante el Torneo Internacional de Boxeo "Giraldo Córdova Cardín" efectuado en Santa Clara, donde en la división mediana "el Fide Stevenson" prácticamente demolió en un asalto al ruso Iván Ustinov, Campeón Olímpico y doble titular Mundial, declarado el año anterior como el mejor boxeador amateur del mundo, libra por libra.

Así el pegador zurdo del Condado formaba parte del selecto grupo histórico mimado por la afición donde se incluían Andrés Molina, Rigoberto Alfonso, Rafael Cárdenas, Andrés Rivalta, y Manuel Mantilla.

¿Quién no lo conocía en Santa Clara? ¿Qué policía se atrevería a parar en plena calle al "Fide Stevenson"?

Las dos parejas se sentaron a la mesa del dominó. Entre risas, cuentos sobre boxeadores, tragos de ron y unas deliciosas croquetas transcurrió la velada. En cierto momento se hizo una pausa que Pedro aprovechó para fumar un cigarro, mientras las mujeres iban a la terraza trasera a tomar un poco de aire fresco. Albita se acercó a la joven pareja del "Fide" y le dijo.

—El secreto del dominó es averiguar que fichas tiene el contrario y que piensa —echó la cabeza atrás y soltó una risita cómplice— y en mi opinión yo tengo lo que tú necesitas.

—Ah, sí —dijo la otra— por eso nos dejaron ganar algunas datas.

—Bueno, se ganan unos partidos, se pierden otros —movió la cabeza— pero lo mejor es que ustedes creen que solo se están divirtiendo, sin darse cuenta de que se están jugando un gran montón de plata.

Los ojos de la muchacha se abrieron por la sorpresa. Se sentía confundida.

—¿Qué quieres decir? —preguntó.

—Digo que solo necesitas convencer al "Fide", de que aquí con nosotros hay muchas posibilidades.

—Yo soy la novia de "Fide", no su mujer, y aunque así fuera. ¿Qué ganaría con eso?

—Digamos que un veinte por ciento de lo que le tocará al "Fide"

—¿Y eso en dinero constante cuanto sería?

—Mil pesos para empezar, si "el Fide" cumple con lo que le toca.

—"El Fide" anda enamorado de sus guantes, las sogas y los boxeadores. Yo solo soy la otra.

—Permite que te eche una mano con eso. ¿Cuántas veces te hace el amor en la semana; una, dos, tres...? Es tu culpa, déjalo tan cansado que no pueda ni siquiera levantar una mano y pensar en el boxeo.

—Me intrigas, dime qué cosa él tiene que hacer.

—Solo avísame cuando tu hombre esté listo.

Albita metió la mano en el bolsillo del short y puso en las de la chica un paquetico doblado.

—De donde salió esto hay mucho más —dijo

Con un movimiento rápido la novia del "Fide Stevenson" hizo desaparecer el envoltorio.

—"El Fide" le hace rechazo a la policía —se rió.

—Ese es tu problema —respondió Albita

"El Fide Stevenson" tenía razón. Un día la policía llegó a buscarlo a su casa en el Condado y se lo llevó preso. Se levantaron protestas y hasta algunas cartas irritadas llegaron a la sede del Gobierno provincial y a la Dirección del Ministerio del Interior.

Tres años después, cuando cumplió la mitad de la condena se le concedió la libertad condicional. Solo fueron a esperarlo fuera su madre y su hermana. "El Fide Stevenson" estaba flaco, lleno de cicatrices y tatuajes.

Ya nadie se acordaba de él.

CAPÍTULO XVI

El sábado santo

L a primera vez que se escaparon juntos, Ignacio y Albita se acostaron en una casa de citas de dos pisos, muy bien disfrazada que había más allá de la Terminal Interprovincial en el Reparto La Riviera, buscando la Circunvalación de la ciudad.

Existía un patiecito pavimentado de granito rojo, cubierto de macetas de plantas ornamentales en el centro de la segunda planta, iluminada por el resplandor que entraba por la puerta de la terraza, desde cuyo balcón se divisaba la otra parte de la urbe en el cielo bajo.

Albita lo tomó por las muñecas, arrastrándolo tras ella.

—Te amo —le susurró.

—Yo también te amo.

La poseyó en el patiecito, con el sol a sus espaldas dorándole el rostro. Luego la tomó en los brazos y la depositó con suavidad sobre la cama.

Ella sonrió. Cuando sonreía así a Ignacio le daban deseos de que recostara su cabeza sobre él. Le daban deseos de mandar toda su vida al cuerno, de contarle a Milagros.

—Un día le voy a contar todo a Milagros —dijo.

—Eres tan delicado —dijo ella— y a la vez tan duro, y tan romántico.

—Y tú una mujer muy bella, pero no me crees.

Entonces ella empezó a llorar, era la primera vez que Ignacio la veía llorar. Se estremecía con desesperación.

—Un día le voy a contar a Milagros —repitió.

Ella seguía temblando con la cara entre las manos, y el metió la suyas en su pelo ensortijado.

—Un día le voy a contar...

Isora convenció a Milagros para que la acompañase a la Iglesia en la Semana Santa. El Sábado Santo los cristianos velaban toda la noche, honrando el sepulcro de Jesús, tras conmemorar el día anterior la muerte de Cristo en la cruz y esperaban en la Iglesia el momento de la Resurrección. El Domingo de Pascua era el día más importante para todos los católicos.

Ese era el día más indicado para pedirle a Dios. Algo querría Milagros. Las mujeres nunca estaban conformes con nada.

Se abrazaron, muy quietos, solamente vestidos con la paz momentánea.

—El Sábado Santo lo vamos a pasar juntos, tú y yo, toda la noche, Milagros y la niña no se quedarán en la casa ¿Qué le dirás a Pedro?

—Algo, le voy a decir algo.

—Un día le voy a contar a Milagros.

¡Toda una noche junto a las suaves colinas de África!

Las acarició muy suavemente, sintiendo como las elevaciones tropicales palpitaban ante cada caricia y como aumentaba la excitación de Albita a la par de la suya. Empezaron a moverse, cada uno buscando el compás del otro, haciendo suyo cada breve instante en que estallaba un sueño en un globo de colores.

CAPÍTULO XVII

El mosca

Vivir en el Condado y la inserción en el mundo del hampa había desarrollado en Ignacio un sexto sentido. Algo andaba mal Muebles había concluido su trabajo con honores, los triciclos pintados de rojo fueron probados con carga por Pedro y "el Fide Stevenson", y desde hacía cerca de un mes esperaban en la casa cerca de la fábrica de gomas a que se ejecutara la operación; pero lo cierto es que no se realizaba.

Primeramente Pedro le comunicó que en los almacenes de la industria se estaba efectuando una auditoría y que demoraría varias semanas, después que habían cambiado al Jefe de los custodios y que era saludable esperar unos días más a que el nuevo entrara en situación, lo último fue que esa semana se posponía el trabajo pues "el Fide" se encontraba enfermo del estómago.

Por esos días Ignacio decidió llegarse a la candonga del barrio a comprar una llave plástica, pues la del fregadero de la casa tenía un salidero constante.

Bajando por la calle San Miguel se encuentra el edificio "26 de Julio", que ocupa media cuadra, al final entre este y la próxima casa hay un espacio pavimentado con losas rojas de barro, que penetra al fondo hasta la calle paralela. No se sabe de quién fue la idea, pero el caso es que poniendo un catre hoy donde se exhibían artículos de venta, un puestecito de frituras de yuca mañana, o una silla donde se sentaba un hombre que no tenía una mesa delante, ni exhibía mercancía alguna, pero que se sabía que tenía de todo; lo cierto es que se fue llenando el sitio hasta constituir la famosa candonga del Condado, germen de la frase de que en el Condado con dinero se podía encontrar hasta un elefante.

"El mosca" era el hombre de los artículos de plástico.

"El mosca" era un tipo grandísimo y gordinflón, que contaba que su primo, el de la Habana, que tenía una fundición de elastómero —como le gustaba decir— le traía las cosas para que las vendiese. Lo cierto es que nadie había visto al primo, y según alguna que otra mala lengua, era de los almacenes de la reserva del Estado de donde estaban saliendo aquella cantidad de vasijas, aditamentos, tuberías y todo lo que olía a plástico en el Condado

"El mosca" no era un vendedor cualquiera, tenía su método y su lenguaje propio entre el científico y el rudo, tan común en los suburbios.

Cuando observó venir a Ignacio se quedó sentado; mientras este miraba las llaves se levantó, desperezándose, luego se rascó el ombligo con la uña de los dedos índice y anular. Posó su manaza en el respaldo de la silla, la hizo girar, y se sentó esta vez a horcajadas, quedando de frente al cliente. Solo entonces comenzó a hablar.

—Dime amigo, ¿qué buscas?

—Una llave para el fregadero.

"El mosca" miró fijamente a Ignacio, como si acabara de enterarse que tenía a un comprador delante.

—Acabáramos, porque para gente como tú tengo un surtido especial de llaves de acero inoxidable, nuevecitas.

En el centro de la cara se le marcaba un surco profundo, era lo más cerca a una sonrisa que podía dar.

—Son irrompibles, amigo. Claro, eso es contigo que tengo confianza, los demás tienen que comer plástico.

Acto seguido hizo un recuento de las ventajas de los metales sobre los polímeros y solo entonces le enumeró las virtudes del acero inoxidable sobre los demás metales, incluyendo al bronce. Casi sin aire se recostó en la silla, para darse unos segundos de respiro, luego se lanzó a fondo, bajando la voz.

—¿Bueno, y como va lo del negocio del sebo?

Ya le extrañaba a Ignacio tanta amabilidad. Hizo una mueca.

—No sé a qué te refieres.

"El mosca" se puso serio de repente.

—Oye, ¿qué te pasa? Yo no soy un chivato, carajo, solo quiero ser amable contigo y pregunto cómo te van las cosas.

—Bien —dijo Ignacio, fingiendo no advertir el enojo del gordo— solo quiero comprarte esta llave plástica para el fregadero.

"El mosca" se encogió de hombros, luego apoyó los nudillos sobre la mesa.

—Nuevos ricos de mierda —dijo bajito— ¿qué carajo se creen?

A buen entendedor bastaban pocas palabras.

Esa misma noche se apareció en su casa Manolito "el palomo"

—Robin quiere verte —le dijo

Todos en el Condado sabían que Manolito era el lleva y trae de Robin, quien no se llamaba Robin, pero que le gustaba que le dijeran así por Ricardo de Locsley, por supuesto, pero obviaba el Hood, para ser auténtico y diferenciar.

Que Robin lo mandara a buscar en la noche con tanta urgencia no significaba nada bueno.

Robin siempre andaba vestido de blanco, con una sonrisa pintada sobre los labios gruesos de negro pretencioso lleno de odio.

No había nada que hacer. Una vez en la calle, Ignacio buscó cuidadosamente las palabras para sacarle algo al mensajero.

—¿Sabes qué quiere Robin conmigo?

El palomo le lanzó una rápida mirada y continuó callado.

—¿No me dices nada? —dijo al poco rato Ignacio, la voz le salió un tanto llorosa.

—¡Tú sabrás lo que estás haciendo! —explotó Manolito— y cállate ya, que esa pendejería tuya me da urticaria.

Robin vivía en una casa antigua, una arteria aledaña a la calle Ciclón

Estaba muy oscuro, Ignacio se detuvo en seco, durante unos instantes se quedó como vacío, vigilando atentamente al "palomo"

—¡Vamos, padre, que no tengo toda la noche!

Ignacio prosiguió la marcha, balanceando la cabeza negativamente.

Lo iban a matar al seguro, la pregunta era ¿por qué?

Entonces fue Manolito quien se detuvo, volviéndose hacia él.

Ignacio frenó el paso, los pies se le enredaron y casi estuvo a punto de caer.

Retornó al equilibrio, conteniendo la respiración.

Tampoco "el palomo" respiró durante unos segundos. Preguntó con voz súbitamente fría.

—¿Dime si vas a caminar o no?

Toda su existencia pasó ante los ojos como en una película de cinemascope: Maydolis, sus padres, Milagros..., la cara de Maydolis se hizo grande, grande...

Solo le quedaba huir, correr para salvar la vida.

Pero en vez de eso, con la vista más oscurecida que la propia calle, prosiguió la marcha tras "el palomo".

CAPÍTULO XVIII

Robin el dibujante

Robin nació por accidente geográfico, en uno de los callejones del reparto Los sirios.

De Los Sirios la gente de hoy recuerda que allí vivieron los Lara, Pablo, Emilio y Barbarito, junto a su madre y su primo Lucio Lorda, medallista de bronce en un Campeonato Mundial Juvenil de Levantamiento de pesas. Los Lara son una familia de mulatos fuertes y triunfadores. Pablo fue Campeón Olímpico y Mundial de Levantamiento de pesas y Emilio cuarto lugar en el mismo evento; por su parte Barbarito, que es el que más condiciones físicas tenía para el deporte, es Titular Mundial de la jodedera y la guasanga.

Los viejos si saben que allá por los años mil ochocientos y tantos, un puñado de emigrantes de Siria llegó a Santa Clara huyendo de una de sus guerras civiles. En verdad entre ellos había gente de otros lugares del Oriente medio, pero la mayoría eran sirios. Así fundaron un barrio propio, de casas de tablones de madera dura y techos de pizarra, alejado de la urbe. La gente llamó al lugar Los sirios y alrededor de él comenzaron a tejerse exquisitas historias de princesas árabes encantadas y fabulosos tesoros escondidos.

Durante muchos años Los Sirios fue el refugio donde los emigrantes vivían en una burbuja, practicando sus costumbres y en paz con los demás hombres. Pero al paso del tiempo y como siempre sucede, uno de los sirios se enamoró de una santaclareña y un santaclareño de una siria, luego otro y otra, otra y otro y otro...y ese fue el preámbulo. Después que la ciudad creció y absorbió al barrio, el encanto quedó roto. De los descendientes puros de los pobladores asiáticos originales no quedó nadie. Los Sirios es solo un ensanche de dos miserables callejas de tierra, empostillado en la periferia de Santa Clara.

La madre de Robin era una mujer bella que practicaba el más viejo de los oficios; cuando llegaba un hombre a la casa, a Robin lo obligaban a acostarse. Desde su cama escuchaba los ruidos, la risa y los gritos sofocados que venían desde el otro cuarto. A veces el hombre golpeaba a su madre, otras, estaba tan borracho que no podía tenerse en pié.

Robin sentía un odio visceral hacia aquellas personas, y lo peor es que no podía hacer nada. Es decir, hizo lo que pudo, se convirtió en artista. Dibujaba por la mañana, en la escuela las pocas veces que iba, dibujaba en la tarde y en la noche, dibujaba en las libretas, en los libros escolares, en hojas de papel sueltas, en cartuchos de cartón y hasta en la tierra misma. Eran las caras de los individuos que frecuentaban su casa; retorcidas en una mueca de dolor supremo por el apéndice nasal arrancado de cuajo, algunas deformadas por la falta de un ojo aún sangrante otras con la boca cosida con puntadas de alambre de púas.

Los dibujos no le hacían falta, pues sin ellos Robin los recordaba muy bien a todos y sabía lo que se había ganado cada quien. Los esbozos eran solo complemento de su odio. Cuando creció lo suficiente comenzó a buscar a los modelos y a ejecutar en ellos sus fantasías artísticas; uno por uno.

La ciudad estaba viviendo una verdadera ola de pánico. Hasta que fue capturado un sospechoso y los crímenes cesaron de inmediato.

Parecía increíble que aquel joven educado, de modales suaves y aficionado a la pintura y a las películas de gánsteres de los años treinta, fuese el responsable de tamañas atrocidades. Pero todo estaba en su contra, y lo peor, tenía un móvil.

Robin nunca confesaría, no quedaba ninguna víctima con vida, tampoco encontraron armas homicidas, pero sus antiguos compañeros de clases y algunos vecinos declararon que alguna vez, cuando niño, el dibujó algo parecido. Por esos testimonios el joven fue a parar a la cárcel.

Una noche Robin se despertó, el silencio era total, con la excepción del suave respirar de los hombres. Por la ventana abierta penetraba el aire que tenía un olor que lo hizo sentir aturdido y un poco embriagado.

Caminó entre los demás reclusos hasta llegar a la ventana, abrió los ojos a la noche, la luna estaba muy alta y las estrellas tenían un brillo opaco.

"Nunca más volveré a estar encerrado", se dijo.

No llegó a cumplir la condena, el psiquiatra de la prisión lo declaró no responsable de sus actos y así fue transferido al Hospital psiquiátrico. Dos años después Robin salía a la calle totalmente restablecido de sus problemas mentales y los instintos homicidas.

Había comprendido que en algunos casos era más efectivo dominar a los hombres que ejecutarlos.

En tanto Robin salía del Hospital las democracias socialistas de Europa del este se derrumbaban y la situación económica del país empeoraba por momentos.

Robin conservaba sus habilidades como pintor y por suerte la doctora Edilia, su psiquiatra, lo puso en contacto con el Vicedirector de una Empresa que necesitaba ambientar su Escuela de capacitación, mas adelante le gestionó un contrato para restaurar un mural en el casco histórico de la ciudad, luego apareció otro trabajo y otro y otro…

Para su madre y las personas que lo rodeaban todo marchaba bien, pero dentro de Robin vivía el insomnio, varios insomnios.

Las sensaciones eran fluctuantes, fuera de él un olor a hierbas húmedas iluminadas por luces; ser humilde, sufrir, humillarse hasta el fin hasta abrirse hacia la muerte; dentro de Robin días y noches enteras, luces, rostros deformes sin cuerpo colgando de hilos movidos por dos prostitutas con los dedos cortados.

Mientras la gente se debatía en la casi total miseria, por vez primera Robin conocía la abundancia. Primero construyó su estudio, luego el estudio secreto, su cuartico de los horrores con cortinas negras que le permitían ser su propio yo sin complejos, atrapar las oportunidades que se agitaban ante el abismo de aguas corrompidas junto a los dibujos de caras crucificadas de hombres hechos en papeles por los dedos húmedos de sangre, segados a las prostitutas.

Un refugio donde no entraba el viento ni la luz y donde brillaban levemente las sonrisas de los condenados. Moho, formas sosas y cenicientas que le producían escalofríos en todo el cuerpo, pues ocultaban vísceras descompuestas ya, cubiertas de moscas.

Cuando el único hermano de su madre, que vivía en el corazón del reparto Condado, desapareció misteriosamente para siempre, ellos se mudaron a aquella casa que era más amplia, aunque Robin mantuvo la morada de Los Sirios como galería artística.

El Condado era el único lugar de Santa Clara donde Robin no estaba muerto, amontonado junto a otros sin deseo ni esperanzas.

Empezó a florecer en el comercio con un negocio de melaza.

Perdidos los productos y artículos de primera necesidad los habitantes de la ciudad trataban de suplir sus carencias con lo que encontraban a mano. El estado garantizaba por tarjeta de racionamiento una pequeña parte del azúcar que consumía la gente. Pero no era suficiente.

Las mieles intermedias del proceso de fabricación de azúcar crudo, llamadas por los especialistas mieles "A" y "B", poseen gran cantidad de azucares disueltos entre sus componentes. A diferencia del melado, estas mieles no son recomendables medicamente para el consumo humano, pero Robin planeó que utilizadas en pequeñas cantidades podían suplir al azúcar o a la miel de abejas para la confección de dulces y confituras y también para endulzar la leche y el café.

Normalmente cuando en los ingenios se muele caña fuera de la etapa de maduración, atrasada o de mala calidad, se produce un exceso indeseable de mieles intermedias para el proceso. Esta superproducción normalmente es bombeada fuera de la fábrica y se acumula en grandes tanques de hierro dispuestos al efecto. En esos recipientes cualquier cosa podría suceder.

Para Robin no fue difícil hacerse de una gran cantidad de melaza que luego sería envasada en pomos de un litro y aprovechando la escasez de azúcar, puesta a la venta en el mercado negro.

Los dividendos superaron los cálculos. Dos años más tarde, Robin, quien con su poder podía darse el lujo de que hasta su madre lo llamase así, se había convertido en un "intocable", dueño de casi todos los negocios del barrio y quien decidía el presente y el futuro de toda la gente que habitaba en el.

CAPÍTULO XIX

Frankenstein de Mary Shelley

U na negra alta, de rostro duro les abrió la puerta, e Ignacio supuso que era la madre de Robin.

—Él los espera en su despacho —dijo ella.

Robin estaba sentado en un butacón de espaldas a la puerta, solamente era visible la parte posterior de la cabeza, donde el pelo negrísimo comenzaba a clarear. Ni se volvió cuando Manolito e Ignacio entraron a la habitación.

—Aquí le traigo a Ignacio, jefe —dijo "el palomo"— sabe, anda medio cagado.

No hubo respuesta. Robin levanto un brazo —Ignacio observó que tenía las palmas de las manos muy blancas y los dedos largos.

—¡Espera fuera! —dijo al fin, dirigiéndose a Manolito.

Tenía la voz baja y cavernosa. Era el susurro amenazante de Vito Corleone, el Padrino creado por Mario Puzo.

—Acércate Ignacio —dijo— ¿Quieres un poco? Estos ravioli me van a matar.

Solo entonces Ignacio se dio cuenta que estaba comiendo. Un plato grande de espagueti con jamón y queso y en frente una gran fuente de salsa y ensalada.

—Gracias señor Robin, pero ya comí en mi casa.

—Haces muy bien en cuidarte la boca Ignacio, así no morirás por ella. A mi estos raviolis y esta salsa me matarán, te lo juro.

Tenía un gran pañuelo abierto sobre el cuello de la camisa

Comía los espaguetis en grandes porciones que envolvía hábilmente en el tenedor. Parecía imposible que alguien tan flaco pudiera comerse todo aquello y era obra de la presdigitación que no se manchase el traje blanco.

"Quizás este loco no me asesinará", pensó Ignacio, "nada le he hecho".

No se atrevía siquiera a mirar al hombre que a veces se cruzaba en la calle, mudo y afilado como un cuchillo y del que se decía que poseía tantas muertes en la espalda como pelos había en su cabeza.y a ejecutarte, pero quiero que me seas franco.

No iba a matarlo. Los ojos de Ignacio casi se humedecieron de alegría, se sintió repentinamente pleno y agradecido.

—Cuéntame del negocio del jabón de sebo, Ignacio.

Le contó todo, con lujo de detalles.

Robin el dibujante se quedó esperando más palabras, pero nada sucedió. Ojos abiertos añorando los pequeños horrores que existían detrás de la cortina de la casa del reparto Los Sirios

—¿Entonces nada que hacer Ignacio?

—Yo le juro por mi madrecita que no ha pasado nada más que eso...

—Eres inocente, Ignacio, como un niño.

Ignacio comenzó a llorar. No lograba articular las palabras; abría y cerraba la boca.

—No llores Ignacio

Ignacio se inclinó hacia delante, estaba tan desnivelado que las lágrimas caían directamente al suelo sin mojarle la cara.

—Ve a tu casa Ignacio, estate con tu mujer, juega con tu hija, visita a tus padres en el campo —en un susurro espeluznante

—No, mi hija no, por favor...

—Entonces Ignacio...

Efectivamente no quedaba nada que hacer.

—Manolito acompaña a Ignacio hasta la puerta

Ignacio se tapó la cara con las manos, el rostro moteado de gris y rojo.

—Usted no me entiende señor Robin.

—Si te entiendo Ignacio, te entiendo muy bien, pero ahora debes irte. Mañana en la mañana puedes venir aquí todavía Ignacio, conoces el camino.

Ignacio quería hacer algo, necesita hacer algo, pero no sabía.

—¿Sabes por qué la gente me dice Robin, Ignacio?

Lo sabía, también el por qué le nombraban "el dibujante", y que nadie a no ser él mismo, querían llamarlo Robin. No obstante, movió la cabeza de un lado a otro.

—Por Robin Hood, Ignacio, porque nunca le he quitado nada a los pobres; pero los ricos tienen que pagarme. Es mi derecho y eso se llama justicia. Soy un hombre justiciero y tranquilo.

Hablaba tan bajo y ronco que apenas se le escuchaba.

—Cuando tú viniste a mi barrio desde el reparto Escambray yo no te pedí que pagaras nada, vendías tus viandas, vendías tus jabones de sebo... No te cobré intereses nunca. Pero te volviste ambicioso, Ignacio, ahora robas fábricas, tu gente anda por toda la ciudad cargando sebo en triciclos, vendes mercancía a Silverio Pentón y a su hijo en la Sakenaf; eres rico y eso es una burla Ignacio. Vives en mi barrio, protejo tu casa, a tu familia ¿y qué recibe a cambio la gente honesta de este lugar?

—Tiene que creerme señor Robin, por favor...

—Yo te creo Ignacio.

—Voy a averiguar qué pasa, se lo prometo.

Esta vez Robin el dibujante casi sonrió.

—No sé por qué te veo con un clavo grande clavado dentro de las orejas Ignacio, atravesando tu cabeza de parte a parte, y muchos anzuelos que te halan los párpados y la piel de la frente, a ti, a tu gente y al "Fide Stevenson", pobre "Fide Stevenson"

El cuerpo de Ignacio se quedó quieto, como si el sonido de aquella voz lo hubiese petrificado

"Ya se parecen a Frankestein", pensó Robin.

Su rostro helado estaba sereno, casi sacado de un molde, los ojos inexpresivos pintados sobre la cara.

—Manolito acompaña a Ignacio hasta la puerta —un disco rayado a punto de romperse en pedazos.

Cuando Manolito "el palomo" regresó, Robin dibujaba trazos con un bolígrafo sobre un papel gaceta.

—¿Qué hacemos con esa zorra llorona, jefe?

Robin el dibujante no levantó el rostro, parecía muy abstraído en delinear una cara aterrorizada de la que sobresalía un clavo enorme que penetraba de un oído a otro y varios anzuelos prendidos que halaban la piel hasta lo inverosímil.

—No te confíes, Manolito, Ignacio es un hombre muy peligroso.

CAPÍTULO XX.

La hermana del Fide

C uando Ignacio salió de casa de Robin "el dibujante", no se dirigió directamente a la suya, sino que se sentó en el parquecito de la calle Virtudes, detrás de la pescadería, a reflexionar.

Mientras el orate aquel hablaba, Ignacio contemplaba sus manos de reojo, se movían solas de un lado a otro, interpretando su propio lenguaje, una película a cámara lenta de gestos, muecas y miradas rabiosas. Robin intentó detenerlas, pero no lo conseguía, seguían moviéndose a un ritmo acompasado, sin esfuerzo.

"Sus garras querían dibujarnos", se dijo Ignacio, "el Fide Stevenson" y yo y nuestras familias somos gente muerta, carne de gusanos"

El viento de la noche lo refrescó un poco. Era un viento frío de espesura mojada que lo hacía sentir como una rama seca clavada en cualquier parte.

"Tengo hasta mañana en la mañana para pensar que haré, y lo peor es que no se me ocurre nada. No me viene a la mente quien nos pueda proteger"

La noche trajo un soplo de aire fresco. Se secó el rostro húmedo con el dorso de la mano.

Eran dos, "el Fide" y él, y tenían todo que perder, excepto que se mantuvieran juntos. Nada ganaba con quedarse quieto en el parque llorando. Dos cabezas en peligro razonaban más que una.

Más que caminar casi voló por la calle Virtudes, hasta tomar San Pedro y de ahí el final de la calle Candelaria, contra el gimnasio de pesas. Subió por la arteria, que contrario a todas las demás vías de la ciudad, va perdiendo brillo mientras se acerca a la Avenida Central y desemboca en el metropolitano puente del rio Bélico, convertida en una rambla.

Había un grupo de jóvenes sentados en la acera de la casa del "Fide Stevenson" y como ocurría en las casas más pobres de la urbe, la puerta estaba abierta.

Al llamado acudió la hermana del púgil.

—Necesito ver al "Fide" —dijo Ignacio.

—¿Cómo usted se llama? —preguntó ella.

—Ignacio, el me conoce bien.

—Espere un momento —dijo la muchacha.

La morada estaba dentro de una cuartería y como las otras era estrecha, con las habitaciones a lo largo. Cuando la hermana del "Fide" abrió la cortina para pasar hacia la parte posterior, por una fracción de segundo, Ignacio tuvo la visión de un torso y un brazo musculoso, ocultos tras la colgadura.

Al poco la muchacha regresó.

—Parece que mi hermano salió y yo no lo vi, ¿sabe? Estará para casa de su novia.

—¿El no estaba enfermo?

Vaciló durante unos segundos

—Estaba, pero hoy amaneció un poco mejor.

Algo andaba muy mal. El "Fide Stevenson" se le estaba escondiendo. La pregunta era ¿por qué?

Pero nada resolvería ahora con la hermana del "Fide"

—Dile a tu hermano que me localice urgente esta noche y que se cuide, que Robin "el dibujante" lo anda buscando y no es para cosas buenas.

Estaba solo y para salvar a su familia y salvarse él, solo le quedaba una opción, Tambulende Yaya el de América Latina.

A pesar del peligro que corrían Milagros y Maydolis, Ignacio pospuso para el siguiente día la visita a Tambulende, porque este difícilmente lo atendería a esa hora de la noche y después de una negativa inicial todo estaría perdido.

CAPÍTULO XXI

Tambulende Yaya

Los cubanos siempre han sido aficionados a la buena mesa, el juego de pelota y la cultura.

Aún en las épocas más terribles, los hombres han contado con el juego de pelota para buscar remedio momentáneo a sus penurias. Durante las varias horas que dura este no existe nada más. Luego queda la pasión, contender, acalorarse, porque esa u aquella no fue la mejor jugada, porque la estrategia del manager fue errada, porque tal pelotero estaba para ser sentado en el banco, porque el pitcher no fue extraído a tiempo y esto concedió la victoria a los contrarios...

Hay un dicho popular que dice: "A mí no hay quien me quite lo baila'o", y es que los cubanos también nacen con un tambor amarrado a la cintura; basta un pretexto cualquiera para que se organice una celebración. Se juntan varias personas, sacan de sus casas lo que tienen para alimentarse, se visten con sus mejores ropas y con un cantante, dos o un grupo de músicos improvisados el jolgorio dura comúnmente de un día para otro.

Como cualquier persona nacida en la isla, todo esto Tambulende lo sabía

Tambulende Yaya, el de América Latina fue pobre hasta que razonó como emplear la mayor ganancia que había en Santa Clara, y que se estaba escapando en los desperdicios y en la energía de la gente.

Tambulende fue jefe de una banda de rotosos que se dedicaba a recoger los mondongos del matadero y sacarles la grasa para venderla al por menor a cualquiera. Después descubrió que era mejor cocinar los mondongos desgrasados junto con todas las cáscaras y los desperdicios de comida que se botaban en la basura y suministrar aquel mejunje a los criadores de puercos. Poco a poco la producción fue creciendo y la sancochera se convirtió en fábrica

Era buen ciudadano. Cada año Tambulende le regalaba un puerco a la gente de su cuadra.

Un día Tambulende fue a jugar pelota en el terreno que quedaba detrás de la Tenería. Cuando vio a dos o tres mataperros apostando a los equipos que jugaban, se le ocurrió que se podía organizar un sistema para eso. Lo mismo podría hacerse con el siló y las peleas de gallos y perros, tan populares entre la gente.

Sin entrar en detalles técnicos, Tambulende controlaba todas las apuestas grandes de juego en Santa Clara, desde los bancos de bolita hasta los desafíos de pelota en el Estadio Sandino.

La policía desactivó la fábrica de pienso líquido y cargó con la gente que trabajaba en ella, entonces Tambulende se quedó solo con lo de las apuestas.

Era muy agradecido. Cuando el personal de los mondongos salió de prisión, los gratificó en grande por mantener la boca cerrada y les buscó trabajo en el otro negocio.

No era que la gente de América Latina no se las viera difícil en aquella situación, pero la pasaban más aliviados. Mientras toda Santa Clara tenía que ir al centro de la ciudad y meterse una cola espantosa para comprar una hamburguesa diaria por persona; a falta de carne Tambulende montó un negocio de frituras de harina de yuca, mucho más baratas que las hamburguesas y otro de picadillo de cáscaras de plátano pre sazonado, solo para la gente de su barrio.

Robin "el dibujante" era una lucecita en la noche, un pichón caído del nido, menos que una hormiga loca al lado de Tambulende.

En toda la ciudad no había un hombre más poderoso que Tambulende Yaya, el de América Latina.

CAPÍTULO XXII

El lobo y la mujer nueva

M ilagros leía mientras el reloj marcaba los segundos y la noche acallaba los ruidos allá afuera. Cuando Ignacio introdujo la llave en la cerradura ella dio un salto.

—¿Qué te sucedió, donde estabas?

Lo sentía solo y la miraba como si mirara a un objeto inanimado.

—¿Y la niña? —preguntó al fin.

—Duerme, pero tú dime, ¿qué pasó?

—Nada —dijo

La conversación comenzaba a tomar mal cariz

—¿Cómo que nada? Sales detrás de ese rufián y llegas casi en la madrugada y simplemente me dices "nada". ¿Qué quería el "dibujante"?

—Se enteró del negocio del sebo y me pidió que le contara

Milagros comenzó a lamentarse. Ignacio había sido fácil presa

—¿Qué le dijiste a ese verdugo?

—Nada —dijo Ignacio.

—Entonces, ¿por qué esa cara de funeraria?

—Sabes que no me gusta ese tipo.

Y dicho esto, salió hacia el cuarto y ni las miradas de Milagros, que parecían censurarle su precipitación, pudieron evitar que se marchara.

"No sé por qué, pero en todo esto veo la mano de Alba, esa mujercita de baja estofa", se dijo ella.

Algo extraño debía ser porque cuando se levantó en la mañana ya su esposo se había ido otra vez.

CAPÍTULO XXIII

Otra vez Tambulende

—**A**h, como estás, Ignacio.

Tambulende también lo conocía. ¿Qué diablos estaría pasando?

—Siéntate. ¿Qué puedo ofrecerte Ignacio, un café, un refresco, solo dime?

Tambulende no dejaba de sonreír.

Ignacio rehuyó la mirada. Tambulende lanzó una ojeada a su reloj y de una carpeta que tenía sobre la mesa sacó una hoja de papel, después volvió a guardarla. Luego dejó la carpeta sobre la mesa.

Durante un par de segundos Ignacio pareció medio confundido, luego dijo.

—Muchas gracias señor Tambulende, pero tengo un problema y necesito su ayuda.

Tambulende sonrió un poco

—¡Ah, un favor! Progresas rápido Ignacio, pero no te basta. Veo que te ha ido bien con los Pentón, pero aspiras a más.

—Es sobre eso, señor Tambulende, no he hecho ningún negocio con los Pentón.

Tambulende dejó de sonreír, su rostro mostraba una expresión calculada.

—Las mentiras nunca son buenas, pudren los negocios desde la raíz, pero en fin ¿dime qué quieres?

Ignacio juntó las manos.

—Necesito que me proteja, señor Tambulende.

—Sí, claro, la pregunta es ¿de quién?

Ignacio levantó la cabeza, con los ojos muy abiertos.

—Robin "el dibujante" quiere matarnos a mi familia y a mí.

Tambulende volvió a sonreír, esta vez con los ojos semicerrados.

—Supongo que "el dibujante" quiere que tú y "el Fide" le paguen su contribución sobre el negocio del sebo con los Pentón, a fin de cuentas ustedes viven en el Condado, ¿no?

Los ojos inquisidores se abrieron súbitamente sobre los de Ignacio.

—Bien, hijo, ¿cuánto me pagarás por protegerte?

—Esa es la cosa, señor Tambulende, no tengo un kilo partido por la mitad.

Tambulende no se movió. Un silencio y una quietud amenazante.

—Muy valiente de tu parte, Ignacio, tienes bolas. ¿Quién coño crees que eres? ¿Cómo te atreves a venir así a mi casa y sacarme de la cama casi en la madrugada, por nada?

Se puso de pié. Los ojos centellaron con violencia.

Ignacio comenzó a resbalarse de la silla.

—Protéjame señor Tambulende, usted es mi única esperanza.

—¿Qué me darás Ignacio? Piensa bien esta respuesta porque es la última cosa tuya que oiré.

Ignacio lo sabía, había muchos cuerpos en la vida de Tambulende. Cuerpos sucios, sin carne, sin luz.

Lo único que podía ofrecerle eran los dos triciclos.

—Dos triciclos nuevos, con el cajón ampliado.

Tambulende comenzó a reír, estuvo así durante dos minutos casi, un ataque de risa. Cuando habló la voz no se entendía bien, por la tos.

—Tú quieres que yo desafíe a Robin "el dibujante", que arme una guerra con él por dos miserables bicicletas. Ja, ja, ja. Estás loco, ahora sé que tú estás chiflado. Ja, ja, ja. ¿Y para qué quiero yo dos triciclos? Ja, ja, ja.

De pronto se cortó las palabras y la risa. Tambulende Yaya se puso serio, muy serio.

—Entonces protéjame hasta que yo pueda venderlos y le entregue el dinero —insistió Ignacio.

Otra vez el silencio solo roto por la respiración entrecortada de Tambulende Yaya.

"¿Sería tonto ese tipo?, ¿quién pensaba que era él?, un carroñero o qué..."

—Lárgate de mi casa, traste, y agradece que deje que te vayas así tranquilo.

CAPÍTULO XXIV

La estrategia del caracol

Robin el dibujante permanecía sentado muy erguido en su despacho, observando detenidamente a un vulgar caracol de tierra, inmóvil sobre la mesa. Frente a él Manolito "el palomo" hacía como que organizaba las cosas de la habitación.

—Tranquilízate Manolito, me distraes y tengo que pensar

—¿Pensar en qué cosa, jefe?

Robin ignoró la pregunta.

—Hay que aprender de los caracoles Manolito.

—Eso.

—Observa cómo se hace el muerto, esperando que yo me descuide para escapar y fregarme.

—Ya sé lo que usted piensa, jefe, está aprendiendo de los caracoles.

—Todos debemos aprender de los caracoles Manolito.

—Tienen buena marrullería, jefe. La estrategia del caracol.

—¿Qué dices Manolito? Estás loco, ese es el título de un filme. Yo solo veo películas de mafia, la familia, los capos, la cosa nostra.

Por unos segundos en el rostro de Robin se dibujó una expresión terriblemente fatigada y tensa y enloquecida.

Después permaneció tanto rato callado y con los ojos entrecerrados que Manolito creyó que se hubiese dormido.

—Oye Manolito —abrió los ojos de golpe— Ignacio no vino.

Y entonces Manolito descubrió que Robin había estado pensando en Ignacio todo el tiempo.

—No ha venido jefe, ¿quién se cree que es?

—Te lo dije Manolito, que Ignacio era muy peligroso, se fue a América Latina, a lo de Tambulende Yaya, a ponerlo en mi contra. No me paga y luego me traiciona. La humanidad es mala Manolito.

—¿Y qué dijo Tambulende, jefe?

—¿Cómo quieres que lo sepa Manolito? No confío en la persona que me trajo el cuento, odio a los chismosos y a los mirones, pero a veces hay que hacerse el de la vista gorda.

—Seguro que fue el "nene chalupa", jefe. Ese anda por ahí metiendo la naríz en todo lo que no le importa.

—Vero, Manolito, vero.

—¿Entonces qué haremos, jefe?

—Ya nada Manolito, ve a ver a Ignacio y luego anda a la candonga y búscame unos anzuelos.

—¿Vamos de pesca, jefe?

—Últimamente preguntas demasiado Manolito, ve a casa de Ignacio y habla otra vez con él.

—Perdone otra pregunta, jefe, pero ¿de qué tamaño son los anzuelos?

—Medianos Manolito.

—Creo que si es para un rio en este tiempo lo mejor es pescar con mosca, jefe, hay mucha agua, pero usted es el que sabe. Ahora mismo se los traigo

—Ahora no Manolito, primero tienes que ir a lo de Ignacio.

—¿Usted va a despacharlo, jefe?

—Cómo se te ocurre Manolito. Háblale a Ignacio, dile que me equivoqué con él, cuéntale que le ofrezco una disculpa, que ya no tiene que pagarme nada por sus negocios con el sebo.

—Pero jefe...

—¿Pero qué cosa, Manolito?

Manolito enmudeció de repente, sus ojos oscuros esquivaron a Robin.

—Ahora saca mi carro del garaje que voy a la casa de Los Sirios. Tengo un cuadro muy importante que terminar y ya estoy atrasado.

Todo a su alrededor pareció detenerse. Manolito también permaneció inmóvil durante un minuto.

—No escarranches los ojos así Manolito, ¿cuándo aprenderás que nosotros somos gente educada, de buena conducta?

Manolito "el palomo" fijó la vista en el caracol que unos minutos antes estaba inmóvil sobre la mesa.

—Se le va, jefe, el caracol se va...

CAPÍTULO XXV

El Padrino de Mario Puzo

D e nacimiento Manolito "el palomo" padecía de depresiones. Lo agarraban a veces días, meses, años enteros.

Aburridos de tanto pastilleo y tantas carreras con los médicos, sus padres lo llevaron a una vieja curandera que adivinó que lo que le pasaba a Manolito era que había nacido para ser grande y mandar, y que todavía no estaba desarrollado. Dijo que cuando eso pasara se acabarían los problemas.

Unos años después Robin hizo su aparición en el Condado y Manolito pensó que había llegado su oportunidad. El salto de nada a mensajero y hombre de confianza del "dibujante" fue muy rápido, pero las cosas se estancaron ahí.

Era más, a Robin muchas veces se le olvidaba hasta pagarle, por suerte Manolito era muy despierto; unas veces pedía directo, otras, amenazaba, las menos hacía arreglos con la gente que estaba en la mira del "dibujante", lo cierto es que de esa forma sobrevivía.

Pero no era para eso a lo que estaba predestinado y muchísimo menos a llevar un apodo tan ridículo como aquel de "palomo"

Un día Manolito imitaría a Robin, y también disfrutaría de la dulce sensación del poder; eso era importante. Quizás se estaba preparando para cuando le tocara sustituir al "dibujante" en el barrio...quizás... Su sueño era tener un estudio de pintura en los Sirios y pagarle a Raúl el fotógrafo para que fuera tras él en la calle, haciéndole fotos; pero no se atrevía porque era demasiado peligroso. Si Robin llegaba a suponer que Manolito tenía aspiraciones era mejor ni pensar lo que le ocurriría.

Mientras se dirigía a casa de Ignacio ideaba un plan para sacarle dinero. Si Robin no lo mataba el podría cargar con la gloria, si lo destruía, los muertos no reclamaban.

Por segunda vez en menos de veinticuatro horas estaba en casa de Ignacio. Este tenía unas bolsas negras bajo los ojos y ni siquiera lo invitó a pasar.

—Dice el jefe que ya no tienes que pagarle nada, que lo dispenses, porque se equivocó contigo.

Pero Ignacio torció la boca en una mueca dolorosa.

—Hablemos en la calle —dijo

"El jefe cree que este es peligroso, pero se equivoca, la temeraria aquí es su mujer, esa es capaz de todo, hay que ver cómo me mira".

Caminaron un poco por la calle hasta la rambla. A su paso la gente saludaba a Manolito, inclinándose casi. De algún calentador invisible subía un vapor emocionante.

—¿Cómo está Manolito?

—¿Qué tal Manolito?

—Después si me lo permite tengo que hablar con usted, Manolito.

Manolito no contestaba, mirando apenas. Un placer; las palabras se alargaban mágicamente, la certeza profunda de que la satisfacción no cabía en el cuerpo. Una alegría suficiente en sí misma.

—¡Ahh! —dijo Manolito.

Ignacio también suspiró y entonces ante la queja, el encanto quedó roto.

—El señor Robin va a matarnos por nada.

Era el momento esperado, el perfecto para duplicar a Robin. Manolito se encogió en sí mismo, su cuerpo se hizo delgado, las facciones angulosas, los dedos se alargaron hasta lo increíble.

—¿Cuánto me pagarías porque te salve, Ignacio?

Un bisbiseo profundo. Era Robin "el dibujante", un Robin blanco nuevecito, recién llamado a la vida. Pero ser copia falsa no era suficiente. Con un movimiento lánguido Manolito extendió el dorso de su mano semiabierta hacia los labios de Ignacio.

Ignacio lanzó una rápida mirada, sorprendido. Luego comprendiendo que era lo que se le pedía, tomó aquella mano y la besó, agradecido.

—¡Gracias don Manolito! —dijo.

Sacó del bolsillo unos billetes que puso en manos del "palomo". Algunos sin embargo cayeron al suelo.

—Tome todo, don Manolito, cójalo, pero por favor sálveme.

Se echó al piso y recogió el dinero, desde allí se lo alargó al "palomo"

—¿Qué es eso Ignacio?, levántate.

Pero en vez de eso Ignacio se aferró a sus rodillas.

—No deje que pinte a mi hija ni a mi mujer, don Manolito, no lo deje.

—Tranquilo Ignacio —dijo "el palomo", mientras le ayudaba a incorporarse.

Su rostro estaba sereno, exactamente como si lo hubieran sacado de un molde.

—La familia no siempre es buena Ignacio. Tu primo Pedro te denunció ante Robin.

Ni un estremecimiento, solo el impasible rostro helado.

—Yo no he vendido ni un cubo de sebo, se lo juro, ni una libra.

—Te creo Ignacio, te creo, y haré lo que pueda por convencer a Robin, pero tú agarra a tu primo, habla con él Ignacio.

La actitud ingrata de Pedro estaba más allá de la lógica.

—¿Por qué Pedro me haría esto?

—La familia Ignacio, la familia. Te comes a su hembra, Ignacio, eso no está bien.

Inexpresivos ojos negros pintados sobre la cara.

CAPÍTULO XXVI

Conejo blanco

Ignacio regresó de la conversación con Manolito muy extraño, más abatido todavía, si es que aquello fuera posible.

Se pasó lo que quedaba de tarde sin salir de la casa. Cada rato iba hasta la puerta y la abría, atisbando a un lado y a otro de la calle. Milagros le hablaba y él solo sonreía débilmente, como si no tuviese idea de que era todo aquello.

A las cuatro como era su costumbre ella salía a buscar a Maydolis, pero esta vez el no se lo permitió.

—Iré yo —dijo, tajante.

—¿Quieres decirme que está sucediendo, y por favor no me digas esta vez que no pasa nada? —ripostó Milagros.

La boca de Ignacio se comprimió. Miró otra vez a Milagros y luego se levantó y fue hacia la puerta.

—Cuando regrese te explico —le dijo sobre la marcha.

La puerta se cerró tras su espalda.

Pero Milagros no era de esas mujeres que cedían tan fácilmente. Cuando Ignacio regresó con la niña, ella estaba sentada frente al televisor apagado, con las manos cruzadas bajo la nuca y moviendo los pies en un ritmo trepidante. Esperando.

—Ahora me vas a explicar —le soltó, triunfante— me vas a decir enseguida que le pasa a Manolito "el palomo" contigo.

Por fin Ignacio también se sentó, uno al lado del otro, muy juntos. No podía contarle toda la verdad, pero con un fragmento bastaba porque el final era el mismo, la ruina.

Maydolis como una mariposa revoloteaba a su alrededor, hasta posarse sobre las piernas de su madre.

Desde allí comenzó a contarles a ambos como la maestra les estaba ensenando las tablas de multiplicar.

—Pero Ernestico no se sabe los productos del tres, y la maestra dijo que iba a mandar a buscar a su mamá.

Ignacio miró a Milagros y le hizo un gesto cómplice hacia la niña.

—¿Y tú sí te lo sabes? —preguntó imitando el habla de la niña.

—Yo sí me los sé, mira, tres por uno, tres, tres por dos, seis...

—Luego te cuento —dijo hacia el vacío y se puso de pie.

Fue hasta la puerta, tomó en sus manos el picaporte, se quedó pensativo durante unos instantes y después regresó a la sala. No quería dejarlas solas, no a aquellas horas peligrosas.

—Ahorita cuando la niña se duerma me lo vas a contar.

El reloj cortaba implacable el tiempo y según pasaba este la cobardía le subía en oleadas de hombre que deponía las armas. Antes de hablar sintió el cansancio que producía el sentimiento de caída.

—Milagros —dijo—, perdóname

—¿Qué? —dijo ella

—Creo que lo perdimos todo.

Ella lo miró asombrada, pálida.

—Alguien le fue con el cuento del negocio del sebo a Robin "el dibujante", ahora él quiere que le paguemos, dice que estamos vendiendo la mercancía a los Pentón de la Sakenaf. Nos ha dibujado a ti, a mí, a la niña, va a matarnos...

—¿Pero quién fue...quién?

—No lo sé.

Milagros tenía los cabellos sueltos, recogidos por detrás de las orejas y el rostro desencajado.

—¡Dale el dinero que pide, ahora mismo vas para allá!

—¡No tenemos dinero, compré los triciclos, pagué los arreglos de ellos, le di a Pedro el pago de los dos tanques de sebo...!

—¿Cómo es eso de que no tenemos dinero? Dímelo otra vez para que mis oídos oigan algo tan disparatado que les dé una idea de que te has vuelto loco, aunque yo no lo entienda. Vamos, dilo.

Ignacio empezó a estremecerse.

—Milagros, perdí todo el dinero —dijo y avanzó un paso hacia ella.

Ella pareció inclinarse hacia él, mirándolo con desesperación. Por un instante Ignacio pensó que iba a agredirlo

—¡No me toques! Vete a ver a tu primo y pídele el dinero del sebo, que te ayude a vender otra vez los triciclos, pero haz algo. ¡Van a matar a nuestra hija por tu culpa!

Pero por una razón incomprensible Ignacio se quedó quieto, encogido sobre sí mismo.

CAPÍTULO XXVII

Las fotos

La casa de Raúl el fotógrafo estaba inundada por la penumbra de un lujo discreto. La brisa hinchaba las cortinas y animaba a los objetos encerrados en pequeños armarios, que despertaban súbitamente al toque de la puerta.

Cuando el artista abrió la puerta, Milagros pudo ver como una mujer vestida de blanco se alejaba hacia el fondo de la casa; debía ser la esposa del artista.

Raúl la invitó a sentar, y el hizo lo propio detrás de un enorme escritorio. Con un cigarro colgando de la comisura de la boca abrió una gaveta del mueble y extrajo un sobre con unas fotografías que extendió a la mujer. Milagros comenzó a examinar una a una las instantáneas.

El nombre de Ignacio no fue pronunciado ni una vez.

Ante la visión de Albita e Ignacio besándose Milagros prorrumpió en llanto. Se puso de pié nerviosa

—¡Lo imaginaba! —dijo.

Comenzó a respirar agitadamente. Después se dejó caer otra vez en la butaca, agotada.

—La está traicionando con la mujer de su propio primo —un martilleo en los oídos— a la gente así que no valora lo que tiene se le aplica la ley del karma.

Milagros, dolorosamente encorvada, miraba en torno suyo con desamparo.

Los ojos de Raúl la observaban con atención.

—Señora, cuente conmigo si usted quiere vengarse —dijo, con voz sofocada por el fuego contenido.

Extendió una mano hacia Milagros, casi hasta rozarla. Ella se compuso y lo detuvo con un gesto.

—¿Me ayudarías hasta el final, sea lo que sea? —preguntó fríamente.

CAPÍTULO XXVIII

Conejo negro

Quien quiera entender el espíritu del barrio y no conozca los pasajes de Santa Clara y sus recovecos, estará perdiendo irremediablemente el tiempo.

En los pasajes la gente se levanta a la hora que quiere, porque se acuesta o no se acuesta y a nadie le importa. Los pasajes son una ciudad dentro de la ciudad, pero a diferencia de la urbe que vive su esplendor en la noche, los pasajes se avivan durante el día y cuando llega la oscuridad se convierten en espacios silenciosos, refugio de mucha gente sentados o acostados, solos o en familias enteras, bajo el amparo de un tugurio único, y que yacen en la muerte de la borrachera o del sueño.

En los pasajes no hay carnet de identidad, ni vale la libreta de abastecimientos porque impera una sola ley: La ley del pasaje. Allí no existen policías ni médicos, ni profesionales, y a sus habitantes no les importaba nada que no sea ellos mismos. Existen prófugos de la justicia que han vivido el resto de sus vidas tranquilamente en un pasaje.

Los pasajes encarnan la conciencia más impositiva del barrio, donde cualquier persona puede desaparecer y no pasa absolutamente nada y donde las palabras raciocinio, maldad y violencia no tienen ningún significado. En el argot de la gente honrada, que conoce muy poco de los barrios marginales de Santa Clara, los pasajes son lugares terribles.

La primera vez que Ignacio entró a uno de los pasajes del barrio Chamberí, donde vivía Enrique "traqueteo", fue cuando Pedro lo llevó para que se conocieran y fructificase el negocio del sebo. Aquella jornada terminó en celebración; pero las cosas no siempre eran así. Enrique hacía años que vivía en ese lugar, con otros que como él carecían de recursos. Todavía en un rincón la maleta con que vino, junto a la vieja cama de hierro y los años de su juventud irremisiblemente perdidos, años para la osadía y las aventuras, el tiempo vivo y el tiempo muerto que precedió a su transformación. No, Enrique "traqueteo", quien gracias a Pedro por la venta del sebo de la fábrica volvía a saborear las mieles de la victoria, no permitiría que nada ni nadie se interpusiera.

Quizás la única razón que lo retenía todavía en aquella vivienda era la ambición de obtener más dinero sin llamar la atención, o tal vez no lo consideraba todavía suficiente para recuperar a su bonita y fogosa ex esposa, y entonces todavía tenía que aguantar un tiempo más a aquel montón de gente ordinaria.

Como un callejón cualquiera, el pasaje de la calle Chamberí era externamente un tropel de individuos, que hablaban todo el día de sus excesos, rebeldías y crímenes y donde la palabra "piedad" no tenía cabida.

Ignacio razonó. Era mejor enfrentar a Enrique "traqueteo" que a su primo Pedro; por lo de Albita, claro, porque por Albita, Pedro era capaz de cualquier cosa, desde agredirlo con un bate hasta coserlo con un cuchillo.

Pero antes se sentó en su banco acostumbrado del parque de la calle Virtudes. Sacó la cartera y miró la hoja de papel donde llevaba cuenta de la merma del dinero, esperando quizás que la suma hubiera cambiado por arte de birlibirloque o que se hubiera fijado mal la víspera. Había algo ceremonioso en aquello, y en la manera en que hacía planes para invertir lo que quedaba del capital y recuperar las pérdidas. Un rompecabezas quimérico.

Enrique estaba de franco en la guardia y junto a los "pasajeros chamberianos", hacía coro alrededor de Humberto Muebles e Hilario Flaquet, quien con un estañador manual calentado en un brasero alimentado con aserrín, soldaban planchas metálicas, improvisando un bote para pescar en la Presa Minerva, con el que proyectaban montar un mercadillo de venta de tilapias en el lugar.

Cuando Ignacio se acercó las conversaciones y las risas cesaron de repente, y Humberto Muebles que sostenía un retazo de chapa por un extremo, empujándolo contra otra con un tubo, lo miró con una especie de sorpresa. Hilario apenas se detuvo, encerrado en un chisporroteo estrellado de ascua viva, temeroso de que aquella interrupción destruyera la tranquilidad que requería su obra.

—¡Enrique! —llamó Ignacio, en voz baja.

Entonces uno de los integrantes del grupo comenzó a reírse. Ignacio lo había visto varias veces, era nativo de América Latina; un tipo alto y flaco como un palo, "cara de niño", le decían. La risa cesó tan abrupta e inexplicablemente como empezó.

—¿Quién carajos es este? —preguntó

La boca aún más deformada, si aquello fuese posible. La cara gastada de un dipsómano sifilítico y escaso de carnes, la nariz una plasta que cesaba en el preciso instante de trocarse en foca.

—Déjalo tranquilo "cara" —ordenó Enrique.

Se apartaron un poco hasta la entrada del pasadizo.

—Tengo que hablar contigo de hombre a hombre —dijo Ignacio.

—Desembucha.

Por el tono cortante de Enrique, Ignacio supuso que este lo sabía todo y era parte del complot.

—Mi primo me ha estado jodiendo el dinero del negocio, tú le estás vendiendo el sebo y él lo está moviendo solo, sin mí, a los Pentón de la Sakenaf.

Enrique lo miró con los ojos casi blancos por la amenaza.

—¿Y yo que tengo que ver con eso? ¿Por qué no le reclamas a Pedro, o a Silverio Pentón?

Luego hizo una pausa y prosiguió.

—Nosotros quedamos en una cosa clarita, Pedro y "el Fide Stevenson" serían los que vendrían a buscar la mercancía y tú no ibas a asomar tu pendejo hocico por la fábrica. Yo les vendí los tanques y recibí mi dinero. Si algo les salió mal allá ustedes, pero a mí me sacan de sus enredos.

"Todo muy bien pensado", se dijo Ignacio, pero no permitiría que lo entrampasen, no faltaba más.

—¡Pues te voy decir cómo es! O recibo lo mío o nos jodemos todos. Y como no toqué nada no tengo nada que perder. Palabra contra palabra.

Continuó explicando, comprendiendo que hablaba más y más no para convencer a Enrique, porque eso ya no tenía remedio, sino para justificar su propia desesperación y la rabia.

—Entonces es la palabra tuya contra la mía —dijo Enrique "traqueteo", con calma.

—También está mi primo Pedro.

El otro lo miró con dura, casi severa impersonalidad.

—Bueno. ¿Y qué?

Enrique formuló la pregunta sin respirar siquiera. Otra mala réplica de Robin "el dibujante".

—Mi primo es un flojo, lo conozco muy bien y si lo aprietan hablará y arrastra con él a quien sea.

Los rasgos de Enrique "traqueteo" tomaron un color masilla, los ojos se abrieron un poco.

—¡Tú no eres un chivato! ¿O sí?

—Por la comida de mi hija sí lo soy.

En un momento se miraron fijo. Luego Enrique parpadeó fuerte.

—Te voy a dar un consejo, no te metas conmigo. Y piénsalo bien, porque toda Santa Clara sabe que en cuanto Pedro se encuentre contigo en la calle te va a echar al pico, así que ya lo sabes.

Ignacio agarró el brazo de Enrique y lo apretó, Enrique lo sintió, sintió la mano, y también la voz en contraste con el viento negro del pasaje.

—¡Ayúdame, Enrique!

Ignacio no vio venir el golpe, estaba tan absorto en la discusión que no percibió que "cara de niño" se había acercado a ellos y que sin avisar le lanzó un suinazo al ojo izquierdo. Ignacio tuvo la visión de unas cejas y una boca implacables, por primera vez de acuerdo sobre estrellas azuladas, el bullicio y después...la nada.

CAPÍTULO XXIX

A fin de cuentas

M altrecho, con un intenso mareo y arrastrando los pies, Ignacio se dirigió hacia el reparto Sakenaf. No podía darse el lujo de tomar un carretón de caballos y anduvo a pié las veinte cuadras inútiles a través de la ciudad.

Más allá de la fábrica de sacos las casas terminaban y comenzaba el campo, en esa época de verano azotado por un viento caliente y seco. Ignacio caminó por un terraplén angosto en subida que terminaba en una casa verde de tablas y tejas. Un perro negro mediano salió a su encuentro ladrando.

Desde dentro de la casa se oyó una voz de hombre regañando al animal; este huyó todavía gruñendo al visitante, con el rabo entre las piernas.

—Hola —dijo el hombre.

Era bajo y rechoncho, con cara tostada de indio y pelo negro.

—Ah, es usted, Ignacio.

—Sí, soy yo.

—Todo ha ido bien, gracias a Dios.

Ignacio ni se movió, solo indicó con un movimiento de cabeza una casita baja de techo de guano detrás de la vivienda.

—Me llevo los triciclos —dijo.

El indio lo miró extrañado, una expresión de desconsuelo iba ganando su rostro.

—¿Por qué no espera a mañana, no le dará tiempo a dar dos viajes?

—No puedo. Mañana tengo trabajo. Me los llevo los dos de diestro.

—La felicidad en casa del pobre dura poco —dijo el hombre compungido.

Por un instante Ignacio creyó verlo garabateando en el aire enormes cifras de dinero.

—¿Pasa algo en la fábrica? —preguntó.

—Un problema pequeño, una inspección o algo así, pero hay que sacar los triciclos de aquí por si acaso —mintió.

—¿Entonces retomamos pronto el negocio? —preguntó el indio.

—Claro.

Una mirada oscura ante la que Ignacio pareció vacilar como un conejo ante el resplandor de una antorcha.

—Ya los traigo —dijo el indio.

Al poco regresó con uno de los triciclos. Casi lo abrazó, apretando su cuerpo contra el metal.

—Los fregué bien, como me dijo Pedro —dijo.

Ignacio pasó un dedo sobre la caja trasera de la bicicleta. A pesar del lavado con agua había residuo de sebo fresco sobre ella. Allí donde el borde de los tanques había rozado la pintura roja esta se había desprendido.

Cuando estuvieron los dos triciclos, subieron uno sobre el otro amarrados con una soga fina, mientras el indio hablaba no del dinero ganado con el negocio, sino de su falta, y como si los triciclos y los tanques de sebo fueran parte de un cuadro vivo o de un acertijo.

—Yo estaré esperando por ustedes a que las cosas mejoren —dijo, con resignación.

Miró a Ignacio que se alejaba con los dos triciclos de mano sin siquiera decir adiós. Lo vio entrar en la curva del camino y desaparecer. Entonces el indio tuvo la corazonada de que no los traerían de vuelta nunca más.

CAPÍTULO XXX

Fosforera calentadora

A Ignacio las fuerzas apenas le dieron para subir la pequeña elevación de la calle San Pedro, al llegar frente al portal de su casa dobló un poco la rueda delantera del triciclo para que no se fuera loma abajo y se dejó caer en la acera, desfallecido.

Allí lo sorprendió Milagros, tenía los ojos marchitos y los brazos tras la espalda. Se quedó mirando a Ignacio largo rato

—¿Qué es esto, Ignacio?

—Los dos triciclos.

—Conmigo no te hagas el bobo. ¿Quiero decir que te pasó en ese ojo, y porque estás echado en el suelo?

—Nada, no me pasó nada.

—¿Cómo que nada? Con alguien te fajaste, seguro fue con tu primo Pedro.

—No, no fue con mi primo, ¿por qué tenía que ser con él? Fue con un tipo de América Latina que le dicen "cara de niño"

—¿Y se puede saber que hacías en América Latina?

—No estaba en América Latina, fue en el pasaje de Chamberí

—¿Qué estabas buscando en el Chamberí?

—Fui a ver a Enrique "traqueteo", el custodio de la Recapadora, para averiguar lo del negocio del sebo.

—Ah, vaya. ¿Y qué tiene que ver el tal "cara de niño con el negocio de ustedes?

—Nada, que yo sepa.

—¿Y entonces, quieres decirme por qué te fajaste con ese señor?

—No lo sé, Milagros, estaba discutiendo con Enrique "traqueteo" y "cara de niño" se acercó y me golpeó a traición.

—Eso está muy extraño. ¿No será que tú y el "cara de niño" ese están compitiendo por algo más? Sabes una cosa, no te creo ni una sola palabra.

—Por favor, Milagros, vengo con dos triciclos a pié desde el otro lado de la Sakenaf, estoy exhausto.

—Claro, tienes todo el motivo del mundo para estar cansado.

—No sé por qué, pero parece que me estás hablando con ironía.

—Y tanta que quiero saber ¿por qué has traído los triciclos para acá en vez de ir a venderlos y qué es ese embarrillo que tienen en la parrilla?

Ignacio evitó la primera pregunta

—Sebo —respondió

—Así que estaban cargando sebo... ¿Por qué no le pagaste entonces a Robin?

—No tengo el dinero hasta que venda los triciclos.

—¿No tienes dinero, o es que ya no te importa la vida de tu hija?

—¿Cómo me vas decir eso?

—¿Cómo, y tienes el descaro de venir aquí con los triciclos llenos de sebo? ¿Y no será que tú le estás dando nuestro dinero a otra persona?

—¿Qué quieres decir?

—Tú sabes muy bien a lo que yo me refiero

—No, no lo se

—Quiero decir que tú, tu primo y su mujercita están confabulados para dejarnos a mí y a mi hija sin un kilo. Pero eso no es así, yo voy a hablar con tu primo y con su mujer

—Tú no vas a hablar con nadie

—¿Y quién me lo va a impedir, tú?

Milagros se estremeció, con un movimiento rápido sacó las manos tras la espalda y después le arrojó el sobre de las fotos a la cara.

Ignacio examinó las fotos. Por dos veces hizo ademán de incorporarse pero cambió de parecer. Su rostro iba adquiriendo una expresión retorcida por la sorpresa.

—¡Yo voy a matar al fotógrafo chivato ese! —dijo al fin

—Sí muy macho de tu parte, ¿y por qué lo matarías? Supongo que por el montaje, porque ahora me dirás que eso es un montaje. ¿Mejor por qué no me respondes que va a pasar con nosotros o ya te olvidaste de la amenaza de Robin?.

—Yo no me he olvidado de nada.

—Sabes una cosa, yo misma voy a hablar con tu primo, con su mujer y con el "dibujante"

—Tú no vas a hablar con nadie.

—¿Quién eres, que poder de decisión tienes sobre mí?

—Yo soy tu marido.

—tú lo que eres es una fosforera calentadora de camas ajenas y encima de eso eres un comemierda. Y otra cosa, voy a traer de vuelta a esta casa el dinero de mi hija, te guste o no te guste.

CAPÍTULO XXXI

La casita de los horrores

D espués que Robin "el dibujante" convirtiera en estudio la casa de los Sirios, nadie además de su madre, que lo limpiaba una vez a la semana, pudo entrar allí.

Cuando Robin iba a pintar no permitía que Manolito y mucho menos Raúl el fotógrafo lo acompañasen

Claro, que todas las reglas tienen sus excepciones y en una ocasión la mamá de Robin enfermó repentinamente y a Manolito no le quedó más remedio que ir a buscar al artista.

Ante la insistencia de los toques, Robin entreabrió la puerta y por una fracción de segundo Manolito tuvo el atisbo de grandes cortinajes negros que se le antojaron mortajas ondeantes y estrambóticos bulbos en forma de racimos de tinieblas repletos de jugos sombríos. Más allá existía un corredor bisqueante, al que daba paso una mano huesuda envuelta en un velo que apretaba un bastón de empuñadura de metal que ocultaba en su interior una afilada cuchilla.

El claustro era mazmorra de una masa bípeda, informe y transparente —Manolito no pudo determinar que era— que respiraba en lentas contracciones y por dentro de ella circulaba un fluido que negaba la materia muerta que comenzaba a resquebrajarse. De vez en cuando profería un sollozo, confundido con la voz sin compostura de Robin.

—¡¿Qué haces aquí?!, ¡¿qué pasa?!

A través de la rendija de la puerta brillaba apenas un hilo de luz que aprisionaba los sufrimientos y enojos que atraídos por el poco de vida que aún palpitaba en "la cosa" sin forma, hacían más espesa la negrura detrás de los cortinajes.

Manolito nunca repitió la experiencia, aunque en el transcurso del tiempo junto al "dibujante" tuvo excusas a montones para visitar el estudio.

Después de la entrevista con Ignacio, Manolito fue a la candonga y compró los anzuelos, medianos, como le pidió Robin, pero este no aparecía. Llegó la tarde, transcurrió esta, sobrevino el ocaso y el "dibujante" no llegaba.

En la noche Manolito volvió a la casa de su jefe. Robin estaba en el comedor devorando su eterno plato de spaguetti con carne y salsa.

—¡Mamá, mamá! —llamó— mira quien apareció, Manolito el hijo pródigo.

Como si ella no le hubiese abierto la puerta y como si no supiera que "el palomo" se había pasado el día dando carreras de su casa a la suya.

—Siéntate Manolito, come algo. Mamá, sírvele un plato de ravioli a Manolito que debe de estar hambriento.

—Gracias jefe, tengo un hambre de mil demonios, hoy a mi mujer no le salió cocinar.

—Ponte fuerte con esa ragaza, Manolito, en cualquier momento te veo con una pluma en la espalda y unos cuernos en la cabeza, si ya no los tienes.

Manolito frunció el ceño, pero no respondió.

—¿Trajiste los anzuelos que te encargué?

—Aquí están jefe, como usted los quería —hizo una pequeña pausa

—Que su señora madre no me eche tanta salsa —dijo

—Haces bien en cuidarte Manolito, a mi este aderezo me está matando.

—Y hablando de eso, jefe, ¿pudo pintar hoy?

Robin pareció no prestarle atención, sus hombros endebles inclinados sobre el plato de pasta se movieron un poco. El "palomo" permanecía sentado muy tieso sin probar la comida.

—Come Manolito.

Manolito pareció desconcertado, luego tomó el tenedor e intentó formar un rulo grande con los espaguetis, como veía hacer a Robin, pero los Fideos se desdoblaban y los escasos que podía llevarse a la boca se escurrían del tenedor, embarrando las comisuras de salsa.

—No te desmorones Manolito, un día te voy a enseñar como meter en cintura a tu mujer.

—La hago trizas, jefe, me la como viva, la vuelvo polvo.

—Aliméntate Manolito, come ravioli.

La boca de Manolito se comprimió. No le gustaba el tema ese de su mujer. Cuando habló su voz sonaba cambiada

—Jefe, Ignacio no me creyó cuando le di su recado.

El rostro de Robin no se alteró en absoluto.

—Te dije que Ignacio es un hombre muy peligroso Manolito.

Robin apartó el plato y se levantó. Por un instante Manolito creyó divisar en sus ojos una extraña mirada, pero al momento el rostro lucía tan rígido como siempre.

—Pero podemos librarnos de él, jefe, ¿o no?

—¿Qué dices Manolito?, claro que no.

—Pero jefe, yo creía que usted hoy lo había dibujado.

No había ninguna duda. Robin había perdido toda su moderación.

—¡¿Qué dices ganso, que coño estás hablando tú de que yo dibujo, qué?!

Manolito no acababa de entender. Deseaba que la casa se abriera y se lo tragara. Volvió el rostro suplicante hacia Robin. "Supongo que así es como se siente la gente que el dibuja", pensó, "esto es como estar muerto"

—Disculpe, jefe... —articuló.

Lloraba y su tartamudeo le impedía seguir hablando. Se secó los ojos con el dorso de la mano. Comenzó a zumbarle la cabeza.

—Yo no soy un soplón, jefe, no lo soy...

Robin permaneció inmóvil. Todo alrededor de ellos detenido, mezclado sin espacio.

—Si repites lo que dijiste una vez más, Manolito, no tengo que decirte lo que te pasará...

Por esa vez no pasaría nada, Manolito "el palomo" apoyó el cuerpo en el respaldo.

Hubo una pequeña pausa de reposo. Nuevamente Manolito notó su anatomía sensible como una cosa viva, ya no sintió las piernas trémulas ni sudor en las manos. Nuevamente Robin "el dibujante" estaba comiendo espaguetis, con muchísima salsa, y nuevamente tenía los ojos vacíos.

—Si a Ignacio le sucede algo, y se jode el negocio del sebo, Silverio y Jorge Pentón se van a enfurecer y Tambulende también, Manolito. Entonces mis días y los tuyos, como mi consigliori, estarían contados.

—Usted disculpe mi ignorancia, jefe, pero que tiene que ver Tambulende Yaya con todo este enredo.

—Tambulende Yaya permitió la entrada de Ignacio en su casa, Manolito, eso ya es bastante.

—Pero, jefe, Ignacio no le pagó a usted.

—¡Ay Manolito, Manolito, ¿quién te dijo que esto tiene que ver con dinero? Es autoridad y poder Manolito. Era Ignacio quien tenía el contacto con los Pentón y quien cuadró el trueque. Pedro hizo el negocio del sebo a nombre de Ignacio, luego vino acá con sus embustes, tratando de utilizarme para que yo desapareciera a su primo.

—Muy inteligente el Pedro, jefe.

—Desaparecido Ignacio Silverio y su hijo no se enterarían nunca del fraude; pero se equivocó, Manolito, se equivocó.

—Entonces jefe, ¿usted sabía que Pedro el músico lo estaba engañando?

—Vero, Manolito, el problema es ¿qué harán los Pentón cuando sepan que ese filarmónico de pacotillas les tomó el pelo?

—¿Y usted no le hará nada a él, jefe?

—Yo no he dicho eso, Manolito. Pero lo importante ahora es ¿qué harán los Pentón?

—Un escarmiento, jefe.

—Después, aunque frían a medio pueblo, Silverio y Jorge Pentón ya no podrán levantar la cabeza en Santa Clara, perderán su prestigio, a no ser que tomen medidas antes.

—¿Y quién cree que se lo diga, jefe, Tambulende Yaya?

—¿Cómo se te ocurre Manolito? Tambulende Yaya no se los va a decir, el solo tiene que apretar las clavijas a Ignacio.

—Ay, jefe, usted es un cerebro, entonces Ignacio...

—Claro que sí Manolito, Ignacio es el detonante en esta función donde hasta la policía tiene su papel. Ya es un poco tarde para salvar a los Pentón, Manolito, aunque todavía falta la parte trágica de Pedro y la entrada de la justicia.

Cada vez Manolito comprendía mejor el ambiente. De algún lugar de la casa surgía una música emocionante. Y sonrió, respirando ya el aroma dulzón de la sangre fresca.

—Respeto y dominio jefe, de eso se trata esto.

"Una guerra de poder por el territorio de los Pentón, en la Sakenaf, o por un pla to más grande"

—Tambulende Yaya no calcula quién es usted, jefe.

—Pero lo sabrá pronto Manolito, créeme que lo sabrá.

—¿Nos unimos a los Pentón o a Tambulende Yaya, jefe?

—Vero, Manolito, vero.

CAPÍTULO XXXII

Campo sport

E l Polideportivo "Campo Sport" está ubicado en la carretera de Camajuaní, muy cerca del gimnasio de boxeo donde entrenaba "el Fide Stevenson". Campo Sport tiene una pista de cuatrocientos metros, cancha de basquetbol y vóley, y además una arena biosaludable, con aparatos excelentes.

Los atletas de boxeo, entre ellos "el Fide Stevenson" aprovechaban las bondades de Campo Sport para realizar su preparación física.

"El Fide" siempre era el primero en la pista; en las vueltas al ovalo los demás atletas lo único que veían era su dorso. Cuando concluían las carreras "el Fide" daba dos recorridos más corriendo de espaldas, ochocientos metros a paso de vértigo.

Encima del ring, los contrarios pensaban que "el Fide" estaba rehuyendo el combate y entonces caían en la trampa, porque él solo se estaba desplazando como había ensayado en Campo Sport. "El Fide" pegaba hacia atrás con tanta potencia como hacia delante.

Pero en los últimos días algo cambió. "El Fide" apenas era uno de los atletas del montón. Concluidas las vueltas reglamentarias en la pista de Campo Sport, se derrumbaba en la tierra, abriendo la boca en busca de aire.

Antes de la preparación física venía la técnica y concluida esta, el momento más esperado por todos, los sparrings. Nadie quería hacer sparring con "el Fide Stevenson", sacaba las manos tan rápido que aunque no lo quisiera le hacía daño al contrario.

"Al Fide" le tocó el sparring con el "torito", un boxeador de los llamados fajadores, tirador de swines y gancheador tremendo, que, si bien pesaba más que el, era más pequeño y lento. Muchas veces habían intercambiado en los entrenamientos y siempre al "torito" le había tocado quitarse los guantes.

"El Fide Stevenson" comenzó desde afuera, llaveando fuerte con la derecha a la cara y cruzando con izquierdas rectas que paraban en seco al impetuoso semipesado, que, haciendo honor a su apodo, iba siempre en busca de la corta hacia delante. Cuando "el torito" lo arrinconaba en una esquina, "el Fide" castigaba sus planos bajos con ganchos y opercouts y salía del ángulo con elegantes movimientos de piernas y de torso.

Los presentes tuvieron la primera señal de que las cosas no andaban bien, cuando después del cuarto o quinto round de prácticas, la pelea no salía de la media y la corta distancia. Inexplicablemente "el Fide" no tenía la fuerza ni la velocidad suficientes en las piernas para escapar de las esquinas. Primero los intercambios subieron de ritmo, zapatilla con zapatilla, bastante parejos, pero con ligera ventaja para "el Fide", que pegaba con más exactitud, colocando sus manos por dentro, luego se veía que sus golpes ya no llevaban la fuerza de los hombros, mientras "el torito" arreciaba el ataque. Ulteriormente sucedió lo increíble; había un solo hombre sobre el encerado. "El Fide Stevenson" estaba en la lona, encogido y tapándose la cara con uno de los guantes.

Danzante y con una sonrisa en la cara "el torito" se retiró hacia una esquina neutral, mientras el entrenador Rigoberto Alfonso y un par de boxeadores ayudaban a incorporarse a un "Fide Stevenson" que, si hubiese dado una ojeada al espejo, habría sorprendido la misma mirada de desconcierto que tenía el campeón ruso Ustinov cuando fue noqueado por él, en la final del torneo "Giraldo Cordova Cardín"

Mientras el entrenador conversaba con "el Fide" el suelo se movía bajo sus pies. No era tan terrible. No dolía físicamente. Prácticamente no sentía nada, excepto un poco de frío que más tarde se le pasaría.

—Tomate el tiempo que sea, pero resuelve tus problemas y solo entonces vuelve, porque yo se que algo está pasando. Hace días que te observo y te veo mal y desconcentrado. Cuando regreses te quiero aquí completo, cuerpo, mente y corazón, demostrando bien claro lo que eres.

—Nunca más nadie va a tumbarme, se lo prometo —replicó.

—No es el problema que te derriben o no, sino que confíes en mí para poder ayudarte.

¿Cómo iba a decirle de las madrugadas en la fábrica de gomas, o de los nervios en punta todo el tiempo? ¿Qué explicación le daría acerca de los agotadores viajes atravesando media Santa Clara con un triciclo cargado de sebo?

No fue a correr a Campo Sport, no podía. Una hora después cuando su novia vino a buscarlo ya los redobles en sus oídos se habían desvanecido, pero "el Fide" aún dudaba de la ubicación exacta del Condado.

—Estás en peligro —dijo ella sin saludarlo— en el barrio dicen que Ignacio el primo de Pedro los va a echar para pa'lante a ustedes dos con la policía, porque le robaron su dinero del negocio.

—Yo solo soy un empleado de Pedro; hago mi trabajo, él me paga y eso es lo único que sé. Además, es la palabra de ese crápula contra la mía. ¿A quién van a creer?

—La cosa es que él dice que Pedro es un flojo, y que no aguantará ni dos minutos en "todo el mundo canta".

—¡Me cago en mi suerte!

—Cágate en tu suerte, pero tenemos que hacer algo y rápido, porque me veo cargándote jabas para la prisión.

El vértigo y la indisposición volvieron renovados, tan densos que le humedecían los ojos haciendo que lo viera todo borroso; pero no era lo peor. La voz de su novia le taladraba la cabeza, "el Fide" observó a duras penas cómo a ella se le diluía la cara para luego recuperar su forma primitiva.

—¿Qué quieres que haga? —preguntó.

CAPÍTULO XXXIII

Los Pentón de la Sakenaf

C on mucho trabajo Ignacio logró vender los dos triciclos, pero como sucede en los casos en que el vendedor está necesitado de urgencia, hubo que negociar con un "jamonero", que los compró por un precio mucho más bajo del que tenían en el mercado.

Con el dinero en el bolsillo Ignacio se dirigió enseguida a casa de Robin "el dibujante"

—¡Pero si es Ignacio! Pasa Ignacio y siéntate. ¡Mamá, tráele algo de comer a Ignacio!

—Gracias señor Robin, pero tengo cierto apuro.

—Entonces un vasito de vino, porque debes estar cansado. Se te ve cansado, Ignacio. Siéntate ¡Mamá tráele un vaso de vino a Ignacio!

—Yo vine a pagarle el dinero del sebo, el que usted me pidió el otro día.

—¿Qué pago es ese, de que sebo hablas?

"Maldito loco", pensó Ignacio, "¿ahora a que estará jugando?"

En ese momento fueron interrumpidos por la madre de Robin que traía una bandeja con un vaso de vino, una taza de café, una azucarera y dos servilletas de papel. Puso suavemente la bandeja sobre la mesa.

Robin puso un poco de azúcar al café y lo removió tan suavemente que la cucharilla no tocó la pared de la taza.

—Bebe tu vino, Ignacio. Es de gibá, una planta que crece en las faldas de las montañas. Es espumoso y fresco. Saboréalo Ignacio

Bien que Ignacio conocía al gibá, ¿dónde pensaba "el dibujante" que él había nacido, en la Habana?

—Especial, señor Robin, en cuanto a mi visita...

—No le faltes el respeto a mamá, Ignacio, ella te quiere, mamá no deja que se hable de dinero en esta casa...

—Pero es que...

—Está bien Ignacio, por complacerte hablemos un poco de eso, pero solo un poco.

Bebió un sorbo de la taza, luego se limpió la boca con una de las servilletas

—Mamá, quieres hacernos el favor de salir, Ignacio y yo vamos a hablar de dinero.

Y ella se marchó, con el mismo silencioso, terrible y lento paso, que Ignacio había descubierto desde la primera vez en su hijo Robin.

—¡Ah, el dinero! —dijo, mirando directamente a Ignacio a través del vapor que despedía su taza de café.

Después prosiguió.

—Sé que has perdido mucha plata últimamente Ignacio, y yo quiero ayudarte. ¿Cómo puedes pensar que iba a tomar lo tuyo Ignacio? Lo has ganado honradamente. Tú y yo somos como hermanos, Ignacio, los dos hijos de mamá. No soy un aprovechado Ignacio, vivimos en el mismo barrio. Tú me respetas y yo te respeto.

Había algo nebuloso en todo aquello.

Robin colocó delicadamente la taza vacía en la bandeja, se puso de pie y se acercó a Ignacio, rodeó su silla y por unos segundos colocó su mano sobre el hombro de él.

—No te preocupes Ignacio, no te pasará nada, ni a ti ni a tu familia. Solo tienes que ir a lo de Silverio Pentón y contarle lo que pasa, y entonces todo estará bien otra vez. Te lo aseguro, Ignacio.

El rostro de Ignacio tenía una expresión acorralada y cuando Robin retiró la mano de su hombro sintió como si lo hubiera mordido una culebra

CAPÍTULO XXXIV

La boca del lobo

Silverio Pentón y su hijo Jorge eran un enigma. Los que lo conocían decían que no hablaban con nadie. Nadie sabía lo que hacían en realidad. Algunas de esas personas se cruzaban con ellos de casualidad y se hubiera dicho que no lo conocían ni de vista.

Iban siempre bien vestidos. Silverio Pentón, el padre, muy pulcro, bien planchado, un cigarrillo en la comisura de los labios y una fumarada de humo que le cubría la cara; Jorge siempre en ropa deportiva, mirando ora a un lado, ora a otro con desconfianza. Silverio delante, Jorge detrás y en medio de ellos los fantasmas de la venganza, la furia y el miedo.

Eran del reparto Sakenaf, pero no se sabía a ciencia cierta donde vivían o dormían de noche. Eran sombras de personas a cuyo alrededor flotaba un fuego siniestro y a los que los habitantes del barrio tenían motivos suficientes para odiar y temer.

No era solo eso lo que Ignacio sabía ahora, lo que le explicó Robin "el dibujante" acerca de cómo localizarlos.

Así que Ignacio se fue hacia los Pentón y le contó todo, y cuando intentó razonar ya era demasiado tarde.

—Pero tu primo siempre me cumplió, Ignacio. Dijo que el mercadeo era tuyo y que él era solamente un obrero, un intermediario.

—Yo nunca concreté el negocio con usted, don Silverio, mi primo Pedro habló a mi nombre, pero como le dije, el material nunca lo he visto. Me timó a mí, y lo engañó a usted.

Sintió sobre si la mirada fija y sosegada de Silverio y la otra no menos preocupante, la de Jorge.

—¿Por qué haría eso? —preguntó Silverio Pentón.

—Ya le dije, para fastidiarme mi dinero.

—Y te lo jodió

—Y bastante

—¿Y tú quieres que sea yo y no tú quien se las cobre?

—No es eso don Silverio, yo...

—¿Aquí no hay nada más escondido?

—No lo hay don Silverio, yo se lo juro por mi madre que le dije toda la verdad.

—¿Y tú que vas a hacer con tú primo y con la plata perdida?

—¿Yo? Vine a contarle a usted, como quiera que mi primo lo engañara también.

—¿Para qué yo haga, qué?

Otra vez las cosas vueltas hacia el principio, como el famoso cuento infantil de la buena pipa. Ignacio levantó la cabeza para encontrarse con las dos miradas cáusticas que parecieron una sola convergiendo en un punto. Nada que ver con cuentos y fábulas de la infancia.

—¡Curioso, eh! ¿Tú entiendes algo Jorge? —el tono era todavía más suave.

—Ni papá, aquí hay un tigre en una jaba.

—¿Algo más que debamos saber o que nos quieras decir Ignacio? —preguntó Silverio Pentón, ahora enfatizando cada palabra.

¿Qué más podría decirle a aquellos dos? Tenía un presentimiento, pero ya lo hecho era irrevocable. ¿Adónde lo había enviado Robin "el dibujante"? Directico a la boca del lobo.

Ignacio entrecerró los ojos y movió la cabeza de un lado a otro. La súbita oscuridad le lanzó una bocanada de aire funesto, cargado del recuerdo de historias que le produjeron la impresión de agua fría subiéndole por los pies.

—¡Vete ahora tranquilo! —le dijo Jorge— y no te preocupes, que pronto vas a tener noticias nuestras.

No quería irse todavía, deseaba explicarles, aquello había sido un malentendido mayúsculo, pero en vez de eso Ignacio se levantó de la silla lentamente.

CAPÍTULO XXXV

La arena

Los cubanos llevan el boxeo en la sangre A lo largo de historia son incontables los campeones mundiales y olímpicos, de copas mundiales, los titulares panamericanos y centroamericanos que ha tenido Cuba.

Tambulende Yaya, el rey de los juegos por dinero en Santa Clara sabía esto perfectamente. Desde que se adueñó de las apuestas de la pelota comenzó a hacer planes para quedarse con las ganancias del boxeo.

Pero el deporte de los puños se realizaba en salas, donde moverse era muy difícil, además la diferencia de calidad en los boxeadores era tanta y los resultados de las peleas tan previsibles que la gente no se sentía animada a apostar su dinero tan fácilmente.

Por otra parte, las ganancias indirectamente estaban en las manos de los jueces y eso no les gustaba a los grandes apostadores.

Entonces Tambulende Yaya decidió crear su propia arena, con boxeadores especializados en un nuevo estilo del king boxing.

Los mejores boxeadores de la provincia eran scoutiados por la gente de Tambulende. Cuando éste determinaba que tenían calidad y eran de fiar, se hablaba con ellos para que empezaran el entrenamiento. Eso sí, nunca dejó que pelearon para él boxeadores de las áreas deportivas, pues no quería problemas con el estado.

Los combates en la arena de Tambulende tenían sus reglas. Se peleaba con guantillas o a mano limpia, los boxeadores se golpeaban con cualquier parte del cuerpo y donde quiera, menos en los genitales; era válido cualquier artilugio de la lucha callejera, pero si un boxeador metía sus dedos en los ojos del otro era descalificado y perdía la pelea. Los combates terminaban cuando el contrario se rendía o perdía el conocimiento

Claro, también había un árbitro, pero éste sólo intervenía cuando las cosas iban tomando ya pespuntes grises tirando a negro.

Como en los inicios del boxeo la arena era un redondel de tierra delimitada por varias estacas y unas sogas, y eso era lo bueno, el ring de Tambulende era móvil. Hoy podría estar en la loma del Capiro, mañana detrás de la Tenería, pasado en un placer de la carretera de Sagua y lo mejor de todo fue que Tambulende Yaya aprovechó el antológico sistema de apuntes del juego de la bolita, para que los del boxeo a mano limpia se deslizaran dentro de este.

Y como comienzan las mejores historias, un día Tambulende Yaya envió uno sus edecanes al "Fide Stevenson", al que hacía rato le tenía echado el ojo.

Maco Rivalta había sido boxeador de los buenos, medallista en varios torneos nacionales en la división ligero welter, pero un día se cambió para la lucha de Tambulende Yaya.

Después que pasó su tiempo como atleta se mantuvo con el magnate, como caza talentos.

Maco pesaba ya cerca de 90 kilos y vestía siempre de cuello blanco como un presidente. Hablaba entre dientes porque no tenía porque hacerlo de otra forma, a él lo necesitaban, a él nadie le hacía falta

—Hola Fide —le dijo Maco estrechando su mano, como solo saben hacerlo los muchachos del gremio del boxeo— sabes, he estado pensando en reclutarte para las peleas a mano limpia, tienes las condiciones y el corazón para llenarte de plata.

El "Fide Stevenson" se sintió incómodo. Tanto tiempo esperando la de él y precisamente cuando habían empezado a mejorar con lo del sebo, aparecía Maco Rivalta, que era como decir Tambulende Yaya, a quien no era fácil soltarle una negativa

—Dame un mes o un mes y medio para pensarlo —le pidió

—No, tienes dos días y eso porque eres tú y hay gente "gorda" a la que le gustas

Al "Fide Stevenson" le dolió el trato duro que le daba Maco Rivalta, como si él fuera un cualquiera y no el "Fide" de Santa Clara, de Cuba.

—Otra cosa, tienes que dejar de boxear en el área de Rigoberto Alfonso, o en cualquier otra.

—¿Por qué? —se quejó el "Fide"

—¿Qué va decir Rigo cuándo te vea llegar lastimado y con los nudillos rotos?

—¡A mí nadie va romper la cara! —ripostó el "Fide"

Maco Rivalta se echó a reír.

—Créeme que sí amigo, aquí hay otras reglas y te queda mucho por aprender. El torneo de Tambulende te queda grande, sabes usar las manos, pero no puedes trabajar con los pies, ni sabes luchar; el entrenamiento es diferente y necesitas acomodar tu tiempo para eso y no perderlo en prácticas inofensivas

El "Fide" estaba tan irritado que comenzó a tratar a Maco de usted.

—Me disculpa, Maco, pero yo ahora tengo otra manera de buscarme la vida y no es precisamente con golpes de karate.

—¿Y qué tiempo demorarás en la calle, "Fide"? ¿Cuánto le tiras para que tú y el mequetrefe gordo ese con que andas caigan presos?

El "Fide Stevenson" se puso tenso; las aletas de la nariz se dilataron y ladeó un poco el cuerpo

—Usted me disculpa, Maco, pero Pedro no es ningún mequetrefe, me tendió una mano cuando yo estaba en la baja. No lo vi a usted ni a Tambulende yaya entonces por ningún lugar.

Con un vistazo rápido Maco midió al "Fide", no le pasó inadvertida la posición ofensiva que este había adoptado.

—Yo le di mi palabra a Pedro y tengo que cumplirla —agregó el "Fide"— aunque ahora me aparezca algo mejor.

—¿Y no te das cuenta de que Ignacio el del Condado es quien se lleva la tajada grande, mientras ustedes son los que se la juegan al pegado en la calle?

—Perdone, pero yo tengo negocios con ningún Ignacio, es entre Pedro y yo

Maco Rivalta se separó un poco; miraba al Fide con atención.

—¿Y no es lo mismo Ignacio que su primo Pedro?

—No, el negocio es sólo de Pedro y él me da el veinticinco por ciento de la ganancia.

Parecía absurdo, contradictorio. Y sin embargo era así

—Entonces nos vemos en dos días —dijo concluyente Maco.

—No se lo aseguro. No voy a dejar a nadie guindado por cuatro pesos más, cuatro pesos menos

De pronto Maco Rivalta escuchó llegar del cielo un repique de campanas.

—En esta vida y en estos tiempos las cosas cambian y tú sabes cómo son los negocios que no dependen de uno ¿si por una casualidad tú decidieras no seguir más en el sebo, entonces podría contar contigo?

—Yo le prometo que lo pensaría.

Extraño. Maco Rivalta fue directamente a contar todo a Tambulende Yaya. Los ojos de Tambulende se cerraron a medias, vueltos hacia sí mismos.

"Ay Pedro, Pedro, que jodedor me has salido musiquito de mierda"

CAPÍTULO XXXVI

Ángeles y demonios

Cada cubano tiene su historia, es decir sus ángeles y sus demonios.

Pavel Lazcano era un investigador criminalista que vivía en el reparto militar del barrio malezas, en las afueras de la ciudad.

La familia de Pavel tenía un pasado épico importante.

Su tío abuelo Carlos fue un héroe de la resistencia italiana durante la Segunda Guerra Mundial, en el Nápoles ocupado por los fascistas. Su contribución fue tan grande que después del desembarco de los norteamericanos en Italia le fue concedida la medalla del valor.

Cómo y por qué Carlos llegaría al Nápoles ocupado durante el gobierno Mussolini, es algo que se pierde en las brumas el tiempo. Lo que si recogen los anales de historia es la relación íntima eso sostendría con Gustavo, un conde napolitano reclutado por la resistencia.

Gustavo se convirtió favorito del general Doltz, del Estado Mayor alemán, y gracias a la intervención de este se frustró el plan de deportación masiva organizado por el Coronel Schöll y la destrucción de la ciudad antes de la retirada, ordenada por Hitler.

Gustavo se convirtió favorito del general Doltz, y gracias a la intervención de este la orden de aniquilar a los prisioneros, nunca llegó su destino.

Los napolitanos estarían eternamente agradecidos a Carlos por su patriótico gesto de ceder a Gustavo por un tiempo al apuesto general alemán.

Pero sentimentalmente el daño estaba hecho. Carlos nunca volvió a recuperarse del golpe sufrido al saber a su amado compartiendo la cama con el oficial germano.

A pesar de haber recibido la condecoración y ser declarado hijo ilustre Nápoles, Carlos regresaría a Cuba a mediados del año 1946, con el corazón roto.

Para su familia y para la sociedad habanera esta fue una muy buena noticia. El mismísimo Secretario de gobernación fue a recibirlo al puerto, mientras la prensa sensacionalista se hizo eco de la cara nueva.

En las calles de Santa Clara el ambiente se hizo festivo. Por primera vez la ciudad recibía a un héroe de la gran conflagración mundial.

Pero cuando se sentó en uno de los salones del palacio de gobierno donde el alcalde de Santa Clara le ofrecía un almuerzo junto a los principales de la metrópoli, no pasó desapercibido el hondo suspiro de salió de su pecho.

—Cuéntanos algo de los combates en Italia —le pidieron.

—No puedo —dijo.

"Cómo decirles que acababa de llegar extrañaba ya a Nápoles, su gran cielo azul, el mar y la vista del Vesubio... Añoraba a su novio Gustavo, el estremecimiento que le producía su presencia, la suavidad de su cuerpo, el olor de su piel, la llamada de la sangre y el estallido de placer ante cada caricia suya. No, ellos no le entenderían"

Un político del Partido Liberal, viejo zorro en el gobierno propuso poner su nombre a una nueva Avenida en construcción, su rival de los Conservadores contraatacó con la propuesta de fundir una estatua de bronce, un monumento a la posteridad del "hombre de Nápoles", así comenzaron a llamar a Carlos.

Mientras los partidos políticos tradicionales se lo disputaban, lo único seguro era que Carlos sería el próximo alcalde de Santa Clara y por derecho representante a la Cámara del gobierno.

Pero don Carlos estaba en Cuba y como dice el dicho, "a falta de pan, casabe". Desde temprano en las calles del centro ciudad se llenaban de un ejército de harapientos, los rostros desencajados por el hambre y las manos en los bolsillos. Otros sentados en las aceras aguardaban por un trabajo que nunca vendría. Eran los ancestros de los habitantes de los pasajes, "interiores", los llamaban entonces. Dentro de cada una de las reducidas habitaciones de los recovecos vivían familias de seis o ocho personas, los pequeños apretujados en la cama, los mayores en el suelo, todos imbuidos en el largo viaje de la supervivencia y en el eterno tiempo de la espera.

—Vamos a tomar unos tragos para celebrar —los invitaba Carlos.

"¿Celebrar que, acaso su infeliz regreso"

La sociedad santaclareña se escandalizó de aquel Narciso que andaba con los arrabaleros como pez en el agua.

Por la ciudad circulaba un humor llegado desde Italia sobre los excesos de Carlos con un conde napolitano, también héroe de la resistencia contra los fascistas.

Los encumbrados hombres de sociedad sacaron a relucir su machismo, Carlos el héroe aclamado meses atrás, recibía espaldas vueltas y miradas de desprecio.

¿Adónde iremos a parar?, se preguntaban. ¿O es que acaso este cree que Santa Clara es un basurero que recoge a los depravados y los maricones que andan regados por el mundo?

La estructura seudo republicana elaborada desde 1902 y corroborada por la constitución de 1940 se tambaleaba con el accionar de aquel mal ciudadano que pensaba que porque venía de Europa con una medallita podía hacer y deshacer en esa ciudad a su antojo.

"Es una vergüenza, una laca social", decían.

El despreciable apodo alcanzó su familia como un estigma que llevarían por los siglos de los siglos

Cuando un desconocido le metió una bala entre los ojos a Carlos "el lacra", el suceso, tildado como crimen pasional, apenas fue reflejado por la crónica roja de la época.

Pavel "el lacra" se crio en la barriada de América Latina, en una generación que se reunía todas las tardes en el parque junto a la farmacia a jugar pelota, bailar trompos o empinar chiringas, en dependencia de la época del año

Pavel "el lacra" estudió criminalística en La Habana.

Cuando terminó la carrera Pavel "el lacra" regresó a Santa Clara, a su América Latina natal.

Conocía todos en el barrio, de niño jugaba con toda esa gente, frecuentaban sus casas. Junto a ellos había aprendido a defenderse, a golpear antes de ser golpeado y de América Latina fueron las primeras muchachas que llevó a la cama. Con los chicos de su generación aprendió a perderse entre la multitud, escurriéndose entre la densidad de los cuerpos y emerger adelante con varias carreteras ajenas en el bolsillo. Pavel "el lacra" se creía un atrevido entre los atrevidos; pero después de pasados los primeros ardores de la juventud, cuando decidió enrumbar su carrera y se hizo policía, descubrió que algunos de sus amigos de la infancia habían decidido ir más allá de las antiguas travesuras juveniles.

Fue entonces que pidió ser cambiado de Sector, no trabajar más atendiendo el barrio de América Latina.

Fue un error. Pensó que le bastaría con cerrar los ojos en la noche cuando llegaba al barrio y abrirlos al abandonar este a la mañana siguiente

Para sus vecinos Pavel era el mismo "lacrita" de siempre, pero al caer preso Emiliano "el jabao" por un robo con fuerza que cometió en la calle Tristá, junto al parque Vidal, se supo que Pavel fue el investigador y que no había tirado la mano para ayudar al "Jabao", muy al contrario, su saña contribuyó a que éste fuese condenado a diez años de prisión. Entonces las cosas cambiaron para Pavel "el lacra" y su familia en el barrio. La tensión con su mujer y su hijo llegaron a tal extremo que tuvieran que mudarse del reparto donde la rama de los "los lacra" había vivido siempre.

Le asignaron una casa en el barrio de Malezas. Y aunque su hijo y él no se sentían satisfechos con el cambio, su esposa estaba encantada.

Era un buen investigador, con un aval impresionante de casos resueltos y cuando el teléfono de su oficina en la Quinta Unidad de Policía sonó anunciándole que había aparecido un hombre herido en Dovarganes, y que le darían el caso, Pavel pensó que era parte de la rutina y que su trabajo consistía en desenmascarar a los culpables. Como siempre.

CAPÍTULO XXXVII

Los peritos

H abía una muchedumbre de personas congregadas ante a la casa de Pedro y Albita, apenas contenidos por varios policías.

Cuando Pavel entró un oficial se adelantó hacia él y lo saludó militarmente. Luego casi sonrió. Era el teniente Denis, también de la Quinta Unidad, habían trabajado juntos en varios casos y se conocían desde hacía mucho tiempo.

Dentro del cuarto el forense, los fotógrafos y los técnicos se movían de un lado a otro, tratando de no chocar entre sí.

—Ponme al tanto —le pidió Pavel al teniente Denis.

—La víctima se llama Pedro Roque, es músico, dirige un trío que trabaja en los restaurantes La Carreta y el Pavito, de la calle Central.

—Ajá

—La esposa se fue ayer a casa de sus padres en un pueblo llamado Mata, de Cifuentes y regresó hoy por la mañana. Ella fue quien lo encontró. Los vecinos no escucharon nada ni vieron nada extraño; el agente Fuentes los está entrevistando para ir adelantando.

Pavel asintió. Era una suerte trabajar con gente de experiencia, el teniente Denis y el agente especial Fuentes lo eran.

—¿Dónde está la esposa?

—La condujeron al policlínico a inyectarla porque parece le subió la presión.

—¿Cómo la viste?

—Parecía muy impactada.

Durante sus estudios en la Academia de policía Pavel recibió una asignatura llamada Criminalística y dentro de ella el capítulo de Análisis de escenas del crimen, pero más allá de esos conocimientos teóricos el choque con la práctica le había enseñado a saber cómo se hacían las cosas en el teatro donde había ocurrido un suceso.

Según el diccionario de la Real Academia Española las huellas se definen como "Una señal que da a conocer lo oculto". Pero en la práctica a la gente, sobre todo a los criminales, poco les importaba el diccionario de la Real Academia. Pavel había desentrañado casos en que los delincuentes usaron herramientas desde las tan poco comunes como cinceles, sierras y cizallas, hasta las armas blancas como el cuchillo, y el hacha, sin contar los que emplearon las pistolas y revólveres.

En la escena se pueden hallar huellas visibles a simple vista en el caso que el delincuente hubiera manchado sus manos o pies con sangre. Otra cosa es que el malhechor se hubiese apoyado en algún lugar dejando rastros producidos por las glándulas sudoríparas al emitir su contenido por los poros, de manera tal que se reproduciría la huella en la zona en que se hubiese apoyado.

En un sobre rotulado los peritos depositaban los indicios que tenían el aspecto de un cabello. Si era parte de la pelambre de alguien, u otro material, se determinaba en el laboratorio

Todo eso lo sabía el Investigador Pavel, pero también conocía que lo mejor era dejar a los peritos trabajar con sus fotografías, sus polvos y brochas especiales, las cintas adhesivas y los análisis de los patrones de las manchas de sangre.

Pedro el músico había sido atacado en su casa del reparto Dovarganes. Aparentemente el asesino lo agredió por la espalda usando quizás un cuchillo muy fino. La herida mayor estaba situada en la parte posterior del cuello.

Al parecer estaba sentado a la mesa y cuando recibió la cuchillada cayó de la silla hacia delante. Luego el criminal le infligió una serie de puñaladas más leves en la espalda.

En este caso la escena del crimen estaba totalmente contaminada, pues a los gritos de Albita acudieron los vecinos, cargaron a Pedro, que apenas respiraba y lo metieron en un carro que lo llevó al hospital donde estaba en coma. El cuarto era un revoltijo de huellas de pisadas, manos, y sangre en todos los lugares.

—Heridas poco profundas —dijo uno de los médicos forenses.

Una muestra de crueldad y sadismo o tal vez el atacante era un hombre muy débil o una mujer y lo golpeó con el objeto filoso una y otra vez, pero sin la fuerza suficiente para producir una herida profunda y mortal.

—Le cortaron el cuello con un objeto fino y punzante. Por suerte el golpe no le afectó la carótida, sino a esta altura sería cadáver —dijo Denis.

—Un instrumento así salpica de sangre un radio amplio, el agresor también debió mancharse con ella —agregó el forense.

—¿Se encontró el arma homicida?

—No teniente, el criminal debió llevársela consigo.

—¿Y las huellas?

—Los técnicos todavía están trabajando en eso.

—Comunica con el policlínico, para saber cómo está la mujer. Que te informen cuando esté lista para que podamos interrogarla. Después vamos a hacer unas preguntas en el barrio

—Hay que tomar las huellas de todos los vecinos que estuvieron acá dentro y después compararlas con las que hay acá —agregó el forense, sin mucha convicción.

Un olor a lejía de cloro inundaba el ambiente.

—El asesino regó cloro en todos los lugares —dijo Pavel, lo cual era obvio.

—Las películas y los seriales de televisión han enseñado demasiado a los malhechores —dijo Denis.

—Eso nos puede dar la idea de que todo estuvo planificado y que el criminal está fichado por la Policía.

De no ser un "novato", y estar sus huellas en los archivos de la policía, la sola identificación de estas en la escena, conduciría a su identificación inmediata.

No parecía haber forzado la puerta, Pedro lo dejó entrar o el asesino tenía llave de la vivienda.

"Tal vez entró cuando no había nadie y lo esperó escondido. Estuvo bajo la cama o dentro del armario todo el tiempo, hasta que Pedro le dio la espalda", pensó Pavel. Era una posibilidad tan buena como cualquier otra.

—No olviden el escaparate —dijo Pavel, dándose cuenta al instante de lo estúpidas que sonaron aquellas palabras.

El jefe del equipo de los médicos forenses gruñó, incorporándose. Tenía una pinza en una mano y una lupa en la otra y alargó esta hacia Pavel, como si fuera un arma.

—¿Por qué no se va afuera, teniente y nos deja hacer nuestro trabajo? Mejor chequeé si se ha preservado bien el exterior de la casa o mande a sus muchachos a que vayan interrogando a los vecinos. Quizás a estas alturas el asesino se esté alejando de aquí... —dijo, evidentemente molesto.

Amelia, la presidenta del Comité de Defensa de la Revolución era una mujer de edad mediana y de ojos verdes vivísimos.

Ya le había contado al agente especial Fuentes, Pedro muy buen cede-rista, hacía sus guardias, cooperaba con todo, la gente lo quería porque en eso de organizar actividades era el primero. Cuando se casó con Albita a los vecinos no les gustó, pues se comentaba que había sido roquera y jinetera. Pero les había ido bien. Pedro estaba muy enamorado. Ella creía que los padres de Albita y Pedro no se llevaban bien porque él nunca los visitaba; Albita sí de vez en vez. No sabía el porqué porque Pedro era muy buena persona, servicial y celoso, eso sí. De un tiempo a esta parte las cosas habían cambiado un poco en la pareja, se les oyó discutir y Pedro comenzó a tomar, llegaba a casa borracho, lo que nunca hizo estando soltero. Que ella supiera él no tenía ningún enemigo. No, nadie los visitaba a no ser Ignacio su primo, que era del mismo pueblo, pero que vivía en Santa Clara hacía bastante tiempo. ¿La última visita que ella recordaba? La del "Fide Stevenson", el boxeador y su novia. Los muchachos del barrio se volvieron locos con él. Ahora que el compañero teniente preguntaba, sí hacía tiempo que Ignacio, el primo de Pedro levantó el pie y nunca más había venido por aquí. No sabía si habían tenido problemas, en todo caso se tenían bien guardada la causa. Lo único especial o extraño que pasó últimamente era que en el barrio se comentaba que Pedro se estaba metiendo en negocios turbios, pero ella no sabía que era en concreto, y aunque el compañero teniente investigador le dijera que era muy importante, no podía decirle de quien lo había escuchado; eran bolas, chu chú chuses, habladurías de la gente.

Cuando Albita entró a la casa de Amelia, a conversar con el investigador Pavel, tenía el rostro marchito.

—Siéntese —le dijo este.

Ella se sentó con la espalda recta.

"Una princesa", pensó el policía, "una mujer tiposa, con esa belleza que solo se ve en los libros, una fémina fatal, de esas que aparecen en las pinturas de Mariano"

—Disculpe —prosiguió él, fijándose en dos caminillos húmedos que partían desde las pupilas y terminaban abruptamente en las comisuras de los labios sensuales— imagino por lo que usted está pasando, pero no tenemos más opción, cada minuto cuenta.

—No se preocupe —dijo ella.

Vestía una saya de mezclilla corta, las manos como al descuido sobre las rodillas delicadas que contrastaban con las piernas firmes.

—Primero que nada ¿falta algo en la casa?

—Creo que no, usted sabe todo ha sido muy imprevisto.

—Entonces a priori descartaremos el robo como móvil del ataque.

Hizo una pausa.

—Usted sabía que a decir de los vecinos su marido estaba haciendo mucho dinero últimamente.

—No, conozco que estábamos ahorrando para comprarnos una casa, pero de ahí a lo que usted dice...

—¿Usted no sabe de dónde sacó el dinero, ni en qué lugar lo guardaba?

Ella permaneció inmutable, sin mover un solo músculo de su cara.

—No lo sé.

—Haga memoria, intente recordar algo que nos dé luz sobre en qué andaba; esto puede tener relación directa con el atentado.

Ella se quedó pensativa por unos instantes.

—Solo la música que tocaba con el trío.

—¿Usted lo acompañaba a los restaurantes?

—No lo hacía, porque eso significaba más gastos para nosotros

Un tipo gordo y feo, casado con una muchacha de veinte años de una belleza radiante viviendo en un cuchitril. Quizás el dinero fue la única forma que encontró para retenerla.

Albita movió los hombros.

—Lo siento.

—¿Cuánto hace que estaban casados, porque supongo que ustedes eran casados por papeles?

—Íbamos para dos años.

Sus ojos pardos se agrandaron un poco ante la posibilidad que encerraba la siguiente pregunta.

—¿Cómo eran sus relaciones?

—Nos llevamos bien.

Ahora fue Pavel quien permaneció en silencio unos instantes.

—Pero algunos vecinos alegan que desde hace varios días ustedes discutían. ¿Por qué la riña?

Vana pregunta. Celos. El gordo que estaba en el hospital muriéndose, también se estaba muriendo de celos. La pregunta era ¿Serían infundados?

—Lo normal, como entran en desacuerdo todos los matrimonios.

Pavel decidió ser más incisivo.

—¿Usted fue quien lo encontró herido?

—Sí cuando entré al cuarto y lo vi así, pensé que estaba muerto —dijo esto y se echó a llorar.

—¿Alguien más tiene llave de la casa?

—Que yo sepa no

—¿Y usted dónde se hallaba anoche?

—Fui a casa de mis padres en Mata. Puede verificarlo.

—No se preocupe que lo haremos ¿Algún vecino puede corroborar que pasó la noche allí?

Albita se puso súbitamente tensa, levantó una mano hacia Pavel, luego la dejó caer, casi en cámara lenta.

—Solo mis padres, soy hija única.

—¿En que se fue hasta allá?

—En un camión, ya sabe...

Sí Pavel sabía que una mujer como aquella era difícil de olvidar.

—¿Recuerda cómo era el camión?

—Sí azul grande, con cama y barandas. Lo tomé en el punto de recogida

—¿Usted viajó en la parte trasera o en la cabina?

—En la cama.

"Mentirosa", pensó Pavel.

—¿Recuerda a algún conocido?

—No, a ninguno.

—¿A qué hora sucedió eso?

—Ayer como a las dos de la tarde.

En ese momento entró Amelia con una taza de té para Albita y una de café para Pavel.

—Tómate esto que te hace falta —dijo, sonriendo a la muchacha y sin apenas mirar a Pavel.

—¿Ya terminó de acusarme? —dijo Albita, echándose a llorar otra vez, sin consuelo.

Entonces Pavel descubrió una vez más que en los momentos difíciles las mujeres dejan al lado sus rencillas y se defienden unas a otras. Amelia quien una hora antes la había atacado con saña a sus espaldas, ahora le rodeó los hombros con el brazo y miró al policía con desaprobación.

—¡Déjela ya tranquila y permítale al menos estar en el hospital al lado de su marido que se está muriendo!

—Está bien —dijo Pavel— pero después tenemos que volver a hablar.

CAPÍTULO XXXVIII

Los chicos malos

E l "Fide Stevenson estaba haciendo sombra en el pasillo trasero de su casa cuando llegó la policía.

—Up, up, up, gancheaba a un rival imaginario, luego se iba hacia atrás, jabeaba con dureza cambiando los pies y la dirección del desplazamiento y descargaba entonces la izquierda demoledora, una, dos veces.

—Up, up, up —un uppercut de derecha abajo y arriba y remataba con la izquierda cruzada como un martillo.

Por más que quería, no podía olvidar el knockout, que le diera el torito.

"Ya verá ese".

—Up, up, up.

Así estaba cuando llamaron a la puerta.

Escuchó los pasos presurosos de la hermana que iba abrir.

—Fide —lo llamó— te buscan.

Había algo en el tono que no le gustó, una nota de alarma o tal vez una queja. Cuántas veces tendría que decirle que mientras estaba entrenando no lo molestara.

Después escuchó los pasos presurosos de ella, acercándose.

—Es la policía, yo te lo dije.

Fide se cortó súbitamente, el gancho de izquierda detenido en medio del recorrido hacia el hígado del torito.

—¿La policía? ¿Y qué quieren?

—Tú sabrás...

Fue hacia la sala donde lo esperaban dos policías vestidos de civil y uno de uniforme, todos del pie.

—Hola Fide —le dijeron.

¿Quién no conocía al "Fide Stevenson" en Santa Clara?

—Necesitamos hablar contigo —dijo el de civil

El "Fide Stevenson" transpiraba más que cuando estaba dando saltos en la terraza.

—Ustedes dirán —dijo.

—Mira "Fide", ellos son el teniente investigador Pavel Lazcano y el teniente Denis, y yo soy el agente especial Fuentes, de la Quinta Unidad de policía.

—Ya veo —dijo "el Fide"— al teniente Pavel lo he oído mentar, de América Latina

—¿Para bien o para mal?

—No lo sé. Usted es quién sabe lo que hace y por qué —respondió evasivo

Fue el teniente Denis quién se lanzó primero al ataque.

—Entrando en materia, porque sé que estás apurado y nosotros también, hay un hombre malherido en Dovarganes se llama Pedro Roque, es músico.

El "Fide Stevenson" se encogió de hombros.

—Eso oí en la calle.

—En estos momentos se está muriendo en el hospital. Los médicos opinan que no dura ni ocho horas más —agregó el agente Fuentes.

—Y andamos buscando a su victimario —dijo Pavel Lazcano, con calma

Los ojos del "Fide" se agrandaron, hizo un esfuerzo para recuperarse.

—No sabía que estaba grave ¿Quién pudo hacerle eso a Pedro?

—Eso es lo que queremos saber "Fide", por eso estamos aquí. Para que tú nos digas.

—Yo no sé nada.

—Los vecinos dicen que tú lo visitaste hace poco. ¿De qué hablaron?

—¿De qué se trata esto? —preguntó el "Fide Stevenson", luego observando los rostros duros de los policías bajó el tono.

—Nos invitó a comer a mí y a mi novia, quería que le hablara de boxeo.

—¡Qué extraño! —afirmó Pavel.

—¿Y dónde tú conociste a Pedro?

—Por ahí, en la calle, hablamos y eso. Luego me invitó a comer, nos tomamos unos tragos y me pidió que le firmara unos autógrafos.

—Tengo entendido que a Pedro no le gustaban los deportes y además no soportaba a los hombres en su casa. Era muy celoso.

—Ah, eso sí que no lo sé. Ustedes me preguntan y yo les respondo.

Una sonrisa sarcástica rondó por la cara de Pavel

—¿Y a ti, "Fide", te gusta la música o te gusta pagar los platos rotos ajenos?

—Y comerte de paso una cadena perpetua —sentenció el agente especial Fuentes— y hablando de cadenas ¿cómo se llama tu novia?

—A ella la dejan tranquila, no tiene nada que ver con esto

—¿Y tú sí, "Fide", tú sí tienes que ver? —preguntó Pavel, subiendo el tono de voz.

—No soy un asesino y nada se de lo que pasó.

—¿Y entonces que hacíais tu novia y tú en casa de Pedro?

—Ya le dije...

Pero no concluyó la frase. Sonaba tan ridícula que no valía la pena.

—¿Entonces ustedes dos van a cargar la red voluntariamente en esta pesquería?

—¡Pruébemelo! —dijo el Fide, desafiante.

—Claro que te lo vamos a probar, Fide, y más que eso, con el dolor de mi alma.

Se hizo un silencio. Luego habló otra vez Denis, el "policía bueno"

—Sabes, "Fide", pareces un gran tipo, la gente te adora, los muchachos también que adoran, hasta mi hijo se hizo un dibujo tuyo en un pulóver, pero habla claro o tendremos que detenerte.

—Estoy hablando claro —dijo el Fide— las venas del cuello hinchadas.

—Así qué conversaron de boxeo ¿Y de qué más? —volvió a la carga Pavel

—Le firmé un autógrafo, luego caminamos un poco y eso.

—¿Estás seguro?

—Seguro.

—Esto no encaja —dijo el agente especial Fuentes

—¿Y dónde entra tu jeva en este betún? A mí tampoco me encaja —dijo Pavel, muy suave, amenazante.

—Les dije que mi novia se quedaba fuera de esto —agregó "el Fide", pero esta vez sin tanta convicción.

—Te dimos la oportunidad, "Fide", pero si no dijiste la verdad lo vamos a averiguar y si tuviste algo que ver con este incidente lo vas a pagar muy caro, tú y tu novia —Denis "el policía bueno" arremetió con todo

Entonces la hermana estalló.

—¡Diles la verdad Fidel. ¡Te van a cargar eso a ti, tú no eres un criminal!

—¡Cállate! —tronó el "Fide". Levantó el brazo izquierdo, pero se contuvo a tiempo.

—Yo no sé nada, ya se los dije.

—Te van a achacar el crimen, y sabemos que tú no eres un asesino —replicó el teniente Denis

—¡Sacaban sebo de la fábrica!

La madre del "Fide Stevenson" estaba parada la puerta de la sala, en la división entre esta y la cocina.

—Mi hijo nunca mataría a nadie, es bueno, pero se dejó llevar por la novia, esa perdida —agregó.

—Vieja, no me hagas esto....

—¡Sí te lo hago! —gritó ella— ¿no te das cuenta de que hay un asesinato por medio y que lo vas a pagar tú?

—¿De qué fábrica, señora? —preguntó Pavel

Se hizo un silencio sólo roto por los gemidos de la mujer.

—No sé de cual, pero era una fábrica...

—Tienes que acompañarnos ahora, "Fide" —dijo el teniente Denis.

El "Fide Stevenson" abrió los ojos como si despertase un sueño.

—Déjenme cambiarme de ropa —les pidió.

—Lo siento "Fide" —dijo el teniente investigador Pavel

Cuando llegaron a la cárcel el "Fide Stevenson" volvió a ser interrogado, pero ya no respondió a ninguna de las preguntas que le formulaban.

Nunca antes había caído preso, pero se crio en las calles del Condado y actuaba como tal. Comía y bebía muy poco, lo suficiente para no morirse de hambre y de sed

Era un duro. Estaba plantado.

CAPÍTULO XXXIX

El gordo

E l director de la Recapadora de gomas era un tipo chévere, no se metía en nada y gracias a aquel artilugio —hacerse el muerto era la más perfecta estrategia de supervivencia— fue que la fábrica sobrevivió, de un objeto social a otro, hasta quedar como almacén. El gordo, pues así era como se le conocía vivía, pero dejaba vivir a los demás.

Nadie averiguaba mucho cómo eran las cosas, pero los obreros del gordo no pasaban hambre, eso era lo más importante.

El gordo tenía un Lada 2107 de color azul celeste, propiedad del estado. La gente aún recuerda que empezando el Periodo Especial cuando lo de las compras en el exterior y lo del combustible se empezaron a poner malos, hubo que parar un montón de equipos. Las complicaciones aumentaron y entonces a un sesudo de la Empresa se le ocurrió desarmar un grupo de carros para garantizar por diez años las piezas de repuestos de los que quedarían activos. La cosa fue que entre los que iban a ser desmontados, estaba el 2107 del gordo.

El gordo armó una perreta tremenda, tanta que hasta se involucró un periodista de la radio, Ariel Falcón, conocido en los medios de prensa como "el amigo del pueblo" y también como "el incorruptible". Ariel Falcón no entendía nada: "si en esa Empresa se habían desarticulado más de veinte camiones que estaban directos a la producción, cual era la demora y el alboroto para hacer piezas al carro de un director, al que por demás apodan el gordo", expresó en uno de sus comentarios en "Alta tensión", el espacio estelar de la Emisora provincial CMHW, la Reina radial del Centro.

Pero olvidamos decir que el gordo tenía un chofer y este un hermano y el primo del hermano del chofer del gordo vivía precisamente en el Condado y le pidió un favor a Robin el dibujante.

Aunque Robin tenía por norma no salirse de su barrio, después de estar dos días analizando, decidió hacer una excepción, porque el gordo ese tenía poder y nadie sabía si más adelante por alguna razón necesitaría de él. Así eran las cosas, favor con favor se paga. Lo cierto es que una buena mañana tres tipos un poco altos y musculosos agarraron a Ariel Falcón a la salida de su casa junto a la Audiencia, lo montaron en un carro y lo llevaron con la cabeza tapada con un saco de yute, junto a un pozo ciego en la Chirusa, a jugar Shocking games.

El Shocking games es un pasatiempo muy elegante que estuvo de moda en Cuba entre los jóvenes de los años setenta y ochenta, o sea la década prodigiosa, y que consistía en que un grupo de amigos le ponían una corbata en el cuello a un jugador y la apretaban hasta que este perdiera el conocimiento. El practicante debía después contar sus experiencias de "cuando se iba", sobre "la luz al final del túnel" y "cuando regresaba".

Por desgracia, con la llegada del Periodo Especial en Cuba se acabaron las corbatas y en la medida que estas desaparecían fue decayendo la afición por el Shocking games. Sin embargo, aún quedaban algunos que lo practicaban, y que habían sustituido la tela por un cinto de cuero o una soga.

Entre estos deportistas extremos, lo que sintiera el desafortunado protagonista pasaba a quinto o sexto plano, pues en la casi totalidad de las ocasiones, salvo una intervención providencial de la policía, no quedaba vivo para contarlo.

Sin ahondar en detalles sobre la emocionante aventura del Shocking games vivida por Ariel Falcón en un matorral de la Chirusa, por suerte para los pies descalzos, aún "el amigo del pueblo" sigue deslumbrando a los oyentes con sus reportajes críticos, y en aquella ocasión el gordo libró ileso de la encerrona en que por poco pierde su auto Lada azul celeste.

Pero lo pasado, pasado es, y ya a nadie se le ocurriría siquiera pensar en tocar un solo cabello del gordo de la Recapadora.

Así que a los trabajadores del almacén les pareció cosa de rutina cuando el gordo convocó a todos a una reunión extraordinaria, urgente.

El gordo muy serio, con alrededor de diez kilos menos de peso, anunció que la Unidad iba a ser auditada, como lo serían todas aquellas en las que se almacenaba antiespumante de uso industrial y para ello se realizaría, además de la revisión normal de los papeles, un examen físico, pues los economistas de la Inspección estatal querían tocar todo con la mano.

"Quienes hayan metido la pata aquí, la van a pagar", dijo el gordo. "Los culpables que no involucren a mas nadie porque será peor para ellos", sentenció, semejante a Dios antes del Apocalipsis, con la cara de cera. "Están buscando un escape grande de sebo industrial en Santa Clara y hay hasta un intento de asesinato y gente presa", agregó.

Cuando comenzó la auditoría en la Recapadora de gomas, los documentos económicos contables estaban en regla, como siempre, pero en el examen físico se descubrió que muchos de los tanques de sebo almacenados habían sido sustituidos por otros llenos de agua clara.

Los custodios fueron apresados de inmediato, entre ellos Enrique "traqueteo", aunque ninguno asumió haber participado o tener conocimiento de los desfalcos.

El gordo no pudo eximirse. A los tres o cuatro días de estar confinado se abrió como una barra de pan ante el cuchillo.

El no sabía nada del sebo. Lo único que hacía era no hacer nada, ni ver nada. Sencillo.

Desgraciadamente para él no le creyeron y los policías siguieron hurgando, seguros que se tragaba algunas cosas importantes.

Esta vez no aparecieron por ningún lado sus salvadores un poco altos y un poco musculosos, a los que les encantaba jugar Shocking games. En su celda de la prisión pendiente el gordo ni siquiera mencionó su auto Lada 2107, color azul celeste.

CAPÍTULO XL

El impostor

En la mañana del Domingo de Pascuas Ignacio llegó a la casa, después de pasar una noche de locura.

"Que linda es". "Que buena está", pensaba. Los ojos entrecerrados, evocando los orgasmos de Albita, tan fuertes que lo sacudían todo. Recién regresaba y ya tenía ganas de volver a encontrarla. Se erizaba de sólo pensar en ello.

Milagros y la niña regresaron al medio día. Maydolis reía, contándole lo linda que estaba la iglesia, de la alfombra hasta el altar cubierta de pétalos, lo que había dicho el cura, los adornos dorados del santuario repleto de ofrendas de los feligreses.

Revoloteaba su risa por toda la casa. Se veía feliz.

En cambio, Milagros estaba ausente, como si un viento le llegara de quien sabe dónde, pero para él era lo mejor, así no tenía que darle tantas explicaciones sobre lo que había hecho desde la tarde anterior.

—¿Cómo te fue la iglesia? —le preguntó, por decir algo.

—Bien respondió ella.

Y ante aquella palabra, inexplicablemente a él lo asaltó por primera vez el temor de que todo se fuera a pique, mujer, hija, casa, tranquilidad... un abismo.

Se retrajo ante la idea. Entonces escuchó el ruido de un auto que se detenía frente a la casa.

Abrió la puerta, un carro patrulla estaba detenido exactamente ante ella. Sintió que los oídos le retumbaban y el cuerpo se le aflojó.

Dos policías vestidos de civil y otro de uniforme descendieron del carro. Uno de los de civil se adelantó; gestos precisos y voz ronca. Era el jefe.

—Investigador Pavel Lazcano —se presentó.

—Ignacio Rodríguez, para servirles. Pero pasen, por favor

Se sentía enfermo, de hecho, estaba a punto de ahogarse.

—Siéntense.

—No —la negativa dicha en un tono duro, sin llegar a ser insultante

—Seremos claros, su primo Pedro Roque ha sido víctima de un intento de asesinato con un arma punzante y necesitamos hacerle unas preguntas. Yo soy el investigador a cargo del caso.

Pavel lo digo de golpe e Ignacio sintió otra vez aquel escalofrío que lo recorría de arriba abajo.

—¡No puede ser...!

—Lo apuñalaron por la espalda en su propia casa —dijo Denis— está muy grave en el Hospital.

—¿En qué Hospital se encuentra ingresado? —Milagros habló por primera vez

—En la sala de Terapia Intensiva del Hospital Arnaldo Milían Castro. Desde que se produjo el hecho a que su esposa lo descubrió pasaron muchas horas; no se los oculto, su primo Pedro Roque está en estado crítico.

El mundo de Ignacio se venía abajo.

—¿Cómo pudo ser eso...?

Puro dolor, apenas podía tenerse en pie y los ojos se le llenaron de lágrimas, seguido el cuerpo se hacía cada vez más pesado y el sufrimiento se multiplicaba.

Los policías acudieron a sostenerlo. Desde un lugar muy lejano Milagros gritó.

—¡Ignacio, Ignacio!

Poco después todos estaban más tranquilos. Milagros llevó a la pequeña Maydolis para casa de una vecina y se quedó allá con ella, mientras los policías e Ignacio conversaban.

—Debió ser tensión nerviosa, por lo de mi primo, sabe, somos muy unidos.

—Lo más extraño es que no hay cerraduras forzadas, ni evidencias de robo. El asesino se acercó por detrás, pero no hay tampoco señales de violencia. Eso nos hace suponer que tenía llave de la casa o el mismo Pedro le abrió la puerta; en este caso debió ser alguien de confianza.

—Pero... ¿quién podría ser y por qué? Mi primo tenía enemigos, que yo supiera.

—sí los tenía y muy peligrosos. Lo hirieron por la espalda cuando no podía defenderse —objetó el agente especial Fuentes.

—No me imagino que persona querría a mi primo muerto.

—Aún no sabemos el sexo del atacante y en cuanto al móvil del hecho, tengo entendido que Pedro había hecho mucho dinero últimamente ¿Usted nos podría decir entre evoluciones turbulentas andaba Pedro?

A Ignacio lo sacudió un espasmo: "otra vez el escalofrío"

—No se en que líos se metía Pedro, ya no nos visitamos tanto como antes.

—¿Me puede explicar por qué?

—Imagínese, cosas de trabajo.

—¡Usted hace años que no trabaja con el Estado!

—Pero vivo con decencia.

—Si llama decencia a esa compra y venta de todo lo que le cae en las manos. Dígame, ¿sabía que su primo tenía dinero?

"Claro que lo sabía, como que fue el mismo quien coordinó los negocios con Silverio Pentón. Pero en cambio dijo:

—No.

—Por nuestra cuenta el inicio de la prosperidad de Pedro coincidió con la fecha en que ustedes dejaron de visitarse.

—Como dijo, él era músico, yo comerciante, antes nos veíamos con frecuencia, pero de un tiempo a esta parte a él le apretó el trabajo, usted mismo lo dijo.

—¿Hacía algún negocio con su primo? —preguntó Pavel de golpe, la boca en un rictus amargo.

Entonces Pavel sacó un documento del bolsillo de su camisa y lo abrió ante Ignacio.

—Es una orden de registro. Tenemos que efectuarlo.

El presidente del Comité de Defensa de la cuadra, el jefe de vigilancia y el de finanzas, sirvieron de testigos.

Los policías fueron meticulosos en el registro.

—Aquí hay algo —dijo uno de los revisores.

En el fondo del closet de la cocina, metidos dentro de una jaba de yute, había media docena de pastillas de jabón de sebo.

—¿Me puede explicar que es esto? —preguntó Pavel

—Son unos jabones —respondió Ignacio, temblándole el labio inferior.

—Ya sé que son jabones, pero lo que la pregunto es ¿de dónde salieron?

—Me los encontré en la calle.

Típico, la clásica mentira.

—Si me dices quien te los vendió escapas ileso de esta, te lo prometo.

—Ya le dije, me los encontré en la calle.

Ambos sabían que por seis jabones la justicia podría hacerle muy poco daño.

—Te vamos a acusar por receptación —dijo Pavel

Ignacio se encogió de hombros.

—Me los encontré en la calle y los recogí, si condenan la gente por eso, entonces que me condenen.

Pavel se acercó a Ignacio, su cara muy cerca de la suya.

—Te voy a fregar, Ingeniero, hoy, mañana o pasado, pero no te vas a librar fácil. Cuenta con eso.

—¿Y por qué razón? Porque no quise quedarme dando clases en la fábrica ganando trescientos pesos, cuando una libra de arroz vale casi cuarenta, ¿O será porque no dejo que mi gente se muera de hambre?

Pavel no tenía nada que discutir con él y mucho menos de política.

—Revisen bien —les dijo a sus hombres en voz alta, sin dejar de mirar a Ignacio.

Cada espacio examinado, cada cosa revisada, la ropa del escaparate descolgada de los percheros. Luego las gavetas de la cómoda. En el fondo de una de ellas, envuelta en un el nylon corrugado blanco, el agente especial Fuentes descubrió un sobre amarillo con unas fotos dentro.

—Miren esto, tenientes.

Observaron una a una las instantáneas. Eran Ignacio y Albita en espléndida pasión amorosa.

—¡Lotería! —dijo el teniente Denis— a no ser que digas que este es otro hombre disfrazado, o quizás pueda ser un montaje

—¿Dónde estuviste ayer después de las diez de anoche? —le preguntó Pavel a un Ignacio que parecía una estatua de esperma.

—¡Esto no prueba que yo agrediera a mi primo! —se quejó Ignacio

—¿Dónde estuviste ayer después de las diez de la noche? —repitió Pavel

—Estuve aquí, no salí en toda la noche.

—¿Quién puede atestiguar eso?

—Los vecinos, supongo.

—¿Quién tiró estas fotos?

—No lo sé.

—¿Tu mujer sabe esto?

Lo ponían en una encrucijada.

—Supongo que no.

—¿Quién tiró las fotos?

—Ya le dije que no se.

"Claro que fue Raúl el fotógrafo, por orden de Milagros ¿Quién más se dedicaba a eso en el barrio? Ganas no le faltaban de denunciarlo, pero entonces Milagros quedaría implicada". "¿Por qué razón ella no le dijo que guardó una copia de las fotografías? Lo que estaba sucediendo podía haberse evitado".

—Estás en un situación muy fea, Ignacio, tu primo fue víctima de un intento de asesinato, está muriendo y tú te acuestas con su mujer. Si esto no es un móvil yo no sé nada de criminalística. ¿Por eso pelearon?

—Ya le dije, nunca he peleado con mi primo.

—¿Y nadie se comunicó para pedirte dinero, nadie te explicó por qué se tomaron tanto trabajo en fotografiarlos a los dos juntos?

—No, ya le digo no sé nada de esas fotos...

—¿Cuándo fue que te pasaron esas fotos?

—Ya le dije que no sé

—Si usted me lo permite voy a fumarme un cigarro —digo Pavel

Ignacio asintió.

—¿Entonces, dime el porqué de la disputa? Para no pensar que ese alguien le entregó las fotos a Pedro y que este iba a matarte, entonces tú te le adelantaste. Algo así como una defensa propia del barrio.

—No sé de qué habla

—Cualquier cosa que digas podrá ser utilizada en tu contra.

—Oiga, usted no irá a apresarme, no puede...

—Claro que puedo —digo Pavel— tienes que acompañarnos y te estoy deteniendo por ser sospechoso del ataque al ciudadano Pedro Roque, y también por mentirle a la policía.

Ya eran dos los detenidos bajo sospecha, Ignacio y Albita.

Pavel había dado la orden de que se verificase inmediatamente la coartada de Albita en el poblado de Mata, donde vivían sus padres.

El resultado fue concluyente. Hacía muchísimo tiempo que Albita ni siquiera pisaba las polvorientas calles del lugar.

El investigador tenía una gran duda: "¿Si éstos dos tuvieron que ver con el ataque, y este fue premeditado, porque no se buscaron una coartada más sólida?"

Pero la verdad saldría a flote. Como siempre.

CAPÍTULO XLI

Los Pentón de la Sakenaf

L a noticia de que Ignacio y Albita estaban presos, sospechosos del asalto a Pedro se extendió como pólvora por todo el Condado.

La situación para Milagros se hizo más que difícil. Además de los problemas económicos de la casa, que antes descansaban sobre Ignacio, a ella le tocaba también preparar en las jabas y llevárselas a la prisión pendiente, donde había sido recluido.

En el argot del lenguaje castellano esto se decía fácil, pero en la práctica la situación se complicaba hasta lo indecible.

Si bien estando libre era difícil disponer de un plato de comida decente para llevarlo a la mesa cada día, Ignacio en prisión constituía la ruina para la familia.

La primera vez que Milagros acudió a la Prisión Pendiente, donde su marido estaba incomunicado, increíblemente para ella la ayudaron a completar la jaba con alimentos, que harían mucho más llevadera la vida de Ignacio en la cárcel. Por órdenes expresas de Robin "el dibujante", Manolito el palomo le llevó un pedazo de jamón, un queso criollo, varias latas de leche condensada y un paquete de galletas de sal, Tambulende Yaya, el de América Latina le envió caramelos y cremas de leche; ello constituían manjares propios de una mesa de reyes.

La cárcel estaba situada en Guamajal; para llegar a ella desde la calle San Pedro había que recorrer un larguísimo techo y cargada con la pesada cesta era una tarea poco menos que imposible.

Milagros decidió tomar un coche de caballos —el transporte por excelencia de la ciudad—. La parada de los carretones estaba situada en la calle Tristá, junto a la llamada Terminal vieja, pero al llegar a la altura del puente sobre el rio Bélico, Milagros se dio cuenta que los hombres de aspecto sospechoso la seguían.

Su primer pensamiento fue que aquellos facinerosos querían quitarle la jaba de alimentos y ya se disponía a gritar pidiendo auxilio cuando el más viejo de ellos se adelantó y la tomó por el brazo con fuerza. La mujer ahogó un grito.

—Escucha —dijo el hombre— yo soy Silverio Pentón, y este es mi hijo Jorge. Somos amigos de tu marido.

—¡Entonces suélteme! —dijo ella.

El hombre tenía unos o dos acerados, ocultos tras gruesos cristales verdosos que le conferían a su fisonomía un aspecto trágico. Cuando al fin la soltó, el brazo de Milagros estaba acalambrado y la jaba había caído al piso.

El más joven recorrió las cosas del suelo y ya fue colocando cuidadosamente otra vez en su lugar.

—Ahora voy a poner una caja de cigarros en la jaba para que tu marido se la fume y un paquete de café para que se lo tome —dijo el tal Silverio.

—Mi esposo no fuma ni sé va a tomar ese café. Ustedes lo que quieren es envenenarlo.

—¡Pues más le vale que lo haga, que pruebe las cosas para que sepa que yo sé lo mando!

El bigote erizado ocultando la boca cruel.

—Es mejor por el bien tuyo y el de tu hija que cierre bien la boca con el asunto del sebo.

—¡Mi esposo no sabe nada de ningún sebo!

—Mucho mejor, entonces ustedes dos están fuera de peligro —dijo Silverio Pentón, ensayando lo que pretendía ser una sonrisa.

—Quizás sí, quizás no —agregó Jorge.

—Lleva la jaba y no repliques más —dijo Silverio— y míranos bien porque si Ignacio se hace el héroe y nos involucra, pobrecitas de ustedes dos.

Entonces Milagros comprendió, los regalos eran avisos, amenazas veladas hacia ella y Maydolis.

Recordó a su hija estaba junto a Isora y sintió unos deseos incontrolables de regresar; pero sólo de pensar en la perspectiva de que Ignacio hablara, las piernas comenzaron a temblarle.

Unos metros adelante se había formado un pequeño grupo de curiosos.

—¡Ahora anda! —dijo Silverio Pentón— llévale las cosas a tu marido.

CAPÍTULO XLII

El café

I gnacio y Albita eran muy tozudos, bastaba con que él confesara que tenía un negocio de sebo con Pedro y que se estaba acostando con su mujer. Bastaba que Albita lo corroborara y ya habría elementos suficientes para una acusación formal contra ambos.

Ella confesó que habían pasado juntos la noche del crimen, en casa de Teté "la foca", que tenía una casa de citas en el reparto Camacho, y se comprobó que era cierto.

Pero... ¿Quién sabe si él había abandonado la casa en la noche, y ultimó a su primo; luego regresó en la madrugada? De los dos era el peor, no dijo nada hasta que lo pusieron en un careo frente a frente con Albita y comprobó que era ella quien había declarado aquello.

Ninguno de ellos agarró el cuchillo, eso decían las pruebas, pero un brazo homicida podía tener varios kilómetros de largo.

Pavel le tenía ojeriza, sentía hacia él algo así como un presentimiento nebuloso. Un día mientras lo interrogaba le pegó, no pudo contenerse. Ignacio se tambaleó y Pavel se dio cuenta que había metido la pata, pero ya era demasiado tarde. El teniente Denis y el agente especial Fuentes entraron al cuarto y lo aguantaron.

—Cálmate —dijo Denis.

Pavel se secó el sudor de la cara.

—No sé que me pasó, este tipo me hizo perder la paciencia

—Somos humanos —dijo Fuentes.

Ignacio se quedó mirándolos fijo a los tres sin abrir la boca, un hilillo de sangre le corría por la comisura.

—Necesito una taza de café —dijo Pavel

Durante su vida como policía el teniente investigador Pavel Lazcano había bebido miles de tazas de café: durante las guardias, en las madrugadas, en los interrogatorios, en momentos de peligro y de espera.

Un día después de aquel incidente lamentable estaba tomando una taza de café en la Unidad cuando Fuentes que estaba en la Prisión Pendiente vino a avisarle que Milagros, la esposa de Ignacio había dejado una jaba para su esposo, reiterando una y otra vez que se la diesen sin falta.

—¿Y esa mujer no sabe que su marido está incomunicado y no se le puede pasar nada?

—No se lo dijimos, teniente, porque como usted usa métodos poco convencionales y cualquier cosa le es importante...

"Métodos poco convencionales", había dicho Fuentes y Pavel percibió en sus palabras el reproche.

Ya en la Pendiente Pavel comenzó a sacar minuciosamente los alimentos de la jaba: cigarrillos con filtro, un pedazo de jamón y un queso, un envoltorio de galletas, tres latas de leche condensada, caramelos, cremitas de leche y un paquete de café negro, cuyo olor invitaba al convite.

—¿Qué es esto, una fiesta de cumpleaños, o un "sírvase usted privado"? —preguntó, aunque sabía que no tendría respuesta.

Los hombros y la cabeza del policía se movían rítmicamente mientras sacaba de la jaba los manjares que iba poniendo encima de la mesa.

—Café negro, seguro que sacado de contrabando de algún hotel de turismo.

Pavel se preguntó desde cuando él no se tomaba un café como aquel.

Una niebla espesa flotó ante sus ojos. De repente algo había cambiado. Los delincuentes estaban tomando una ventaja muy peligrosa. Quizás en el futuro nada fuera igual.

"¿De dónde había salido todo aquello?". Había tristeza en sus ojos.

Todavía sostenía el paquete de café en la mano. Lo sopesó.

—Hazme una lista completa de todo esto, enseguida —le dijo a Fuentes, soltando el pequeño paquete.

—¿Y le damos las cosas, teniente?

—Claro que no, eso es evidencia.

Pavel sintió unos deseos enormes de preparar una taza de café, negro y puro.

Con las ganas insatisfechas vino un malestar. Pavel se sintió repentinamente miserable.

La piedad hacia uno mismo era otra cosa, pero no había espacio para la compasión, no en el barrio ni en la policía.

Su voz sonó rara cuando dijo:

—Le están enviando mensajes, Fuentes. Esas cosas de comida son mensajes de alguien que él conoce bien.

Los ojos del agente Fuentes se abrieron sorprendidos. Pavel alucinaba, se estaba volviendo loco.

—Hace falta saber de la gente que se relaciona con Ignacio quien a estas alturas puede comerse estas cosas, quien fuma cigarros mentolados con filtro y quién o quiénes pueden comprarse esa maravilla de café.

—Un peje gordo, tiene que ser un maceta —contestó Fuentes mirándolo fijo.

Una luz salió tras la neblina iluminando la mesa sobre la que descansaban los manjares que un rato antes contenía la jaba.

Pavel le devolvió la mirada.

—Localízame a Denis enseguida, que venga para acá. La mujer de Ignacio y su hija están en peligro.

Si bien hasta entre los mafiosos italianos existía un código de caballerosidad y se respetaba a las familias, en los arrabales santaclareños a la hora de un ajuste de cuentas todo valía.

Ignacio y Albita estaban con el peligro de una cadena perpetua y lo sabían. Pero en el barrio había cosas mucho peores que diez cadenas perpetuas.

—Ya han pasado setenta y dos horas, jefe, y no tenemos pruebas concretas contra esa gente. Yo creo que vamos a tener que soltarlos o podemos meternos en un lio —dijo Fuentes

Aquella verdad dicha tan suavemente irritó sobremanera a Pavel. Desde la noche anterior no dejaba de pensar en ello.

Dio media vuelta y caminó hacia la puerta

—Maldito café —dijo, dando un portazo tremendo.

Con el sonido, semejante al estallido de una granada, Fuentes pegó un salto.

CAPÍTULO XLIII

Anita

La tarde avanzaba con rapidez mientras Manolito "el palomo" avanzaba por la calle, recordando a Anita la iyawó. La evocación inmóvil se balanceaba vagamente ante sus ojos; Manolito casi escuchaba la armonía sonora de su voz que llegaba y se desvanecía con la claridad de una tarde de verano.

Ella fue la segunda persona, después de la vieja curandera, que le dijo que él era un hijo de Obatalá. Eso en la primera y única vez que Manolito "el palomo" fue a consultarse por voluntad propia. Eso ocurrió en el barrio de la Riviera, detrás de la Terminal nueva, donde ella tenía un Centro de desarrollo espiritual.

Según Anita, Obatalá era la idea suprema de Dios en la tierra, una divinidad sabia, calmada, respetable...Anita también le explicaría que los hijos de Obatalá nacieron para ser reyes en la tierra y en el cielo.

—No le vayas a decir esto a nadie —le pidió Manolito

Robin no creía en aquellos poderes, pero nunca se sabía. Si se enteraba que su mensajero era hijo de Obatalá ¿cómo reaccionaría? Quizás le diera por pensar que Manolito quería derrocarlo y en ese caso actuaría en correspondencia.

Entonces ella posó en los suyos sus ojos negrísimos, tan grandes y turbadores como "el palomo" no había visto nunca en su vida.

Luego se encontró a si mismo arropado por la voz de Anita y la de otros negros invisibles que también parecían rodearlo con sus voces incorpóreas, vagas sombras de cabañas de tal forma que no solo las voces, sino hasta los cuerpos ambulantes se perdían en los ojos de Anita, partícula a partícula.

—Tú naciste para rey Manolito, no para segundo de nadie, y mucho menos de un hombre enfermo, porque tu jefe está contagiado con el síndrome del Arca ¿Es verdad o mentira?

"¿El síndrome del Arca? ¿Qué diablos era eso?".

Pero no iba a decirle que él no sabía. No a Anita.

—Es verdad —dijo

—El amontona cuadros en una casa grande llena de cuerpos y espíritus malignos. Los retratos son muertos oscuros que ese hombre perverso envía a las personas que quiere ver difuntas.

—Es verdad —repitió, como hipnotizado

—Tienes que destronarlo, Manolito, tienes que mandar para los "palitos" a ese hombre malo, porque yo veo tu cara dibujada dentro de esa casa.

Pero una cosa era decirlo y otra bien distinta mandar para la cárcel a Robin "el dibujante"

Anita cerró los ojos.

—Veo tu nariz arrancada con una pinza...

"Y la lengua fuera de la boca hasta lo increíble, clavada a la barbilla con un puñal y la frente aplastada a martillazos", imaginó Manolito, porque uno de los negros invisibles le susurraba cosas al oído.

Manolito la creyó; pero no podía arriesgarse a que Robin lo supiera. Y esa fue la desgracia de Anita

—Un gran rey —le dijo ella.

Después todo lo que había estado detenido el tiempo en que conoció a Anita echó a andar. De alguna manera volvió a soplar el viento. Los cuerpos de los negros y las cabañas se desvanecieron con él.

Manolito "el palomo" caminaba, repleto de amor por el recuerdo de Anita y de odio hacia Robin, por lo que este le había obligado a hacerle a ella. "Por miedo a aquel loco de mierda al que un día él le extirparía el poder de la mano y el aliento del cuerpo"

Caminó sin rumbo por una calle que subía en pendiente y se convertía en un callejón estrecho, que dando vueltas ascendía desde una hondonada a otra calle paralela con casas de techo de zinc acanalado, que empezaba también a empinarse, pero más suavemente.

Quizás estaba tan distraído en sus pensamientos que no lo vio venir. Benito "el oriental", o Beni "el turco", como le decía la mayoría de la gente lo detuvo.

Manolito se secó los ojos húmedos en un gesto feroz.

—¿Cómo está usted, Manolito?

Dirigió una mirada a la cara casi suplicante del Beni, no alargó la mano para estrechar la que este le extendía. Fue el Beni quien continuó hablando.

—Necesito que usted me ayude Manolito, que vea a Robin para que me consiga un trabajo, estoy dispuesto a hacer cualquier cosa; y soy muy agradecido, usted lo sabe.

El Beni estaba en el piso y sin remedio, de nada valdría cogerle un adelanto.

—Toda Santa Clara sabe que estás en llamas por lo que hiciste, y que tienes los ojos de la policía encima. Búscate un trabajo en un hospital, en una escuela, o en alguna obra social... Luego que pase el tiempo y te limpies, me ves.

Manolito dijo esto y echó a andar nuevamente, sin volver la cabeza.

CAPÍTULO XLIV

La jaula

M ilagros, la esposa de Ignacio nació en un villorrio a dos kilómetros de Zaza del Medio, provincia de Sancti Spiritus. La casa vivienda de sus padres Rinaldo e Idolidia era de madera, con cuatro habitaciones pequeñas y un portal y el piso de tabloncillo, desgastado por las pisadas de la familia.

Ella recordaba cómo le gustaba observar la ciudad en la noche, desde la ventana de su cuarto alumbrado con una bombilla de luz amarillenta en la que revoloteaban los insectos Había aprendido a abrir y cerrar la ventana en la oscuridad sin hacer ruido, y a soñar con las cosas que quería. Así aprendió que más allá de la vida gris que surgía de la devastadora urbe, existía otra que ella podía moldear a su antojo.

Su padre era camionero, y su madre se ocupaba de las labores de la casa. En verdad agotada por el parto de Milagros, permanecía acostada o convaleciente casi la mitad del tiempo.

Milagros se levantaba temprano, ya su padre había hecho café y desayunaban los dos, café con leche y pan. Luego él la llevaba hasta la escuela, en la ciudad. En la tarde ella regresaba a pie, junto a los otros niños del pueblo, por un camino que serpenteaba entre campos de caña y tocaba casi un gran basurero antes de que comenzaran a aparecer las casitas.

El basurero estaba lleno de objetos maravillosos, abanicos rotos, retazos de colores, pomos sucios, calderos de metal rajados, trozos de ladrillos... Al paso del tiempo Milagros descubriría que aquel espacio era sombrío y ruinoso, y que solo servía para que los hombres de la ciudad amontonasen su inmundicia sobre la profunda desolación de un escenario que iba resquebrajándose cada vez más bajo las largas y silenciosas lluvias y poco después le sería revelado que aquel amontonamiento de casas separadas de Zaza del Medio, que ni en sus mejores momentos había gozado siquiera de un nombre, iba destruyéndose poco a poco, carcomido por el tiempo y el comején.

Quizás su imaginación se lanzó a volar desde muy pequeña, cuando conoció la historia de sus padres. Rinaldo nació en Islas Canarias y vino a la ciudad de Zaza en el año 1950, durante la pseudorrepública, dos años antes que Fulgencio Batista ejecutara el "cuartelazo", y dejara con la carabina al hombro a los miembros del Partido Auténtico, del que Rinaldo formaba parte. Después de aquel duro golpe él se apartaría de la política.

La venida a Cuba no fue casual; eran jóvenes de buena posición y después de pasar el Servicio Militar en España el hermano mayor de Rinaldo lo ayudó a conocer mundo y se fueron a Estados Unidos, Venezuela, Cuba, y de ahí a Zaza del Medio, donde un tío paterno se había aplatanado y tenía un comercio. El hermano mayor regresó al archipiélago, pero ya Rinaldo no podría hacerlo, se había enamorado de una cubana alta, de piel muy blanca y pelo oscuro, Idolidia.

En la segunda mitad de la década de los años 60, después del triunfo de la Revolución, la familia se mudó a Santa Clara, Calle Maceo, en la zona centro, porque Rinaldo trabajaba de chofer para una Empresa que mercadeaba en toda la provincia, pero que radicaba en esta ciudad. Allí nació Milagros

Cuando su madre murió, Milagros era una joven bellísima que había renunciado a la escuela cuando concluyó el pre universitario, para cuidarla durante su enfermedad. Poco tiempo después ella conocería a Ignacio, que entonces era estudiante de Ingeniería Mecánica en la Universidad Central de Las Villas.

Su propia historia se le antojaba parecida a la historia romántica de sus padres Rinaldo e Idolidia. Cuando Ignacio se graduó no quisieron esperar más y se casaron inmediatamente.

Pero los acontecimientos nunca se repiten exactamente, ella nunca previó lo que sucedería más adelante en su matrimonio. Así cuando Ignacio fue liberado después del intento de asesinato de Pedro, Milagros no fue a esperarlo a la salida de la cárcel.

Un respetuoso silencio lo acompañó mientras caminaba por las calles del barrio hasta llegar a su casa. Ignacio se detuvo apenas franqueado el umbral. Milagros estaba allí, el pelo peinado liso y dos pequeñas arrugas oscuras debajo de los ojos. Se miraron uno a otro, súbitamente desnudos, pero sin tocarse, manteniendo la distancia.

—¿Dónde está la niña —preguntó él

—En la escuela.

La voz de Milagros no era cálida ni fría.

—Las extrañé mucho a las dos.

Ella no respondió y cuando lo hizo el tono era de un aislamiento tranquilo y sosegado.

—Te calentaré agua para que te bañes, debes estar cansado.

Ignacio puso la maleta en el piso. No sabía cómo moverse dentro de su propia casa. Permaneció de pie frente a Milagros, las manos en reflejo meditativo se movían doblando un pliegue de la camisa. Hubiera preferido un estallido de ira, lágrimas, insultos o preguntas, hasta una agresión física o la amenaza de divorcio lo habrían consolado. Pero nada. Ella ni siquiera lo miraba mientras le hablaba.

CAPÍTULO XLV

Pecados capitales

En el argot popular hay un axioma que dice: lo que tú no quieres que se sepa no lo digas. Pero eso no funcionaba en el barrio. En el Condado había docenas de ojos y oídos de tísicos que percibían el más mínimo rumor; cientos de lenguas sueltas, casi todas venenosas; incontables manos invisibles, algunas armadas y otras que empujaban espaldas robustas y pies calzados con botas de siete leguas.

Manolito el palomo sabía de la eficacia de este sistema, mejor engranado que el más poderoso Servicio secreto, y aprovechando su posición de mucamo de Robin el dibujante lo utilizaba de primera mano, más que nada porque sabía que en ocasiones tener el conocimiento de un insignificante rumor y hacer el uso adecuado de él, podía evitar o precipitar la catástrofe.

Cuando Manolito conoció que Ignacio y Albita estaban libres, por falta de pruebas y del respeto que se había ganado el primero en el barrio se irritó. Según se decía por la forma en que se portó en la prisión pendiente Ignacio había sentado cátedra como hombre confiable a todas, no hablaba, así lo acusaran de asesinato. Solo sacó el cuento para salvar a Albita y esto cuando hubo comprobado que ella ya había cantado. Si era así, que se arriesgaba a ir a un juicio por no descubrir ni su relación con una mujer, en el caso de algo grande se podía confiar en él a ojos cerrados. Por más que lo exprimieron no habló del negocio del sebo, ni echó para adelante a nadie, aunque se sabía que Pedro y el Fide Stevenson le habían fastidiado una tonga de dinero y que él no tenía nada que ver con aquello.

Según las malas lenguas Silverio Pentón y su hijo Jorge, los macetas de la Sakenaf, le habían enviado un paquete y Tambulende Yaya, el de América Latina, le mandó otro de desagravio con un edecán. También decían que estando en la cárcel incomunicado le pasaron café de exportación y sándwich de jamón y de tocino, cosas que Manolito, libre, no podía darse el lujo ni de probar.

Y los envíos de Robin harto los conocía él, como que fue el mismo quien los llevó. Humillante.

"Verdad que esta vida es injusta", pensaba Manolito, "este pendejo llega aquí ayer, fresquecito y yo llevo luchando toda mi vida en este barrio, sin fallar nunca, sí ese tan mierda que hasta le jamó la hembra al primo, y su mujer, la tal Milagros, que está que es un tronco, se la deja pasar como si nada"

Manolito el palomo sentía que se atragantaba, pero ya no podía parar.

"Hay gente que Eleguá tiene siempre de pie. Sin buscarlo al pendejo le cae en las manos el negocio del sebo, un filón; luego va preso y por aguantar con la boca cerrada unos días, le mandan una pila de paquetes. ¿Y yo, cojones, yo, que nunca nadie me ha proporcionado nada, que si abro la boca un poquito mando al presidio a media Santa Clara? Yo que soy un hombre a todas ¿dónde están las hembras buenas que me tocan? ¿Qué carajos tengo? ¿Quién me ha dado nunca un regalo? ¿Quién se acuerda, aunque sea de que existo?"

Un día se las iba a pagar, aunque muchos no creyeran ni en sus madres, él tenía la seguridad de que siempre la justicia llegaba, y entonces se las iba a cobrar a Ignacio y a Robin "el dibujante", todas juntas.

CAPÍTULO XLVI

Los forajidos de Transilvania

A pesar de sus escasos uno setenta de estatura, Fredy Pérez, el de Wilfredo Pagés, era lo que se dice en buen cubano, un tipo guapo. Por decisión divina, fatalismo geográfico o una maquiavélica combinación de estos y otros factores negativos, Fredy Pérez nació en el poblado de Wilfredo Pagés, a quince kilómetros de Santa Clara. En realidad, las cosas eran un poco más complicadas pues su familia no vivía en el mismo caserío, sino tres kilómetros más allá, en una finca llamada Transilvania, donde sus padres tenían una buena posición económica.

Fredy recordaba que tenían cientos y cientos de gallinas, guanajos, chivos y puercos, casi silvestres dentro del palmar, y que sus padres contaban en las mañanas, cuando se les echaba comida a las aves o en las tardes a los cerdos, junto a la palmichera.

El padre de Fredy tenía seis o siete yuntas de bueyes, cien vacas lecheras, siete caballos, entre ellos un semental y dos de carrera —la pasión y el deporte de los campos— también poseía dos yeguas paridoras de pura sangre, una carreta, dos carretones y un coche de lujo para salir cuando la familia debía trasladarse a la ciudad de Santa Clara.

Las tierras de Transilvania eran negras de masa, sin hierbas malas y con agua corriente; el arroz se daba a más de cuatro quintales por cordel, las mazorcas de maíz parecían calabazas y las calabazas pesaban 10 libras. Los frijoles, el ajo y la cebolla llenaban el rancho valentierra.

Todo marchaba bien, en un orden establecido por generaciones y como había sucedido y debería suceder, cuando el padre de Fredy se fuera poniendo viejo, este se haría cargo de los negocios de la familia y luego su hijo y después el hijo de su hijo.

Solo que un día el orden se quebró y las cosas cambiaron para mal. Llegó el Periodo Especial a Santa Clara y con él la escasez, ya no se podían criar los animales sueltos porque la gente perdió la decencia y a las siembras había que hacerles guardia prácticamente desde que los frutos estaban tiernos. Por mucho que se cercara la finca, picaban los alambres para entrar por los portillos y no respetaban ni los cocos de agua.

Para colmo se perdió el alambre de púas, que no se encontraba a ningún precio.

Entonces el padre de Fredy plantó escaldón y piñas de ratón en los linderos, pero ni eso respetaban los malhechores. En las piñas empezaron a anidar ratas, hurones y todo tipo de alimañas que en poco tiempo fueron enemigos más dañinos para los cultivos que la misma gente. La primera señal de la debacle total de Transilvania sobrevino una noche en que los ladrones se llevaron de un golpe todos los caballos de la cuadra, sin que los perros ni siquiera ladraran, dejando como regalo una cachorra criolla en celo, atada a un poste.

Después a paso de uno, dos, uno...sacrificaron todos los bueyes de trabajo. El padre de Fredy Pérez no soportó la crisis. Su fuerte constitución de campesino se resquebrajó. Un día amaneció muerto en la cama junto a su esposa. Dos viejos que han estado acostumbrados a vivir juntos toda la vida no pueden estar el uno sin el otro. Aunque no era una anciana a la madre de Fredy la aquejó una demencia senil acompañada de una arterioesclerosis múltiple que en menos de un año la llevó a la tumba.

La finca pronto fue paraíso de las malas hierbas. Un buen día Fredy vendió todos los aperos de labranza que quedaban, los equipos de transporte y las pocas reses que sobrevivieron al cuchillo de los matarifes.

Sin analizar profundamente las causas y los verdaderos culpables de aquel terrible fenómeno social que oprimía a millones de cubanos que hacían lo indecible por soportar dignamente las penurias, Fredy Pérez tomó la decisión más sencilla; les declaró la guerra a los gobernantes del país.

Un día Fredy conoció a Waldemar Incesta, que era el representante en la provincia de la Asociación Cubana por la Libertad y el Cambio (ACCL), fachada de un grupo subversivo en contra del Gobierno, financiado por los derechistas miamenses de la llamada Fundación Cubana Americana.

—Voy con ustedes hasta el final —le dijo Fredy Pérez

—Nuestra apariencia es la lucha por los Derechos Humanos y eso nos hace intocables —le explicó Waldemar

Su objetivo en realidad era derrocar al Gobierno de la isla e instaurar un nuevo poder.

—Me da igual tener semblante o no —replicó Fredy

Después de aquella primera conversación con Waldemar Incesta vendría otra y otra, tras las cuales Fredy Pérez fue reclutado y pasó a formar parte de la rama dura de la directiva de la Asociación.

—Quiero verlos caer a todos y no tengo miedo.

De nada valieron consejos, ni citaciones de advertencia por parte de la Seguridad de Estado. A Fredy Pérez le daba igual vivir en Transilvania, en la prisión de Guamajal o en la de Villa Marista.

Un día se enteraría que Ignacio Rodríguez, un Ingeniero mecánico sin vínculo laboral, convicto por sospechas del asesinato de su primo Pedro Roque, había sido liberado y decidió visitarlo, para en caso de este alegar algún tipo de maltrato sufrido, denunciar a los policías de la

Quinta Unidad de Santa Clara ante el Alto Comisionado de los Derechos Humanos.

Una persona con esas características y de seguro llena de resentimientos, parecía tierra fértil para manifestar su alegato acusatorio.

Pero Ignacio se mostró muy reservado; entonces Fredy le ofreció la protección de la Asociación, pero Ignacio tampoco mostró interés en el tema. No obstante Fredy pensó que quizás en una nueva conversación sería distinto. Lo más importante era averiguar por él, conocerlo ¿Y dónde mejor inquirir que en ese mismo barrio del Condado, dónde Ignacio vivía?

Manolito "el palomo" se quedó mirando a aquel hombre bajito y bien vestido que venía calle arriba. Enfiló los pasos hacia allá para observarlo de cerca. Al llegar a su altura el individuo también levantó la cara y lo retó con la mirada.

"Uno agente más, de civil", pensó Manolito. Desde que se llevaron preso a Ignacio y al "Fide Stevenson", el barrio era una mierda. La gente se recogía temprano en las casas, en el aire se oía volar a un alguacil, ni siquiera la candonga estaba abierta y la policía no salía del Condado, como si este fuera su coto.

CAPÍTULO XLVII

El infierno

A penas estaba amaneciendo cuando Robin "el dibujante" mandó a buscar a Manolito y "al mosca". Parecía preocupado, no se había puesto ni la corbata ni la levita y su cara lucía desgastada por dormido muy poco.

—Buenos días, jefe —dijo "el palomo", conocedor de que con Robin las cosas tenían que ser así.

—Hablen bajo, que mamá duerme todavía. No quiero que ella se despierte y nos oiga hablando sobre ese hombre que vive en la finca Transilvania, sale de su casa en una bicicleta y la deja en el pueblo de Wilfredo Pagés para tomar un transporte cualquiera hacia esta ciudad, donde viene a causar problemas. Fredy Pérez, así se llama.

—Transilvania... ¿Dónde queda eso? —preguntó "el mosca"

Manolito y 'el mosca" permanecieron sin moverse apenas, tensos, anclando sus ojos solícitos en Robin, esperando la respuesta.

Pero este prosiguió, ignorando la pregunta.

—Ahora este individuo anda averiguando cosas de política con la gente en el barrio y le ha dado por estar metido en casa de Ignacio.

—¿Cosas cómo qué, jefe? —preguntó Manolito

—De Derechos humanos, Manolito, ¿de qué más podría preguntar ese tal Fredy Pérez?

No explicó nada más, solo dijo eso y guardó silencio.

—¿Y qué hacemos, jefe?

Por otros breves instantes los ojos vacíos de Robin se fijaron en Manolito.

—Por dios, Manolito, ¿es que no comprendes?

—Usted disculpe jefe, pero no entiendo...

—Ay, Manolito, Manolito... ¿Y tú tampoco entiendes, "mosca"?

El mosca se puso un dedo en la frente, luego otro y movió la cabeza negativamente.

—A la verdad, yo...

Entonces Robin habló, como si se tratase de un factor social, totalmente ajeno a él y como si ya ellos estuvieran obligados a conocer de antemano aquel acuerdo.

—El hombre es de los grupos esos de los Derechos humanos y anda buscando formar moloteras, calentar el ambiente. Vendrán para acá los de la Seguridad de Estado a controlar a la gente del barrio. ¿Se imaginan en lo que se convertiría este lugar?

—"Éramos muchos y parió catana" —dijo "el mosca" sentencioso

—Claro, jefe, un infierno.

Y Manolito rio porque presentía que se acercaba una batalla, de esas que últimamente se hacían cada vez más escasas. Maldito Ignacio, desde que llegó todo era complicado.

—No se preocupe, jefe, que lo vamos a esperar aquí mismo y en cuanto aparezca lo agarramos y entonces va a saber cómo son las cosas por acá.

Robin lo miró con desaprobación.

—¿Cómo tendré que explicarte que somos gente educada, Manolito? Habla bajo, no quiero que mamá se despierte y nos escuche, porque lo que harán ustedes no es correcto. Además, no quiero que pase nada más en este barrio

—Bueno, ¿Y entonces qué le hacemos? —preguntó "el mosca"

—¿Ustedes están dormidos todavía? ¿No les dije ya que vive en una finca que se llama Transilvania, a dos o tres kilómetros del pueblo de Wilfredo Pagés? El tipo es meticuloso, un reloj, nueve menos cuarto ya está montado en su bicicleta por el terraplén; después viene hacia Santa Clara, a sus líos de Derechos humanos.

—¿Y qué le hacemos? —insistió "el mosca"

Robin hizo un gesto de fastidio.

—¿Y cómo voy a saber yo lo que pasará allá, "mosca"? ¿Acaso soy adivino? ¿Y qué tal si no pueden convencerlo de que no puede venir más a mi barrio? ¿Y si el hombre no los entiende? Quizás sea hasta sordo.

—Eso —agregó Manolito.

"Era como tener una pistola, pero no podía usarse al menos que te apuntasen con ella, pero eso significaba que te la habían quitado antes, y entonces no eras tú quien la tenía". Un trabalenguas, pensó "el mosca". Que hombrecito extraño y enredado aquel dibujante. Por si acaso le iba a dar un par de gaznatones al tal Fredy Pérez.

CAPÍTULO XLVIII

El recado

Detuvieron el carro del "dibujante" a la mitad del camino entre el pueblo de Wilfredo Pagés y la finca Transilvania, por donde debía pasar Fredy Pérez en bicicleta. Volvieron el frente del auto hacia Wilfredo Pagés, tenían tiempo. Levantaron el capó, como si estuviera problemas en el motor y se pusieron a esperarlo.

Al rato vieron venir una bicicleta desde la dirección de la finca. Se acercaba, ya estaba casi junto a ellos.

Manolito salió al camino a detener al hombre. Aparentemente le pediría ayuda, para arreglar el desperfecto. Pero no lo hizo, porque el truco no iba a funcionar; era el mismo individuo que lo había mirado mal la tarde anterior, en el barrio.

—¡Párate ahí! —le dijo, atravesándose delante de la bicicleta.

El otro detuvo el pedaleo y aplicó los frenos, mas por reflejo incondicionado que por la orden. Entonces "el mosca" salió de su escondite, junto a la maquinaria, bufando molesto porque el plan que habían concebido en un santiamén Manolito lo echó abajo.

—Fredy Pérez —dijo "el palomo", agarrando el ciclo por el manubrio.

—¿Qué se les ofrece? —preguntó Fredy.

—¡Bájate! —tronó "el mosca"

Fredy Pérez cruzó uno de los pies por encima del caballo de la bicicleta. Lo hizo con calma, y sin dejar de mirar a los ojos de Manolito.

"Otra vez los de la Seguridad de Estado, coño, no se cansan", pensó

—Vacíate los bolsillos —volvió a ordenar "el mosca"

—Yo soy un periodista independiente de este país y ustedes no tienen derecho a hacerme esto —pero obedeció pues no quería dar pie a que lo acusaran de desacato— no existe ninguna ley que los apoye —agregó.

—Ah, no —amenazó "el mosca" arrebatándole la bicicleta de las manos y tirándola contra el terraplén, después le saltó encima tres veces con su potente anatomía.

—Jo, jo —rio Manolito, admirado de la exaltación de "mosca". Este tenía el cuello de la chaqueta subido y un sombrero de alas cortas le cubría la cabezota. El color gris claro de la americana semejaba los viejos abrigos de los emigrantes italianos neoyorkinos, de los años veinte.

—Enséñenme sus identificaciones —dijo Fredy, mientras colocaba en las manos de Manolito sus objetos personales: una grabadora de mano para ilustrar las entrevistas, la billetera, un llavero y un corta uñas.

—Ahora siéntate en el suelo —le dijo Manolito

Y cuando esto hubo ocurrido sacó su cuchilla del bolsillo y la abrió, colocándola casi tocando el globo del ojo de Fredy.

—Hay un amigo mío que me pidió que te diera un recado. No vayas más al Reparto Condado, donde te vi ayer. Ni a buscar a Ignacio ni a nadie, o te reviento el ojo.

Fredy Pérez sonrió: "Segurosos necios. Estaban desesperados, y por eso cambiaban de estilo. Ahora lo amenazaban. Pero no le daban miedo, él sabía cómo hablarles. No faltaba más".

—Si tú quieres sácame el ojo, pero no te olvides que yo soy de la dirección de la Asociación Cubana por la Libertad y el Cambio, y cómo les he dicho a ustedes siempre, no pueden impedir que vaya adonde me dé la gana; y tú flaco, tócame nada más y hazme una marquita en la cara con esa cuchilla para que veas lo que es aparecer en los titulares del noticiero estelar de Radio Martí.

Dijo esto y se fue incorporando para hablarle a aquel oficial como estaba acostumbrado a hacer siempre, cara a cara.

—¡Quédate ahí! —le gritó Manolito.

Para desdicha de Fredy perdió al negro grande de vista y eso fue un error. Estaba casi erguido cuando este le dio un golpe tremendo en el mismo centro de la cabeza y literalmente hablando, lo echó abajo. Después el flaco comenzó a darle patadas en el piso.

Cuando abrió los ojos sus dos agresores estaban un poco alejados y discutían. Le dolía todo, hasta las pestañas.

—Si te quedas con la grabadora, yo me llevo quince dólares más que tú —decía el flaco, hurgando en la cartera de Fredy.

—Eso no está bien Manolito, me estás jodiendo en esta —se quejó el negro.

—Coño, le pagan chévere a estos cabrones de los Derechos humanos.

Hubo una pausa de tiempo y luego se escuchó la misma voz calmosa del flaco

—Busca un poco de agua, "mosca", a este hay que ponerlo en zona, tenemos que estar seguros de que no pise más el Condado, si no los que vamos a desaparecer del aire somos nosotros.

Muy, pero que muy extraño. No parecían oficiales de la Seguridad del Estado.

—¿Y dónde voy a buscar yo agua?

—¿Tú no trajiste?

—¿Y quién sabía que este se iba a poner pesado?

—Bueno, hay que inventar algo y despertarlo, ya estamos sobrando aquí, en cualquier momento pasa alguien y llama a la policía.

—Dale otra patada en la cabeza, no sé dónde oí que cuando la gente se desmaya le das una patada en la cabeza y vuelven.

Santo Dios. ¿Quiénes eran ese par de animales, asesinos a sueldo acaso?

Trató de incorporarse, pero el cuerpo no le respondía. Intentó alzar la cabeza en vano. Si le pateaban de nuevo podría morir.

Entonces abrió la boca y gritó. No reconoció los sonidos. Su voz sonó rara cuando dijo:

—No me den otra vez.

—Ya se despertó —dijo el grande.

El flaco empezó a reírse.

—Así que voy a ser importante, voy a salir en Radio Martí. ¿Dime cómo es eso?

—No —dijo el negro gordo— el que va a salir soy yo, le di primero.

Todo se llenaba de una luz de negrura.

—Denuncia esto para Radio Martí o adonde tú quieras, pero no puedes ir más al Condado. ¿Entiendes? —el tono cambió a amenaza, de las serias.

Le iba la vida en aquella respuesta.

—Si —balbuceó apenas.

—Vámonos para el carajo —dijo el flaco.

Ya los dos estaban sentados en el carro cuando volvieron a bajarse. Fredy escuchó como abrían el maletero y luego un golpe metálico, hierro contra hierro.

—Por poco olvidamos la bicicleta —dijo el grandote.

Después el carro se alejó por el terraplén hacia el pueblo, dejando tras de sí una estela de polvo. Todavía en la distancia Fredy pudo escuchar por última vez la voz de pito del flaco.

—Eres tan bruto que la escachaste.

Fredy Pérez no entendía.

"¿En qué va todo esto?", se dijo, y lloró silenciosamente.

CAPÍTULO XLIX

Beni el turco

Nadie sabía porque al Beni, el hijo del oriental, le apodaban el turco, quizás porque siempre andaba pelado al rape o por el bigote negro, enorme, que le daba casi hasta barbilla. Lo cierto es que el Beni, quien fue chófer de un camión de caña de la Base de Transporte Agropecuario del Ministerio del azúcar, gracias a un inspector que lo sorprendió mientras le sacaba gasolina al camión oculto una guardarraya, perdió el trabajo y tuvo que andar a paso muy ligero para quitarse de encima a la justicia.

El Beni, como le decía su familia, o el turco, como se le conocía en la calle, de un día para otro se le vio peinando las calles de Santa clara en busca de algún negocio que le permitieran al menos " escapar" de la situación.

Pero Beni "el turco" cayó irremediablemente en la baja, pues ¿quién no sabía que la policía andaba tras él?

Entonces para librarse de aquella persecución obstinada comenzó a trabajar de custodio en una de las puertas del hospital nuevo "Arnaldo Milián Castro"

Quiso la mala suerte, pues no podía ser otra cosa, que el director del Centro fuese el doctor Carlos Miguel Pino Torrens, quien era amigo de Alexandre Cruz, el Jefe de Vigilancia y Protección del Sectorial Provincial de Salud, que a su vez tenía excelentes relaciones con el Coronel Evelio Hurtado, Jefe de la Policía de Santa Clara.

Así el doctor Pino se enteraría que uno de sus vigilantes había violado el filtro por el que pasaban todos los guardias de seguridad, antes de ser contratados como trabajadores del Hospital y que tenía dentro a un elemento fichado, por un delito de hurto.

El trabajo de la puerta de visitas donde estaba ubicado Beni "el turco", no era tan bueno como el de camionero, pero tampoco era tan malo como para que llegara a su casa con las manos vacías.

No podía negarse que el Beni, tenía un ojo clínico para reconocer a la gente que llegaba a la puerta fuera del horario de visitas y que darían cualquier cosa por pasar a ver a un familiar ingresado.

La técnica era hacerse de rogar hasta el límite y luego bastaba recoger la fruta madura. Dos cajas de cigarros, un billete deslizado en un apretón de manos, unas libras de arroz o de frijoles —ambas inclusive— valían el pase.

"Avanza, pero sólo diez minutos, porque no quiero que me traigas problemas con los médicos de las salas", y fijaba en su interlocutor sus ojos amarillentos de tigre de la calle.

Así transcurría la vida de Beni "el turco", hasta el día infausto en que Alexandre Cruz alertó al doctor Pino de su presencia.

Pero el doctor Pino no era un mal tipo. En una breve reunión con los miembros de la Sección Sindical del Hospital se acordó trasladar al Beni para la puerta que daba a las salas de terapia, donde el público casi no lo veía y asunto concluido.

Para Beni "el turco" aquello fue peor que cuando lo bajaron del camión.

Nada hay más doloroso, excepto la caída misma, que tener a un familiar en estado grave. En las salas de terapia intensiva o intermedia, en contadísimas ocasiones se permite la entrada de un acompañante, pues los enfermos recluidos allí no tienen visitas.

Beni "el turco" permanecía sentado ante la puerta o parado por las manos en los bolsillos. Los zapatos lustrosos, los pantalones limpios y planchados, de forma que podía vérsele el filo, la camisa clara y la gorra echada hacia delante sobre la cara sombría.

No le dirigía la palabra a nadie, pero todos tenían conciencia de su presencia. Se sentía tan jodido que simplemente no tenía nada que decir.

Las salas de terapia eran una completa rutina, sólo rota por el cambio de turno del personal, el almuerzo y la comida, también a una hora fija. Cuando se llevaba más de un mes en aquella puerta, todo se hacía tan aburrido como los cuerpos muertos tapados con sábanas verdes que los camilleros conducían a diario hacia la morgue.

A Beni "el turco" todo aquello le interesaba muy poco. No le importaba especialmente más de lo que hubiera importado tener un trabajo de electricista, plomero o albañil.

Al paso del tiempo la situación se volvía perfectamente lógica e inevitable ¿cuánto tiempo tendría que permanecer allí para que el Jefe de Sector de la policía del barrio se olvidará de él?

En eso pensaba el Beni cuando vio a la enfermera que venía desde las salas, casi corriendo, desencajada; se llamaba Luz, no podía recordar su apellido, era una mujer pequeña y gorda, que tenía la cara redonda y un moño de pelo ralo.

—¡Oiga los ¿qué pasa?! —preguntó el Beni, interponiéndose entre la enfermera y la puerta batiente de aluminio.

Se diría que de un momento otro sufriría un ataque.

—¡Mi hijo! —dijo con voz entrecortada— ¡me acaban de llamar de la escuela que sufrió un accidente!

No había transcurrido ni cinco minutos cuando por el pasillo exterior hacia puerta avanzaba ya otra enfermera. "Salimos ganando con el cambio de una por otra. A esta nunca la he visto en el Hospital. ¡Qué buena hembra!", pensó el Beni, y le sonrió a aquella muchacha rubia de ojos azules y la cara pasada de colorete.

"Bendita sea, mira como esas nalgas le levantan la bata por detrás".

Algo en el modo de caminar se le hizo familiar, se quedó mirando el movimiento hasta que franqueó la entrada de las salas: "Se viene comiendo a este hospital y a toda Santa Clara", pensó el Beni.

Se sentó. Momentos después, olvidó a la enfermera y volvió a rumiar su desdicha. En ese lugar sí que no había ningún chance de obtener nada ¿Por qué la vida tenía que ser tan condenadamente dura con él, carajo?

Desde las salas se escuchó un alboroto y el Beni se puso de pie alerta. La puerta de las salas que daba al pasillo se abrió y vio a la enfermera nueva avanzar hacia él en franca huida. Corría como puede correr una mujer perseguida por los gritos de un grupo de personas. En el mismo instante el Beni se interpuso, y solo cuando estuvieron muy cerca uno del otro y ella lo miró suplicante él se echó a un lado para dejarla pasar, mientras el pensamiento avanzaba con más velocidad que la vista.

Habían transcurrido unos segundos cuando en la puerta interior de la sala asomó la cara terrosa del Jefe de Terapia intensiva.

—¡Detengan a esa mujer, le inyectó veneno a un paciente!

Se paró frente al Beni, pero era como si siguiera caminando por el pasillo. Y cuando el custodio lo tomó por los hombros y lo sacudió, fue como si le hubieran detenido a mitad de un paso.

—¿Qué mujer, a quien hay que detener? Explíquese.

—La enfermera que huyó por aquí ahora mismo, le inyectó algo al paciente de la cama doce.

El Beni sacó la pistola y salió apurado hacia la entrada de las salas de consulta del Hospital. Como imaginó, al verle corriendo con un arma en la mano se produjo un movimiento de personas que escapaban de un lado a otro, chocando entre si y dejando entre ellos y el Beni un espacio cada vez más creciente. El tumulto pugnaba por escapar del Hospital, pero no cabía por la pequeña puerta de salida. El caos.

Entonces el Beni se detuvo y enfundó el arma.

—Desapareció, se la tragó la tierra —dijo, por si acaso en aquella marea de rostros y cuerpos oscilantes había alguien que lo escuchaba.

Regresó hacia su puerta, y cuando habló su voz sonaba tan agitada que era como si no hubiera hecho pausa alguna y el también continuara corriendo pistola en mano, a la caza de la enfermera.

—Se la tragó la tierra, y con el revuelo que se armó, imagínense... —dijo al Jefe de sala

El sentimiento que para él hasta entonces no había sido más que fatalidad empezó a transformarse en esperanza.

Su mala suerte podría girar media vuelta.

Beni el turco había reconocido a la falsa enfermera.

CAPÍTULO L

Carlos Miguel Pino Torrens

B eni el turco, entró a la oficina del director del Hospital con esa mirada característica que tienen los condenados. Se secó el sudor de la cara con el antebrazo, pero le cayó en los ojos. No veía a Pavel. Eran ojos de ciego.

—Usted dirá, capitán.

—No soy capitán, soy teniente investigador.

Pavel se sentía preocupado. No le había puesto una guardia operativa para cuidar a Pedro en el hospital y este había muerto.

No le preocupaba tanto el capitán López, el Jefe de la Unidad, este simplemente quería resultados y él era un investigador eficiente; pero había otros oficiales que desaprobaban sus métodos, el Coronel Lorenzo Lunar, jefe del Departamento de Criminalística era el peor: decían que él estaba obsoleto; pero en verdad lo que no le perdonaban era que se hubiese criado en el barrio, no olvidaban el tiempo que pasó internado en el Centro de reeducación de menores, de la carretera de Malezas.

El caso se estaba complicando y ya había un muerto. A nadie le gustaban los muertos.

Debía mostrarse educado en el interrogatorio, aunque intuía que el Beni ocultaba algo.

—Siéntese ciudadano y dígame su nombre.

Todo el formalismo.

—¿Cómo se siente?

—Imagínese, todo esto, usted sabe...

—No, en verdad no sé, cuénteme.

Ahora el Beni tenía la mirada de un animal asustado.

—Yo estoy nervioso, no sé muy bien por qué estoy aquí

Pavel suspiró profundo.

—Está aquí porque en su turno de guardia entró por la puerta que usted asiste una aparente enfermera, mató a un paciente y luego salió tranquilamente por esa misma puerta que teóricamente usted debe cuidar. Por eso está aquí, Benito.

El Beni seguía sudando, a pesar de que el ventilador de techo refrescaba el ambiente. Estaba cagado del miedo.

—Yo la perseguí, teniente, pero la gente se me atravesó en medio; hasta saqué la pistola...

—Y no hubiera sido más sencillo que le hubiese pedido la identificación a la entrada y a la salida, como está establecido y no haber armado ese teatro mezclado con corre corres.

—Imagínese oficial, aquí el personal del Hospital entra y sale por la libre.

—¿Usted no identifica a los trabajadores de la institución que entran a la sala de terapia?

Beni el turco se veía desencajado.

—Uno le pide el carné a la gente que no conoce, a los que conoce no, en todos lados es así.

—¿Entonces conocía a esa simulada enfermera?

—No, no la conocía.

—¿En qué quedamos?

Hubo un silencio absoluto durante casi diez segundos.

—Está jodido, Benito.

Beni el turco pareció demorar unos momentos en comprender.

—Estoy jodido desde que me bajaron del camión y entré a trabajar aquí en este Hospital de mierda —dijo.

Entonces tocaron a la puerta y entró el teniente Denis con unos papeles en la mano que le extendió a Pavel.

A Beni aquellos documentos le dieron mala espina. El teniente Denis se quedó de pie, junto a Pavel

—Estabas robando gasolina y fuiste procesado hace poco —dijo Pavel, volviendo a la guerra— no entiendo que haces aquí en este Hospital, de guardia.

—Yo no robé nada, saqué el combustible para un tanque porque el motor estaba fallando y pensé que había alguna basura en el depósito.

El interrogatorio se estaba yendo por la tangente y Pavel no podía permitirlo.

—Asesinaron a alguien Benito, y es su responsabilidad. Trato de ayudarle y usted no me deja.

—¡Yo no he matado a nadie! ¡No soy cómplice de nada! —gimió el Beni

A Pavel le sorprendió que se quebrara tan pronto; era un pendejo o un actor consumado. Quizás era un poco de ambos.

—¿Conocías a Pedro Roque, el paciente? —lo tuteó. Era la señal de que iba a fondo.

—No, ni siquiera lo había oído mentar hasta hoy.

—¿Cuánta gente del personal médico desconocidas pasaron ese día?

—Ninguno, oficial, no vi a nadie más que a esa mujer.

—¿Viste salir a la enfermera Luz?

—Sí, pasó por la puerta corriendo y yo le pregunté que le pasaba, me dijo que su hijo había tenido un accidente.

—¡Qué casualidad que la otra también pasó corriendo y no le preguntaste nada!

"Este hombre es un martillo", pensó el Beni.

—¿Podrías hacer un retrato hablado de la imitadora?

—No sé bien cómo es eso, pero yo hago lo que ustedes me ordenen con tal de que esto se resuelva.

—¿Viste entrar a la asesina, Benito?

—No señor oficial, no la vi llegar, aunque sabe, yo fui un momento al baño, eché la puerta para delante y fui al baño; seguro que aprovechó y entró en ese momento.

—¿Cómo es eso de que entrecerraste la puerta?

—Es que ese día yo estaba solo. Faltó el otro custodio que trabaja conmigo, porque estaba enfermo.

—¿Y uno de los del turno anterior no tenía la obligación de quedarse?

En los ojillos del Beni, Pavel descubrió un brillo malévolo.

—Eso pregúnteselo al Doctor Pino, el es el Jefe del Hospital.

CAPÍTULO LI

El entierro

Ignacio no acudió al mortuorio ni al entierro de Pedro, por respeto. Pero la ausencia no le produjo ningún alivio, al contrario, se sentía más deshecho, si es que aquello pudiera ser posible.

Los padres de Pedro decidieron que lo enterrarían en el cementerio del batey del Purio, donde había vivido siempre y vivo estaría si no se hubiese marchado hacia la ciudad. Ignacio no era bienvenido en la funeraria ni en el cementerio, no podría verles la cara a sus tíos, ni quería contemplar a sus padres y hermanos.

"Si Pedro no me hubiese propuesto lo del sebo no estaría muerto, si yo hubiera rechazado esa locura no estaría muerto, si yo no me hubiese fijado en Albita no estaría muerto..."

No dejaba de pensar en su delación sobre Pedro a Silverio Pentón. "¿Cómo pude hacerle esto a mi primo?"

¿Sería Silverio quién lo mató? El y su hijo Jorge eran muy capaces de esto. También estaba Robin "el dibujante", que quizás quería utilizar la muerte de Pedro para acusar y meter presos a los Pentón y después heredar su territorio, aunque aquella no parecía la forma en que el tramposo eliminaba su competencia. Pero ¿quién dudaba que esa podía ser su coartada para despistar?

Había un rumor en el barrio de que Tambulende Yaya estaba interesado en reclutar al "Fide Stevenson" para su arena, pero este se negó por Fidelidad a Pedro. Su primo también era una piedra en el zapato del apostador.

"De estos bandoleros cualquier cosa puede esperarse", pensaba Ignacio

Albita tampoco acudió al sepelio. Si bien la actitud de Ignacio les parecía deleznable a los familiares, todos sentían por ella un odio profundo.

Ignacio no cabía dentro de su casa y marchó a la calle. Se paró frente a la candonga, a observar el movimiento de las personas que entraban y salían del mercado, y así olvidar un poco la tragedia. Pero al pisar la acera, al recibir en su cara el soplo de la brisa, al mirar a las puertas de madera de la casas, le parecía observar el sarcófago de Pedro, de color gris oscuro y sintió en su interior esa inquietud que solo experimenta un hombre ante la inminencia de su caída o ante la presencia de la muerte.

CAPÍTULO LII

El tosco

C uando Manolito "el palomo" se enteró por el "nene chalupa" que a Pedro lo habían acabado en el Hospital nuevo, decidió comunicárselo enseguida a Robin, y hacia su casa se dirigió.

El "dibujante" estaba ensimismado, hojeando un libro que decía "Guía turística oficial de La Habana". Los rasgos del artista estaban ennoblecidos. Era la misma expresión que tenía cuando se comunicaba con José Luis Cortés, el músico a quien desde que vivía en el barrio le apodaban "el tosco"

Robin "el dibujante" no tenía hijos, lo más cerquita de eso era José Luis Cortés, "el tosco". La verdad fue que en un tiempo eran este y su amigo "chicho", pero "chicho" se perdió en la vorágine de la capital y entonces solo quedó el afecto hacia el glorioso flautista.

Claro que cuando Robin recogió al "tosco" y a "chicho", estos eran solo unos muchachos zurrupientos más del barrio. Pero a medida que fueron creciendo bajo el ala del retratista y con su ayuda total, se desarrolló en ellos el instinto, es decir, el virtuosismo musical del "tosco", mezclado con la práctica mundana de "chicho" de arrancarles a los empresarios el mejor contrato para su amigo.

Unos años más adelante cuando Santa Clara les quedó chiquita y siempre con la anuencia de Robin, la pareja emigraría hacia la Habana, donde cayeron de pie. Cada vez que se mencionaba a José Luis

Cortés y a "chicho", aparecía en el rostro del "dibujante" una expresión entre orgullosa y satisfecha que lo hacía más humano.

El clímax de la satisfacción para el dibujante llegó cuando al "tosco" le fue concedida la Distinción de Hijo distinguido de la provincia de Villa Clara, ceremonia donde le fue entregada además la llave de la urbe.

Ese día Robin lo declaró sabático en el barrio y ordenó cerrar la candonga y las bodegas. En su lugar se habilitaron unos puestos donde se vendió carne asada y masa frita en cantidad, chicharrones por libras y empellas, a unos precios tan bajos que aún la gente del Condado lo recuerda.

Al regreso del viaje a Santa Clara fue cuando se perdió "chicho". Algunas lenguas resentidas decían que se había vuelto muy ambicioso, otras que le estaba robando al "tosco", y las menos que en la cosa hubo problemas de faldas. Lo cierto es que "chicho" se disipó, se evaporó en el recuerdo hasta los días de hoy. De su presencia solo quedaba aquella frase antológica que José Luis Cortés pronunciaba al inicio de cada uno de sus conciertos: "¡Ataca chicho!", como una carta de presentación o de advertencia, de que él siempre sería "el tosco" del Condado, el que nunca olvidaba sus orígenes ni perdonaba a los traidores.

Cuando Manolito llegó a casa de Robin, para comunicarle que Pedro había sido ultimado en el Hospital, este leía La Guía turística oficial de la Habana, con la misma expresión en la cara que cuando José Luis Cortés lo llamaba por teléfono, o él escuchaba pronunciar con veneración el nombre de su protegido.

—¿Tú nunca has estado en La Habana vieja, Manolito?

—Nunca, jefe.

—Pues un día vas a ir, Manolito, créeme.

—¿Y qué voy a hacer yo en La Habana, Jefe?

La cara de Robin se volvió de piedra, pero solo fue un instante, después sus rasgos se dulcificaron.

—Lo importante es que vas a ir.

Y entonces Manolito comprendió. Desde hacía años Robin estaba planificando el futuro; cuando se hubiese apoderado de toda Santa Clara extendería sus tentáculos hacia La Habana, comenzando por la ciudad vieja que estaba en ruinas.

Robin "el dibujante" no sentía ningún afecto por José Luis Cortés. Este era solo la parte sumergida del iceberg, la punta de la lanza, la avanzada del ejército de nuevo tipo con el que el fullero pensaba dominar la capital.

"Pobre de ti, "tosco", "negritillo fino", pensó el "palomo", "porque cuando aquí en el Condado suceda lo que tiene que suceder y yo sea el hombre, a ti va a ser el primero que yo voy a explotar como un siquitraque"

CAPÍTULO LIII

Daño colateral

U nos muchachos que jugaban en la mañana del domingo en unas de las construcciones abandonadas encontraron al Beni. Era un caserío de la carretera de Camajuaní llamado "El Gigante", que antes de la llegada del Periodo especial había estado en expansión, con casas de techos de placas, calles pavimentadas y edificios de hormigón, pero la caída del campo socialista no permitió la culminación del desarrollo y los proyectos se quedaron a medias.

"El Gigante" era solamente un barrio triste de la ciudad, con un par de tiendas que conservaban los anuncios que en un pasado glorioso habían sido lumínicos.

El Beni estaba tirado bocabajo en la segunda planta de un edificio que hacía esquina en una calleja, medio asfaltada que llevaba directamente a una de las tiendas. Tenía una herida en la espalda por donde se le había escapado la vida. No había señales del objeto punzante que le causó la muerte.

Cuando Pavel hizo su aparición un grupo de hombres se afanaba en la escena del crimen, junto a un puñado de curiosos. El cuerpo despedía un olor nauseabundo. El Beni se defecó antes de morir.

—Estamos buscando huellas —dijo el doctor Alemán, investigador forense— pero aquí las hay de todo tipo, la gente se acercó tanto que casi lo tocaron.

—Necesito saber si el dejó llegar al asesino o este se acercó por detrás, sorprendiéndolo, si la víctima caminaba por acá, subiendo las escaleras, el asesino pudo estar oculto en la oscuridad debajo de las escaleras y agredirlo. También quisiera analizar la posibilidad de que si después de herido, el atacante esperó a que Benito callera o pelearon entre ellos. Por el reguero de sangre parece que lo mató aquí mismo.

—Cómo el Dragón de Cómodo —replicó el fotógrafo.

—Tiene que esperar un poco teniente. Lo que puedo adelantarle es que el arma utilizada es muy similar a aquella con que ultimaron a Pedro Roque, y el modus operandi parece análogo.

—¿Un asesino en serie doctor?

—Todavía es muy pronto para afirmarlo.

—¿Qué tiempo lleva muerto?

—Entre ocho y doce horas.

Eso significaba que el ataque se produjo entre las ocho y las diez de la noche anterior. "¿Qué diablos hacía Benito en "El Gigante" en medio de la noche?

El Beni vestía una camisa negra de algodón, pantalones a rayas y zapatos de piel, negros. Iba vestido como para una fiesta.

—tenía una caja de preservativos en el bolsillo derecho del pantalón —dijo Alemán.

"Una cita amorosa", pensó Pavel.

A los pocos minutos apareció el teniente Denis.

—¡Carajo! —dijo Pavel— pensé que no ibas a llegar nunca.

—Estaba dando una vuelta por el barrio del Condado, yo tampoco me trago lo de la inocencia de Ignacio.

Se quedó callado, mirando al Beni, desarticulado en el piso.

—Perdimos un testigo importante de la muerte de Pedro —agregó.

—Tanto que yo creo que identificó a la falsa enfermera y eso le costó la vida.

—¿Usted cree que él reconoció a la asesina de Pedro?

Pavel le hizo un gesto de complicidad y se alejaron unos pasos del grupo.

—Se citó con ella aquí en "El Gigante", le pidió dinero o sexo, tal vez ambas cosas.

El teniente Denis hizo un gesto afirmativo.

—Voy a mandar a interrogar a los vecinos, esa mujer o ese hombre y Benito no pudieron entrar al "Gigante" volando.

Algunas personas que viajaron en el autobús local, que hacía el recorrido por la carretera de Camajuaní hasta la Universidad, recordaron al Beni, montado en él a las diez de la noche. Iba solo y se bajó en el barrio. Lo vieron tomar camino hacia los edificios abandonados.

Nadie recordaba, además de algunas mujeres, negociantes de comida por ropa, que se hubiese bajado alguna otra persona ajena, en todo el día.

—El asesino puede ser de aquí del Reparto —concluyó Denis— eso complica más las cosas.

—O las simplifica. Ya se asustó porque andábamos cerca de descubrirlo y ha tenido que salir a la luz dos veces.

En ese instante llamaron a Pavel por el Radio teléfono móvil

—¿Dónde tú andas metido Fuentes?

—En el laboratorio, como usted me ordenó. Le tengo noticias, siéntese y escuche.

—Habla ya Fuentes, que estoy aquí en "el Gigante". Mataron a Benito, el custodio del Hospital de un punzonazo por la espalda.

—Ese asesino no anda con paños tibios, pero es a eso lo que me refiero, teniente, usted recuerda que el doctor Alemán antes de que operaran a Pedro le tomó muestras de la herida para determinar el metal de que estaba hecho el arma homicida, pues cáigase de espaldas...

—Por favor Fuentes...

—Está bien; mire parece que el arma con que atacaron a Pedro era de plata, pero no plata cualquiera, era de la buena, pura, de la que ya no se hace.

—¿Me estás diciendo que era un cuchillo de plata?

—Así mismo.

—¿Y qué diablos es esto, una cofradía tenebrosa o qué? A los que matan con balas y estacas de platas son a los vampiros

Fuentes no contestó.

—Dime que tienes en mente Fuentes, porque sé que algo andas pensando.

—Religión teniente, purita religión sectaria.

—Ocúpate de eso, investiga en el barrio de Pedro, averigua si pertenecía a algún culto, pon en claro si hay cerca de su casa o de su trabajo algo relacionado con los vampiros esos, porque Denis y yo andamos muy ocupados por aquí. Voy a mandar a Denis a que indague más sobre Benito, si el también pertenecía a una religión de esas ya saldrá a la luz. Yo me quedo en "El Gigante". Algo acá no está bien y tenemos que averiguarlo.

—¿Cómo usted diga, jefe?

—Interroga primero a la mujer de Pedro, Fuentes, y me mantienes informado.

—A la orden. Cambio y fuera.

Pavel se acercó al médico forense.

—Había residuos de plata pura en la herida de Pedro, el músico.

—No me imaginaba eso. ¡Qué extraño! —dijo Alemán— en breve sabremos si también la hay en esta herida.

Eran pasadas las siete de la noche cuando el agente especial Fuentes lo llamó otra vez.

—Oiga teniente, lo llamo para informarle de mis gestiones.

—Háblame de los resultados, Fuentes.

—Bueno, así en blanco y negro como usted lo pide no tenemos todavía nada en concreto, pero si existen indicios de quienes pudieran ser la gente de los cuchillos de plata.

—Muy interesante.

—Son unos brujos que viven muy cerca de Pedro, teniente, muy peligrosos.

—¿Y qué te hace suponer que fueran ellos?

—Bueno, dicho así es muy difícil, pero esa gente es capaz de cualquier cosa contra quien no comparte sus criterios religiosos, y sacrifican animales...

—¿Dime si esta llamada es para decir que no tienes nada y contarme que los santeros matan sus animales para darle sangre a las piedras?

—No, jefe, el problema es que como usted me indicó que investigara, fui a una Iglesia que hay en el barrio donde vivía Pedro Roque, el occiso, y el cura me dijo que ellos no trabajaban con sangre, que quienes hacían eso eran los santeros. Entonces me metí dentro de una casa de santos, en el mismo barrio de Dovarganes, y no le gusté al dueño, sin que yo dijera una palabra me vino para arriba montado, hablando tropeloso, decía que yo no había ido allí para que me consultaran, sino que me mandaron los blancos para implantar una guerra religiosa, que yo era guary guary y que él no quería letras de policías ni médicos en su barracón. Mandó a los ahijados a que me sacaran de allí, eran unos cuantos...

—¿Y qué más Fuentes?

—Parece que me equivoqué, teniente, le di una patada a uno de los santeros esos y se cayó para dentro de un altar.

—Bueno, te atacaron, te defendiste, ellos te dieron primero a ti, tú le diste una patada a uno, él se cayó ¿y qué?

—Creo que se desbarató el altar, teniente.

—¿Si y qué?

—La cosa es que fui yo quien le di primero, y esa gente levantó una acusación contra mí, tienen una pila de testigos, me tienen enredado.

Pavel perdió los estribos y dio una patada en el piso. "Ahora tendría que perder tiempo de la investigación para intentar remediar el destrozo de Fuentes"

—Te metieron de soldado desarmado a una guerra nuclear. Ahora sí que la cagaste Fuentes, y lo peor es que no sé cómo te vas a librar de esta.

A las doce de la noche Pavel todavía no lograba conciliar el sueño. Salió del cuarto y encendió un cigarro; observó como el fuego de la cerilla se desvanecía en la oscuridad de la sala. Le parecía escuchar voces, susurros de su propia voz.

Con la palma de la mano se golpeó la frente. Comprendió que su subconsciente no había dejado de trabajar un segundo en el asesinato de Benito.

"Claro que nadie pudo ver a esa mujer en "El Gigante", porque pasó inadvertida. Entró de día con las negociantes de comida por ropa y se quedó escondida por la tarde en los edificios viejos; mató a Benito en la noche, pero no se fue, estuvo todo el tiempo por ahí dando vueltas en nuestras narices disfrazada de vendedora, y luego a media mañana se marchó en la guagua tranquilamente"

Se imaginó acostado junto a su mujer, que pronto se despertaría con una tanta de preguntas: "¿Qué te pasa? ¿Por qué no puedes dormir? ¿En qué estás pensando?" Aquello era superior a sus fuerzas. Volvió al cuarto, pero no prendió la luz; buscó a tientas la ropa y los zapatos y se los puso.

Salió a la calle desierta; caminó hasta un pequeño parque. Había un hombre tendido sobre un banco encima de unos cartones, cubierto con una frazada rota. Hablaba en sueños y roncaba.

Pavel se tiró en otro de los bancos y después de mucho tiempo se quedó dormido. Cuando despertó ya empezaba a clarear. Sentía el frío húmedo de la madrugada en todos los huesos.

CAPÍTULO LIV

Los negros

Durante los días que siguieron al regreso de Ignacio a su casa del Condado no pasó absolutamente nada y todo hubiese seguido igual de tranquilo a no ser por la memoria. La memoria que crece y cree hasta en una mujer prohibida que vivía en un cuarto del Reparto Dovarganes, emplazado entre otras casas y el primo Pedro muerto que entraba y salía de su recuerdo, pero nunca lo abandonaba el conocimiento permanente de Albita que ni siquiera la presencia de la pequeña Maydolis podía apartar.

Ignacio era como una sombra en las habitaciones, sin que Milagros pudiese decir por donde desaparecía, porque puerta ni en que habitación había entrado.

No supo en el momento exacto en que sucedió, sino que se dio cuenta que le zumbaba la cabeza y todo parecía estar lleno de la presencia de la mulata de figura de modelo y las siete u ocho cuadras que los separaban de Albita se convirtieron en la sola idea de que, aunque existiesen cien hijas como Maydolis, nadie podía escaparse eternamente de sí mismo.

En las noches permanecía desnudo junto a Milagros, su mujer, tendido de espaldas en la cama, con los ojos cerrados y la cara inexpresiva. Milagros, también silenciosa, sus ojos negros no parecían verlo, hundiéndose lentamente en "algo" entre el sueno y la vigilia.

—¡Santo dios! —dijo ella.

Ignacio no respondió, no levantó la vista. Detenido por aquellas palabras que no había asimilado aún, pero que demostraban toda la carga que representaba aquella situación angustiosa para ambos o el suspenso por el lento transcurso del tiempo.

Entonces Ignacio se puso de pie. Se vistió lentamente, salió a la calle y comenzó a andar sin prisa.

Eran pasadas las once de la noche y el barrio estaba casi desierto. Ignacio pasó junto a un grupo de negros jóvenes sentados, bebiendo al pico de una botella que se pasaban entre risas y palabras inteligibles y tartajosas.

Uno de ellos se levantó, el cigarrillo oscilante era un punto en la noche; con la pequeña llamarada de una chupada, Ignacio observó que su expresión era de tan mal augurio que se volvió para mirarlo por encima del hombro.

—Estate tranquilo Lázaro, que ese tipo es Ignacio, el de la Calle San Miguel —dijo otro.

—¡Qué carajo me importa de dónde sea, es un puto blanco!

—Oye déjalo tranquilo, que ese tipo es blanco, pero es cana y peligroso.

—No le tengo miedo, lo voy a dejar por ti, Miguel, pero no le tengo miedo. Si los dejamos esos blancos nos van a botar del barrio.

—Siéntate socio, y tranquilízate o te vas para el carajo, porque ese tipo es amigo de Robin, y no nos lleves que ese lío va a ser tu maletín.

Ignacio continuó sin volverse, pero por el silencio presintió que el negro farfullante se sentaba otra vez.

No había ni siquiera una luz alrededor e Ignacio se sintió rodeado de vagas formas, cuerpos ambulantes, cuchicheos recortados en el aire áspero y frío de los negros que dominaban las calles y el barrio de noche.

Respiró hondo, ensanchó los pulmones y se sintió repentinamente poderoso; una sensación inexplicable, pero ¡qué bien! y que aumentaba entre las largas sombras que formaban las siluetas apenas difusas contra las estrellas. El corazón le latía acelerado de satisfacción mientras caminaba despacio entre aquella suspensión de manos y piernas amenazadoras y trémulas. De vez en cuando vislumbraba la forma confusa de una cabeza o el relumbre de un cuchillo.

Para la gente del barrio Ignacio era un tipo peligroso, un ex presidiario, amigo de Robin el dibujante. El poder ¡Jesús, que bien lo hacía sentirse eso!

Más allá comenzaban las luces de los postes espaciados y las voces quedaron detrás. Ignacio estaba entre las casas iluminadas de Dovarganes. De ellas no brotaba ningún aliento, ningún olor. Se volvió tratando de contemplar cómo se desvanecía el barrio protector y los negros salvajes y solitarios; pero estaban ya demasiado lejos.

Entonces, asustado por el resplandor fosforescente, Ignacio caminó de prisa hacia la casa de Albita.

CAPÍTULO LV

Ignacio y Albita

No se aproximó inmediatamente, se sentó en la acera frente al departamento, hasta que observó por la rendija debajo de la puerta que la luz se apagaba. Tocó suavemente, primero el silencio, luego se encendió la bombilla. Ignacio imaginó el miedo en Albita; volvió a llamar con delicadeza. Ahora al recelo se sumaba la curiosidad. Pasaron unos segundos antes de la pregunta inevitable.

—¿Quién es?

—Soy yo, Ignacio.

A la suave claridad que caía sobre la presencia de aquella mujer Ignacio sintió que desfallecía y que la frase "morir de amor", no era solo una estrofa poética.

—¿Estás loco Ignacio?, ¿qué haces aquí?

—Sí, estoy loco, Albita, no puedo estar sin ti, no quiero...

Una enajenación que lo consumía y ya nada importaba, ni el difunto primo Pedro, ni lo que diría la gente, ni Milagros, ni siquiera Maydolis.

Ocurrió allí mismo sobre el piso frio. La ropa desgarrada, presas de una furiosa angustia. La furia del fuego cuando se encuentra con el fuego, el torrente de la desesperación por el tiempo perdido, y que ella compensó aquella noche como si fuera la última del mundo. Avidez de cuerpos, insaciable apetito de hembra desesperada, furia imperiosa y arrolladora, sin fin.

En la madrugada Ignacio despertó sobre el suelo duro, la luz permanecía encendida, Albita no estaba junto a él y tuvo el presagio de algo amenazador.

Albita estaba sentada junto a sus pies sin tocarlo, con las manos sobre los muslos, la mariposa sobre el nacimiento de las colinas muy quieta y la cabeza inclinada hacia abajo.

Ignacio se sentó, acercó su mano a ella en un gesto de desesperación perpleja, pero ella lo detuvo con una palabra.

—¡Vete!!

Ignacio no podía creer aquello.

—¿Qué dices Albita?

Y ella le habló como si fuera un desconocido, mientras él la escuchaba con una rabia creciente.

—Me oíste bien. Dije que te esfumaras —chasqueó los dedos— Que te pierdas de aquí, que vuelvas a tu casa con tu mujer.

—Te das cuenta de lo que me dices, después de lo que ha sucedido entre nosotros.

Ella ni siquiera volvió la cabeza.

—Lo nuestro no puede ser. Es imposible.

—Pero tú anoche, cuando te dije que estaba aquí...

—Yo no te prometí nada Ignacio, no te respondí nada.

Entonces la tocó, pero Albita le apartó la mano.

—Pronto amanecerá y no quiero que los vecinos te vean aquí, además no quiero problemas con Milagros.

"¿Qué tenía que ver Milagros con eso, si hasta hacía poco ella no le importaba nada a Albita?". Y quizás fue como un destello de su imaginación, pero al pronunciar el nombre de Milagros, vio como una sombra en los ojos de Albita, ciego terror bailando en sus pupilas.

—No te preocupes, estoy dispuesto a mudarme de aquí contigo, a donde quieras.

Se levantó y se puso frente a ella, agachado, los rostros muy juntos. Las facciones de Albita sombrías.

—Acaso no entiendes que no quiero.

Ignacio se quedó mudo, como si le costase comprender lo que ella le decía. Todo parecía huir, morir.

Las caras no estaban más que a unos centímetros de distancia e Ignacio impulsado por la impotencia la golpeó con la mano abierta y ella cayó encogida hacia atrás, se incorporó sobre el codo izquierdo y lo miró directo a los ojos.

El extendió el brazo hacia ella, en un gesto de misericordiosa desesperación, pero Albita le dio una bofetada que produjo un ruido alto.

—¡Vete ya! ¡Piérdete para siempre! ¡Desaparece!

Ignacio tomó el pantalón y los zapatos con un gesto desesperado, abrió la puerta y salió corriendo desnudo por la calle.

Cuando Ignacio salió de la casa, Albita se dobló sobre la camisa olvidada, la tomó en sus manos, la besó, oliéndola una y otra vez.

—¡Ay mi amor, mi vida! —sollozaba.

Se paró en la puerta y miró a la noche. Ya la figura enloquecida de Ignacio no se distinguía por la carretera.

La vida era una basura, la noche, el mañana y todas las noches y todos los mañanas no eran más que basura y para ella seguirían siendo eso.

Al final de la calle por donde Ignacio corría sin ropa en el silencio de la madrugada se encontraba el rio Bélico; se sentó en una pequeña loma de pasto junto al agua pestilente y lloró. Se puso los zapatos y el pantalón y gritó una y otra vez y en su voz deforme le parecía percibir toda la inmundicia de las aguas y de su vida desesperanzada.

Se levantó y echó a correr calle arriba con los puños cerrados y pensando intensamente. El amanecer estaba próximo y se cruzaba con los primeros obreros que iban hacia su trabajo y al divisar sus cuerpos en el claro oscuro Ignacio sentía acrecentarse la ofensa. Corría inclinado hacia delante, simulando avanzar a una gran velocidad, aunque la verdadera velocidad estuviera ausente. Y se lanzaba entre las figuras asombradas, pateando y golpeando, devolviendo el ultraje mientras le respondían ayes, suspiros de temor, protestas...

Los negros belicosos se habían marchado ya, lo cual fue mejor, porque Ignacio necesitaba que alguien hiciese resistencia a la furiosa exaltación que sentía, retorcida y fea cara blanca bajo los ojos furibundos y la boca llena de gritos.

Así sin disminuir el paso llegó hasta el pequeño portal de su casa, donde estaban su mujer y su hija. La luz de la habitación estaba encendida y Milagros estaba de pie en la puerta con el cuerpo cubierto por un batón de dormir.

"Horrible bata floreada", pensó Ignacio y avanzó ahora sin prisa por la sala, mientras los ojos de ella se agrandaban por el asombro. Ella retrocedió a lo largo de la pared del cuarto, palpándola con la mano y se dejó caer sentada en la cama.

—¡No me digas nada! —dijo Ignacio imperioso, sin darse cuenta de la impresión de desvarío que su presencia provocaba.

Ella jadeaba penosamente con una respiración que era casi una queja.

El se tiró al piso, completamente agotado, mientras ella le hablaba en un tono contenido.

—Dentro de un rato tengo que despertar a la niña para la escuela. Así que mejor te bañas, porque hueles a grajo de puta de Dovarganes y así no la vas a tocar.

CAPÍTULO LVI

F.H

S e conoce como F.H al cuerpo de informantes secretos de la policía. ¿Qué sería de ella sin esta red de delatores?

El teniente investigador Pavel estaba desesperado y no era para menos, su carrera como investigador policial amenazaba con irse al caño.

Los cubanos no perdonan la muerte y en este caso ya había dos asesinatos. Las altas esferas del Ministerio presionaban y las medias respondían a esa presión con más presión hacia abajo, a las bajas esferas les correspondía buscar el escape y en este caso específico Pavel era la puerta de salida.

Todos los caminos conducían a Roma, la pregunta era: ¿Cómo salir de Roma?

Entonces como medida desesperada Pavel decidió avivar la red de colaboradores y montar un cuerpo de vigilancia sobre los sospechosos.

En los barrios calientes de la periferia de la ciudad esto se hacía casi que imposible, puesto que una vez detectado un F.H por el vulgo, no tardaba en llegar el ajuste de cuentas. Pero en las zonas céntricas donde la delincuencia no era tan marcada, la policía tenía el delito a raya gracias a las informaciones de sus colaboradores, que, aunque poco numerosos constituían una avanzada temible.

A pesar de que se había montado un complejo andamiaje informativo, para que cualquier suceso fuera de lo común llegara a Pavel en cuestión de minutos, pero durante varios días nada importante pasó, a no ser el punto negativo del traslado del agente especial Fuentes a la Unidad de Policía del municipio Cifuentes, lo que privaba al equipo de un hombre experimentado.

Sin embargo, la buena estrella de Pavel, que parecía apagada, lanzó un destello de esperanza cuando recibió una llamada por el teléfono secreto, desde el reparto Dovarganes.

—Habla "el guerrillero", mire, aquí sucedió algo que podría importarle. A la casa del difunto Pedro llegó un ómnibus cargado de muchachos de secundaria. La esposa del difunto salió para afuera y empezó a discutir con la profesora. Se dijeron hasta del mal que iban a morir. Al final los estudiantes se montaron otra vez en la guagua y se fueron.

—¿Puede decirme de que hablaron?

—Yo en realidad estaba un poco lejos teniente, y oí la discusión, pero ellas discutían adentro de la casa y no entendí muy bien, pero le aseguro que así sucedieron las cosas. Voy a tratar de averiguar.

—No, mantente al margen por ahora, solo si ocurre otra cosa me llamas. ¿Sabes que carro era?

—Una guagua modelo "Girón"

—Cogiste la chapa

—¡Eso sí!

Pavel respiró hondo.

—Venga —dijo, sacando la agenda y el bolígrafo del bolsillo.

—Buen trabajo —agregó cuando hubo anotado la matrícula

—Estamos para eso, siempre a sus ordenes —respondió el F.H

Pavel cerró los ojos y los abrió de golpe. No quería hacerse ilusiones, pero esta podía ser una luz.

Pocos minutos después ya tenía conocimiento que la matrícula correspondía a un ómnibus "Girón 5", perteneciente al Ministerio de Educación, al servicio de la Escuela secundaria básica "René Fraga", del reparto Chamberí.

No solicitó un auto patrulla pues comenzarían las preguntas y las explicaciones y su situación tan delicada no soportaría un nuevo fracaso.

Así que decidió ir a pie hasta el Chamberí. Organizó un poco la mesa de su despacho y salió de la Unidad sin decir hacia donde se dirigía.

Anduvo con paso firme, con la cabeza un poco baja que descendía hacia la barriada bordeada de casitas en las que habitaban personas que no habían venido nunca y que no se marcharían po9r siempre a ningún sitio.

Y repentinamente Pavel "el lacra" evocó el barrio donde nació y donde nacieron y vivieron sus padres. Daría cualquier cosa por volver el tiempo atrás y ser niño otra vez. Daría cualquier cosa por contemplar nuevamente el paisaje y meterse chapoteando a pescar biajacas criollas dentro de la cañada que corría muy por detrás de las últimas casas, buscando la loma de la Circunvalación.

"Es triste no pertenecer a ningún lugar, ni a unos ni a otros", pensó.

Se detuvo un momento para descansar, pero la parada se le antojó ridícula, pues el sol caía verticalmente sobre su cabeza y le quemaba la espalda. La sombra se proyectaba hacia delante dejando en la calle un espacio negro con un reflejo tan frío que casi podía escucharse el tintineo del choque entre los rayos y la sombra.

Cuando niño quería tener muchos juguetes bonitos, trenes de cuerda, soldaditos eléctricos, camioncitos de carga... pero sus padres no podían dárselos. El viejo "lacra" lo intentaba de la única forma que sabía, pero las necesidades de la casa siempre eran más grandes que lo que conseguía.

Tal vez la repetición de los juegos y la mediocridad del ambiente contribuyeron a que Pavel "el lacrita" se sintiera impotente y retraído. Al salir de la prisión de menores por un delito de robo con fuerza, comprendió que la vida de la gente del barrio era la misma, siempre sería la misma y que si no hacía algo pronto, la suya estaba destinada a repetir la desesperada y trágica de sus padres. Así que decidió labrar su destino.

CAPÍTULO LVII

Mujer bonita

Construida con el arquetípico modelo de las Secundarias básicas urbanas de los finales de los años setenta del siglo pasado, la Segundaria "René Fraga" se alzaba imponente ante Pavel. El investigador caminó por una acera de cemento sin pulir y subió lentamente los escalones que lo separaban del primer piso elevado, donde se asentaban los talleres de las asignaturas básicas, los de Educación laboral y artística, las oficinas docentes de los profesores y la dirección del centro.

Sentadas tras una pequeña mesa, dos mujeres le cerraron el paso con la mirada.

—¿Qué desea compañero? —le preguntó una de ellas, observando con desconfianza su camisa color crema pegada al cuerpo por el sudor y el maletín que colgaba de su hombro como una bandera rota.

Pavel introdujo la mano en el bolsillo superior de la ajada camisa y sacó su carné de policía.

—Investigador Pavel Hernández. Necesito conversar con el director.

—La directora —rectificó una de las profesoras.

A la vista del carné se operó el milagro; las caras delgadas y de rasgos duros se distendieron dejando asomar caricaturas de sonrisas.

—Espere aquí compañero. Mire si quiere párese allá junto a la otra escalera que es donde único corre un poco de fresco.

—Gracias, pero esperaré aquí —dijo Pavel

Una de las profesoras se puso de pie y dando pequeños saltos se dirigió hacia la dirección. Dio dos golpes en la puerta, giró el picaporte sin dar tiempo siquiera a que le contestasen desde dentro.

Después de varios segundos emergió del despacho con la cara enrojecida.

—Dice la directora que pase —gorjeó

Lesvia Manso, la directora de la Secundaria del Chamberí era una mujer hermosa, con esa belleza de las modelos de los años veinte del pasado siglo, atrapadas por siempre en el marco de las fotografías. Quizás su pelo corto daba esa sensación, o los ojos negrísimos o tal vez la sonrisa que dejaba al descubierto unos dientes blancos y simétricos.

Cuando Pavel entró a la oficina ella se puso de pie, más que nada para demostrarle que no era solo una cara bonita.

Y Pavel el hombre deseó con todas sus fuerzas ser un bombero que llegaba para sofocar las llamas de una casa que podía seguir ardiendo hasta las últimas horas de la tarde. Y ante el brillo azulado de los ojos de Lesvia, ante su sonrisa, Pavel se quedó perplejo con la boca abierta, desarmado, bombero que no podía sofocar nada.

—Lesvia Manso, para servirle compañero.

Pavel cerró la boca y desvió la mirada haciendo un gran esfuerzo y como haciendo un gran esfuerzo, replicó.

—Pavel Lazcano, Investigador de la Quinta Unidad de la Policía.

El estrechó la mano extendida; percibiendo al la delicadeza de la palma ardiente.

"Estas manos no ha sido tocadas por el ácido corrosivo del maguey; ni el jabón de sebo, esta piel ni siquiera ha entrado en contacto con la leña o el carbón, ni siquiera conoce lo que es un fogón de briquetas de aserrín. Esta mujer es diferente a la mayoría de las que conozco"

Lesvia Manso era una de las pocas mujeres cubanas que en aquel periodo difícil estaban más allá del dolor y del sufrimiento.

Pavel se sentía ligero, ingrávido y debía decir algo inmediatamente...

—Estoy aquí por una denuncia sobre su escuela. Se ha producido un escándalo público en el Reparto Dovarganes y nos dicen que están involucrados una profesora y un grupo estudiantes de esta Secundaria —dijo mientras retiraba lentamente la mano, sin apartar los ojos.

—¡Ah! Se refiere a esta mañana —replicó ella, sonriendo otra vez, pues como mujer sabía que ya no había nada de qué preocuparse, no con Pavel.

—Pero siéntese por favor —continuó, sentándose a su vez y entonces el tiempo y sus espacios de luz asociados a las sensaciones volvieron a ser.

"Tiene más de treinta años, aunque no lo parece", pensó Pavel, esas pequeñas arrugas en su cuello lo indican.

—Cuénteme cómo fue todo.

Pavel había recuperado la cuenta del tiempo y de la distancia.

—Enseguida le cuento, pero antes déjeme ofrecerle un té frío, no sabe cuánto bien nos hace el té.

—Gracias.

Ella llevaba los hilos. El lenguaje delicado, el lánguido flotar de las lujurias deshechas. El sabor del té y su cercanía física, una realidad evocadora de éxtasis medio tranquilos y medio deliciosos.

—Había un músico, director de un trío que nos ayudaba muchísimo; se llamaba Pedro, el nos aseguraba las canciones y nos daba ideas para el guion en muchas de nuestras actividades culturales, lo cual no era poco.

"Claro", se dijo Pavel, "medio Santa Clara daría cualquier cosa por ayudarte y la otra mitad deben ser mujeres.

—Pedro nos pidió un favor y no pudimos negarnos, nosotros impartimos Historia antigua a noveno grado, así que nos solicitó que su esposa tuviera un conversatorio con los estudiantes sobre árboles genealógicos, blasones y escudos de armas en la Europa de la Edad media.

—¿Su esposa es historiadora?

—No, ni siquiera tenía vencido el nivel medio superior, pero Pedro nos lo pidió, y aceptamos teniendo en cuenta que su mujer es descendiente de una familia española y tiene su casa un escudo de armas auténtico, al menos eso nos dijo Pedro.

—¿Cómo qué les dijo?

—Sí razonamos que era importante que los alumnos tuvieran ese contacto con la realidad, así que concertamos el día y la hora. Yo solicité el combustible a la provincia para el ómnibus y el día fijado Melisa la profesora de Historia llevó a los alumnos hasta la casa de Pedro.

—¿Y a ustedes no les importó saber que Pedro estaba muerto?

—Se lo debíamos, con más razón. El nos lo pidió tanto y nos aseguró que era muy importante para su esposa, porque ella se sentía disminuida, que decidimos no cancelar la clase.

—¿Y entonces...?

—Entonces cuando llegaron allá la mujer hizo una escena terrible, ofendió a Melisa y ésta le contestó, después regresó acá a la escuela.

—¿Usted puede llamar a la profesora Melisa? Me gustaría hablar con ella.

—Por supuesto.

Se sentía segura, tanto como podía estarlo una mujer que se sabe hermosa y que tiene un hombre enfrente capaz de hacer cualquier cosa por ella. Extendió a mano y presionó un botón de una cajita encima de la mesa. Afuera se escuchó el sonido de un timbre.

A los pocos segundos se abrió la puerta y entró la profesora de la cara enrojecida. Se veía sonriente, paseó la mirada por Lesvia y por Pavel.

El investigador vio la sorpresa sus ojos.

"Odia a la directora. ¿La pregunta es por qué?"

—Marta, sube y dile a Melisa que venga acá inmediatamente y tú te quedas con su grupo hasta que ella regrese —dijo Lesvia, impositiva.

Marta replicó algo en voz tan baja que se hizo incomprensible, a la vez que cerraba la puerta.

"¿Quién sabe cuántos secretos hay enterrados dentro los muros de esta secundaria?", pensó Pavel.

Cuando la profesora Melisa lo miró, Pavel comprendió que estaba asustada.

—Siéntate Melisa, él es el investigador Pavel Lazcano, de la Quinta Unidad de Policía y quiere hacerte unas preguntas por lo que sucedió hoy con la mujer de Pedro.

Melisa era joven, y morena. Tenía los dientes superiores un poco separados.

—¿Qué sucedió en la mañana cuando fue con un grupo de estudiantes a casa de la mujer de Pedro?

Melisa suspiró lenta y profundamente.

—Esa mujer salió a la puerta hecha una furia, dijo que su marido estaba muerto y que lo dejásemos descansar en paz, que ella no sabía de ningún escudo de armas y que nos fuéramos.

—¿Y usted que le dijo?

Las llamas se encendieron en los ojos de Melisa.

—Imagínese. Le dije que estábamos allí porque Pedro fue quien nos lo pidió como un favor para animarla a ella porque estaba muy deprimida y tenía complejo de inferioridad.

—¿Y ella que dijo?

—Que Pedro estaba loco, que ella no se consideraba por debajo de nadie en este mundo.

—¿Y no le pareció extraño que ofendiera su esposo a pocos días de este ser asesinado?

La prolongación de las llamas, comenzaron a apagarse en las pupilas de Melisa.

—Con su perdón compañero investigador, yo creo que la que está loca es ella, pero con un nivel de sinvergüencería muy grande.

Lesvia Manso abrió una de las gavetas del buró y sacó una foto.

—Pedro nos dio esto para convencernos; en realidad parecía que la conversación de su esposa con los alumnos era muy importante para él. La quería mucho, al menos eso parecía.

Le extendió la foto a Pavel. Este la tomó, separándola un poco de la cara para visualizarla mejor.

Inmediatamente identificó el lugar. La pieza de arte estaba suspendida sobre una pared del cuarto de Pedro y Albita, solo que la ocasión en que él había estado allí no se encontraba. Una heráldica plena de simbología, de oro y rojo, con un sol en la parte superior, rodeada de dos ramas de lis y dividida en tres secciones. En la de la izquierda un águila posada sobre una espada dentro de una vaina roja sobre un fondo dorado; a la derecha dos lanzas cruzadas sobre rojo, mientras que debajo ocupando todo el escudo y separado de la parte superior por un burel encerrado entre dos líneas curvas de convexidad hacia arriba con unas palabras escritas también en rojo que decían "Dios y el Rey"; debajo y hasta el reborde blanco una esmeralda verde y un caduceo de oro en base negra.

Aquello podía ser cualquier cosa.

—Usted puede explicarme algo sobre ese escudo, por favor... —le pidió a la directora.

Ella sonrió maliciosa. Según las hablillas populares todos los policías eran medio tontos o analfabetos. Solo en las películas o en las novelas se veían agentes sagaces.

—Los escudos de armas son diseños heráldicos de carácter simbólico que se hicieron populares entre las familias más prominentes de Europa a partir del Siglo XII de la Edad Media.

Hizo una pausa para observar el efecto que haría en el investigador su exceso de erudición.

Recuperó la foto de manos de Pavel; la volvió hacia él y tocó con un dedo la parte superior del escudo.

—Supongo que usted sabe lo que significa el sol.

—Lo se —contestó Pavel, dándose cuenta del tono burlesco de la mujer.

—Me alegro. La rama de lis significa valor y que las heridas recibidas las convierte en trofeos para su beneficio.

En verdad Pavel no entendía donde lo conducía aquello, pero su intuición de investigador le decía que podía ser importante.

—Bueno, águila posada sobre espada en tahalí rojo y ramas de lis. El águila representa la prominencia sobre lo que está bajo su dominio; la espada es justicia y soberanía, mientras que el oro representa nobleza y prosperidad... ¿me sigue?

—La sigo.

—¿No necesita apuntar, quiere papel y una pluma?

—No, prosiga.

—Color rojo simboliza sangre, fortaleza, valor y la obligación a socorrer a los que están oprimidos.

Pavel asintió

—Dos picas cruzadas sobre rojo. Las picas son símbolos de fortaleza y prudencia y ya sabe lo que significa el rojo.

—Es así, aun me acuerdo.

—Esmeralda sinople y caduceo de oro en un abismo. Las joyas, joyas son; el color verde es símbolo de grandeza, asilo y salvaguardia; mientras que el negro es simplemente el dolor y la muerte.

—No entiendo que tendrá que ver eso con la mujer de Pedro.

Lesvia Manso hizo un gesto de fastidio.

—Ya le expliqué. La esposa de Pedro desciende de una antigua familia de España. El bisabuelo vino acá a la guerra y se aplatanó con una mulata, la bisabuela de Alba.

Hizo una pausa.

—El estaba al frente de un batallón de voluntarios que perdió la plaza del pueblo de Gibara ante los mambises, inferiores en hombres y armas. Creo que el bisabuelo de Alba quiso evitar más carnicerías y derramamientos de sangre y por eso se rindió.

—Pero supongo que hubo más cosas —dijo Pavel.

—Cuando llegaron las tropas españolas los mambises estaban muy bien apertrechados y les hicieron numerosas bajas, pero al final se replegaron y los españoles recuperaron el pueblo. El bisabuelo de la mujer de Pedro fue juzgado por traición y cobardía y condenado a morir por fusilamiento. Pero antes de ser ejecutado legó su escudo a la bisabuela de Alba, y ella al paso del tiempo a su hija y esta a su vez a Alba, la mujer de Pedro.

Pavel se quedó pensativo por unos segundos. Todo era confuso.

—¿No entiende algo? Le dije que tomara papel y lápiz y que anotara

—Mire, el problema es que no comprendo bien la vanidad de las personas, a que tanto revuelo por una escultura. ¿Acaso la hizo un artista famoso?

La directora se echó a reír en la cara de Pavel.

—Es que no es una imagen, es un escudo de verdad, claro, una representación del original, este es más pequeño, con las dos lanzas, la espada y el águila y también la imitación de las joyas. Lo llevaban los caballeros cuando iban a la guerra, no podrían cargar con el principal, que era enorme.

—¿Entonces... es real?

La directora hizo un esfuerzo para no estallar otra vez en carcajadas.

—Es real, tan real como usted y yo.

—¿Y las lanzas cortan, las espadas tienen filo?

Ella lo observaba boquiabierta. Todavía si hubiese preguntado sobre el valor histórico de la pieza tendría algún sentido, pero aquel disparate... "¿Qué clase de investigación era aquella?" "¿A quién se le habría ocurrido nombrar detective a aquel animal?"

—Bueno, si usted pone una mano delante y se lanza un tajo supongo que lo corte.

—¿De qué material está hecho ese escudo?

—Plata y metales antiguos, compañero investigador. Su valor económico es alto, pero su valor histórico es inmenso.

Y se quedó mirando fijamente a Pavel "el lacra", que, bajo el influjo de aquellos ojos tan grandes y almendrados, ahora sonrientes, apartó los suyos, pues sintió unos deseos repentinos de olvidarse de muertes, escudos, lanzas y espadas y como un simple hombre, más allá de la edad media o la era moderna, despojarla de sus ropas y perderse en la intimidad del cuerpo de aquella mujer tan bella.

CAPÍTULO LVIII

S.O.S

Pavel se dirigió directamente de la secundaria de Chamberí a casa de Albita, en Dovarganes, pues cada minuto podía ser determinante. Cuando llegó allá, después de otra larga caminata bajo el calcinante sol se sentía físicamente fatigado.

Albita no estaba.

Decidió regresar a la Unidad y contarle sus sospechas al capitán López. Necesitaría una orden de registro para la casa de Albita.

CAPÍTULO LIX

El Capitán López

E l capitán López lo estaba esperando.

—Teniente, quiero que interiorice que usted es quien conduce esta investigación que comenzó por un simple hombre herido y ya estamos por dos asesinatos, problemas de todo tipo y un fracaso tras otro.

—Tengo una muy buena pista capitán.

—¿Cómo la que siguió el agente Fuentes?

—Mire, capitán...

—El agente Fuentes, es un buen policía y espero que en el futuro salga adelante.

—Pero capitán...

—Además de ser acusado de brutalidad policiaca, Fuentes está sujeto a investigación por inflamar los odios sectarios entre los diferentes grupos de religiosos, lo que divide y debilita nuestra sociedad.

—Capitán, eso no es posible.

—Lo es, teniente Pavel, pero yendo al tema que nos trae, usted ha estado trabajando en solitario, de haberse apoyado más en su grupo y trabajar colegiadamente en equipo, en especial con en el teniente Denis, quizás no estuviéramos aquí, ni esas personas estuvieran muertas. ¿A que está jugando, al llanero solitario?

—Capitán, yo solo quise ahorrar tiempo y me guie por mis instintos. Con todo lo buenos que son, Denis y Fuentes no comparten muchos de mis métodos.

—Pero usted es el jefe, tenía que convencerlos y no ocultarles las cosas. Ellos tenían el derecho de dar su punto de vista; para eso ustedes eran un equipo.

—Usted disculpe, capitán.

—Con disculpas no se resuelven los asesinatos. Esto es una investigación criminal, hijo, en Santa Clara, Cuba, en el Siglo veinte

El capitán López lo miró recto y ante aquellos ojos acerados, Pavel bajó la cabeza.

—Usted es un investigador graduado de escuela, y yo le tengo confianza, voy a mandar a reforzar a sus hombres y le asignaré un carro a tiempo completo para su uso. No dude en llamarme a cualquier hora del día o de la noche.

—No fallaré otra vez capitán, trataré de ser digno de su confianza.

El capitán López hizo una mueca.

—Cuénteme lo que tiene hasta ahora.

Y Pavel le contó. Necesitaba una orden de registro para la casa de Albita y a un especialista del Departamento de Criminalística, en Historia y Religión; para lo del arma homicida y el escudo de armas.

—Tendrá esa orden en media hora. En cuanto a ese especialista ya veremos más adelante si nos hace falta. Ahora retírese y a trabajar.

Pavel saludó militarmente y dio media vuelta para marcharse, pero no había llegado a la puerta cuando la voz del capitán lo detuvo.

—Si actúa solo, si vuelve a equivocarse o si fracasa otra vez, aténgase a las consecuencias.

Cuando salió de la oficina había un grupo de policías mirando hacia la puerta.

—¿Qué miran? ¿Nunca han visto a un investigador, o qué les pasa? —preguntó irritado.

El resultado del registro en casa de Albita no aportó ningún nuevo elemento a la investigación. Ni rastros del escudo de armas. Albita continuaba desaparecida. Entonces se dictó una acción de captura en su contra y se publicó la foto y su descripción.

CAPÍTULO LX

La camisa

A Ignacio lo despertaron unas ganas de orinar tremendas. A trompicones fue hacia el baño y durante un rato estuvo evacuando la vejiga. Respiraba fuerte, un sonido lejano que pareció escuchar durante mucho tiempo antes de reconocerlo como suyo. Los párpados le pesaban tremendamente y un sabor metálico le amarraba la boca.

Entonces recordó de su llegada a casa después de salir de la de Albita. Rememoró el encuentro con Milagros, después la llegada de Maydolis... Ni siquiera tuvo ánimos para bañarse. Se despertó en la madrugada y permaneció en la cama junto a su mujer con la habitación a oscuras. No podía explicarse, y se sabía culpable, pero sentía hacia ella una ofensa que de alguna forma podría conducirlo a una ofensa mayor si abría los ojos y le hablaba.

El reloj sonó y sintió a Milagros caminar hasta el baño y después ir hacia la habitación de Maydolis; escuchó a esta gemir protestando para no levantarse; después percibió el olor a petróleo que despedía el fogón. Milagros entró repetidas veces en el cuarto; luego penetró Maydolis y se abrazó a él, despidiéndose.

En la tarde regresaron, escuchó el sonido de la llave girar en el picaporte y cerró los ojos, fingiéndose dormido. En todo el día no se había movido de la cama, de esta al baño y del baño a la cama.

Maydolis entró al cuarto.

—¿Qué te pasa papito?

¿Qué podía contestarle?

No tenía noción del tiempo. Se obligó a salir de la cama y se bañó. El agua chorreaba por su cuerpo y él ni siquiera la sentía. Todas las penurias, todo el desastre había sido en vano, Albita no lo amaba. La muerte de Pedro, Albita no lo amaba. Su matrimonio deshecho, Albita no lo amaba. Se veía a sí mismo como algo inanimado, Albita no lo amaba. No era capaz de sentir cólera hacia ella, ni contra otras personas que le habían dañado, Albita no lo amaba...

Salió del baño y volvió al reposo salvador de la cama. Entonces escuchó los pasos de Milagros que se detenían ante él, pero permaneció con los ojos cerrados, a la defensiva.

—¿Comerás algo? —preguntó ella.

—No tengo hambre

—Tomate al menos este vaso de té.

Una infusión caliente, bien cargada con limón, como le gustaba. La tisana exhalaba un olor dulce y penetrante e Ignacio la bebió de un tirón, pues en aquel momento para él era lo mismo el té que la cicuta, y tomarlo era la única forma en que Milagros lo dejaría tranquilo.

Devolvió el vaso y dejó caer el torso en lecho. Luego lo envolvió la somnolencia.

—¿Quieres hablar sobre algo? —preguntó ella.

—¿Sobre qué cosa?

—Hablar del Telecentro, de la escuela de la niña, del estado del tiempo o de lo que quieras.

—No quiero conversar sobre eso.

—¿Entonces de qué quieres hablar?

"De nada", pensó él, sin pronunciar palabra.

Milagros mantenía inmóvil la cara en la que le daba la luz. Se sentó junto a Ignacio y habló. Ignacio nunca supo si lo miraba o no. Tampoco si permaneció sentada o se puso de pie. Tal vez se quedó allí por un rato, tal vez no. Oyó su voz, pero no comprendía lo que decía, o no le prestó atención.

Ignacio alzó la cabeza y se agitó hacia la nada. Quizás la nada le asombró un poco.

Lo despertaron unas ganas de orinar tremendas. A trompicones fue hacia el baño y durante un rato estuvo evacuando la vejiga. Respiraba fuerte, un sonido lejano que pareció escuchar durante mucho tiempo antes de reconocerlo como suyo. Los párpados le pesaban tremendamente y un sabor metálico le amarraba la boca.

. Miró hacia el almanaque que estaba en una de las paredes, exactamente sobre el espejo, este a la vez justo sobre el lavamanos. Milagros tenía por costumbre arrancarle las hojas según pasaban los días: "Así es más difícil equivocarse", decía. Las letras se le confundían. Pegó su cara al papel. Martes dieciocho.

"No puede ser", se dijo. "Ella se equivocó". Hoy es lunes diecisiete.

Penosamente se dirigió otra vez hacia el cuarto. Los párpados y el cuerpo todo eran de plomo. Todo lo vivido se le antojaba muy lejano.

Entonces escuchó unos golpes fuertes dados en la puerta.

—¡Ya va! —contestó

Tenía puestos sus pantalones de mezclilla un poco desgastados por el uso y abrió el escaparate para tomar una camisa. La retuvo en las manos y también la acercó a sus ojos, mirándola torpemente, por un instante abandonándose a la blanda dulzura de las suaves colinas de África que sabía perdidas para siempre. Por un solo instante desapareció la frustración.

"Esa camisa la dejé botada aquella noche en lo de Albita"

Pero ahí en sus manos estaba la negación de todo aquello, la pieza que olía a ropa recién lavada, para contrarrestar su pensamiento.

Mareado en extremo fue hasta la puerta y la abrió. El sol de frente le hirió la vista, obligándolo a cerrar los ojos de golpe. Retrocedió un poco dentro de la habitación. En el plano de la entrada estaba parado el investigador Pavel Lazcano y junto a él su ayudante, el teniente Denis, detrás de ellos, tapando por completo los rayos solares había dos oficiales de policía.

—Buenos días Ignacio, a mí y al teniente Denis ya nos conoces y estos son dos patrulleros de la quinta Unidad, de la cual también estás al corriente. Bueno, hechas ya las presentaciones te diré que lo sentimos mucho, pero tienes que acompañarnos.

Entraron a la casa, no sin antes limpiarse cuidadosamente los zapatos en el saco de la entrada.

Ignacio los miró asombrado a través de la niebla. Por más que quería el embotamiento de su cerebro no se disolvía. Aquello era una pesadilla. Maldito policía aquel Pavel. No era viejo, pero daba la sensación de que ni en su cuerpo ni en su cara había quedado nada joven, siempre miraba de lado con los ojos merodeadores e inconstantes que solo se ven en los barrios marginales de Santa Clara.

—¿Y ahora cuál es la causa, si hace apenas unos días me liberaron?

—Anteanoche desapareció una mujer y tú eres sospechoso.

—Así que ahora yo soy sospechoso de todas las personas que se pierden en esta ciudad.

—De todas no, pero de esta en particular sí.

Ignacio hizo un esfuerzo y abrió completamente los ojos. Se estaba cayendo del sueño.

—¿Y por qué?

—Porque es tú querida, Ignacio, y hace dos noches te vieron salir corriendo desnudo por la madrugada de su casa.

"Albita. Se desapareció Albita"

—Pruébeme eso.

Las palabras pronunciadas sorprendieron a Pavel tanto como a Ignacio mismo, pero una vez pronunciadas ya no podía volverse atrás.

—Parece que alguien te ha estado dando alas últimamente. ¡Arrea, que nos vamos ya!

—Tengo que ponerme los zapatos —dijo Ignacio, y prosiguió:

—Voy a escribirle un papel a mi mujer para que sepa y ella y mi hija no se preocupen.

—De avisarle a tu mujer nos ocuparemos nosotros. Y a tu hija no la quieres tanto, porque por todo este enredo que has armado sabes que las va a afectar toda la vida.

—Entonces, ¿me pongo los zapatos o salgo descalzo?

"¿Qué bicho habrá picado a este, tan mansito cómo era?", se preguntó Pavel

—Denis acompaña al ciudadano a que termine de vestirse —la voz sonó imperativa.

—Como usted diga, teniente —la respuesta del teniente Denis rumoreaba servil y fue solo entonces cuando el entendimiento súbito apartó los oscuros cortinajes que atenazaban el razonamiento de Ignacio y este tuvo conciencia del tremendo lio en que estaba metido otra vez.

Cuando los policías lo conducían hacia la patrulla, Pavel le susurró al oído de Denis:

—Hermano, a este le sucedió algo que lo tiene cambiado, fíjate que nos ha perdido el miedo.

—A mí también me da esa impresión, pero ¿qué será?

—No lo sé, pero lo vamos a averiguar, tenemos todo el tiempo del mundo para investigarlo.

Cuando llegaron a la Unidad, Pavel ordenó que lo llevaran directo a la Sala de interrogatorios. Un cuarto pequeño con una mesa de madera y dos sillas de respaldo, una frente a la otra y a la espalda del detenido una ventana de cristal que permanecía cerrada, mientras que a la izquierda de esta se enfocaba el lente de una video cámara que Pavel encendió presionando un mando que sacó de uno de sus bolsillos.

Luego se sentó frente a Ignacio que permanecía encogido, medio derrumbado hacia delante sobre la silla, la cabeza colgando hacia abajo y hacia delante, con los ojos cerrados.

—¡Despierta! —dijo Pavel, dando un golpe con la mano abierta sobre la mesa— aquí no se viene a descansar.

Ignacio se despertó, fijando en Pavel sus ojos somnolientos. Todo lo veía a través de una tela. Había en Pavel algo impermeable al tiempo, pero a la vez beligerante en extremo.

—Empezamos ya. ¿Dígame su nombre?

—Ignacio Rodríguez Martínez.

—¿Dirección?

Así como un disco rayado ya conocido. Pero no fue hasta que desapareció el respetuoso trato de usted que Ignacio comprendió que lo más difícil recién comenzaba.

—¿Dónde estuviste las últimas cuarenta y ocho horas?

—No recuerdo bien.

—Tómate tu tiempo, porque tenemos mucho, todo el que necesites, pero me parece que no es tan complicado tener presente que hiciste ayer y anteayer

—Estuve en mi casa durmiendo

—Y no saliste de la cama en todo ese tiempo. ¿No te parece un poco extraño eso?

—No, me sentía muy cansado.

—¿Cansado de qué? ¿Alguna salida nocturna?

—Ya se lo dije no fui a ningún lugar

—Algún vecino, una visita o un testigo que pueda dar fe de eso

—Oiga oficial, ya se lo dije, estaba durmiendo, si no me cree es su problema.

—Así que ahora también te vas a poner guapo...

—Yo no soy guapo, pero usted llega a mi casa y me detiene como si nada, delante de los vecinos, acusándome de desapariciones y desprestigiándome ante todos.

—Todavía no te estamos acusando de nada, pero hay una mujer desaparecida, tu amante Albita y pensamos que se perdió casi coincidiendo con tu somnolencia y eso si que nos preocupa.

—Yo no he salido de mi casa.

—Pues mira que eso no es lo que dicen los testigos. Hay gente que te vio entrar a la casa de Albita y luego saliste corriendo por la madrugada, desnudo. Tengo testigos de que andabas en cueros por la calle y que agrediste físicamente a un grupo de personas que iban para el trabajo. Piensa bien lo que me vas a responder porque casualmente tu primo está muerto y su mujer, tu querida, ha desaparecido. ¿Esto no te parece muy conveniente?

—Me da igual —dijo Pedro dando un bostezo— si tiene los testigos acúseme, si no los tiene déjeme volver a mi casa.

"¿Qué carajo le pasará a este?", pensó Pavel, "está muy extraño, si yo no lo conociera tan bien pensaría que no es el mismo"

Se levantó e inclinándose sobre Ignacio puso sus dedos índice y pulgar sobre los párpados y presionando lo obligó a abrir los ojos totalmente.

—¿Qué día es hoy? —le preguntó

—Lunes, diecisiete de julio.

—No, es martes dieciocho.

—¿Qué hiciste el lunes diecisiete de julio en la noche?

—Es hoy, todavía no ha llegado la noche, que yo sepa.

—Muy gracioso, Ignacio, pero haciéndote el loco no vas a librarte, te lo aseguro.

Ignacio se puso en guardia. No podía creerlo, era imposible que se hubiera perdido un día de su vida, como Rip Van Winkle, el del cuento de Washington Irving.

"Está drogado", pensó Pavel, "este entuerto parece mucho más grande de lo que pensé; me imagino que todas estas muertes y desapariciones son un ajuste de cuentas por cosas de drogas y dinero, aquí me la puso Dios. Cuando capture a toda esa pandilla le voy a tapar la boca a una pila de gente que no cree en mí, y a los que dicen que esto me queda grande, y están locos porque me quiten el caso.

Extendió la mano y agarró el antebrazo de Ignacio en un alarde de fuerza bruta.

—¿Quién te proporciona la droga? —la pregunta dura, directa.

—¿De qué droga habla? —los ojos de Ignacio que estaban a punto de cerrarse se abrieron de golpe. Gimió de dolor

—¿A quién le vendiste el escudo? ¿Mataste a Albita, tu cómplice, por eso?

—Oiga, yo no sé nada de ese escudo. El único escudo que yo vi estaba en casa de Albita, guindado en la pared. Pero nadie iba a matar a nadie por esa basura.

—No era una basura y tú lo sabes. ¡No te me hagas el zonzo!

"Con dos galletas se afloja", pensó Pavel, "pero no puedo dárselas porque todo este interrogatorio se está gravando".

—Estás hundido hasta los ojos en la mierda; dos crímenes, la desaparición de tu querida, el tráfico de drogas y ventas de piezas del patrimonio a extranjeros. Te estoy ofreciendo la única salida que tienes para ayudarte a ti mismo y la dejas pasar. ¿Y sabes qué, te la vas a cargar solito? ¿Qué te parece?

Aquello parecía una pesadilla, pero a la vez Ignacio presentía que era real, sabía que era real.

—Ahora inventa eso del patrimonio y los extranjeros cuando yo no tengo idea ni a que se refiere —sacudió su brazo, Pavel estaba desprevenido y su mano liberó la presión sobre Ignacio.

El investigador se levantó iracundo. Metió los dedos en el bolsillo de la camisa y sacó una foto. La puso delante de los ojos de Ignacio. Este trató de abrirlos completamente; alguien muy fuerte tiraba de los párpados hacia abajo.

—¿Sabes qué es esto?

—Es el escudo de armas de la familia de Albita.

—¿No me digas cabrón? Sabes bien que es el arma homicida con que mataron a tu primo Pedro y a Beni el oriental.

Foto, cuerpo, remembranza, habitación empapada de escarcha gris.

—¿Y qué pensaban hacer Albita y tú después? Sacar la pieza patrimonial ilegalmente del país y venderla a un coleccionista de Miami o de Europa occidental ¿Dime ahora mismo como se llama el traficante?

No pudo contenerse, con la punta de los dedos aleteó contra la cara de Ignacio.

—Habla, o te juro que te pudres en la cárcel

—¿Qué crímenes, que coleccionistas ni que drogas, no sé de qué habla...? Si me vuelve a tocar lo voy a acusar por maltrato con la gente de los Derechos humanos.

—Vaya, mira de donde le sale el valor al niño... ya se te olvidó como la otra vez te echaste a llorar en el interrogatorio y hubo que mandarte a callar.

—Ya se lo dije, pruébemelo —dijo esto e inmediatamente inclinó la cabeza hacia delante y se quedó dormido.

Era difícil. La gente decía y chivateaba, pero a la hora de la verdad no eran todos los que se paraban en un estrado a testificar y además a los F.H había que cuidarles la identidad.

Pavel avanzó hacia la puerta, la abrió y la tiró con violencia.

El teniente Denis estaba parado ante el cristal de la falsa ventana, observando todo lo ocurrido en la sala de interrogatorios.

—Manda que saquen a este tipo de aquí y que le hagan un examen toxicológico urgente, si no está drogado hasta el pelo yo no sé nada de la vida.

—¿Y luego que hacemos con él?

—Hay que dejarlo que se le pase un poco el efecto de los estupefacientes, después cáiganle arriba por turnos y no lo dejen descansar ni un segundo. Que diga todo, pero más que nada necesitamos que confiese enseguida donde está su querida, a ver si la encontramos aún con vida. Este habla o el diablo vende billetes.

—¿Y usted adónde va, teniente, si es que se puede saber?

—A velar por nuestro futuro, Denis, ¿dónde si no? A ver al capitán López. Me juego la cabeza que este asunto es más grande que tú, que yo y que él juntos; incluso más grande que el mismísimo coronel Lorenzo Lunar.

—Yo nunca discreparía de una decisión suya, teniente, ¿pero por qué mejor para informar no esperamos a tener los resultados de los análisis al sospechoso?

—Porque el Capitán nos va a comer a preguntas cuando se entere, y lo mejor es informarle antes. Aunque no lo sabes, con esos dos muertos dando vueltas por ahí, tú y yo estamos en capilla ardiente y si las cosas son como tienen que ser y yo estoy seguro de que son así de grandes, nos llenamos de gloria, pero si algún vivo se huele lo que hay y se nos adelanta con los jefes, nos jodemos sin remedio.

Y el investigador Pavel Lazcano, guiado por su buena estrella pareció tener razón una vez más.

El bloqueo decretado por los Estados Unidos contra Cuba y recrudecido en el Periodo Especial, alcanzaba también a la Salud pública. El análisis de la sangre de Ignacio no podía realizarse en la provincia de Villa Clara, por falta de reactivos.

Fue necesario realizar gestiones para que el Ministerio del Interior autorizase efectuar la prueba en la capital. Desgraciadamente allá tampoco existían los reactivos y se requirió de una orden especial y muchísimo papeleo para sacar las substancias de la reserva estatal de medicamentos.

En consecuencia, antes de tener el resultado de la sangre de Ignacio, ya en las altas esferas policiales se debatía lo que estaba sucediendo en Santa Clara.

Por lo difícil que podía ser esta situación se determinó actuar de inmediato. Así mientras un auto llevaba las muestras de plasma y orina de Santa Clara hacia La Habana, se ponía en marcha un complejo andamiaje para contrarrestar la posible operación a gran escala, en contra de la seguridad del país.

El resultado del análisis fue concluyente. Ignacio estaba completamente drogado, pero no con narcóticos. En su torrente sanguíneo había suficiente 1,4 benzodiazepina como para derrumbar a un caballo.

CAPÍTULO LXI

El teniente Denis

Ignacio llevaba varios días, incomunicado; en esas condiciones la sucesión de los días y las noches las determinaba solamente los desayunos, almuerzos y las comidas, máxime que las indagaciones eran continuas y si bien los inquisidores se rotaban, él era el mismo. En el primer interrogatorio que le hizo el teniente Denis este se sorprendió de que la debilidad física y la somnolencia que atenazaran antes a Ignacio, hubiesen dado paso a un sentimiento indefinido de indiferencia.

—¿Dónde está Alba?

—Si lo supiera se lo diría.

—Lo sabes perfectamente...

—Sí ya sé, salí desnudo en la noche de su casa, y la llevaba escondida en un oído.

—No, pero nos puede dar la idea de dónde está, porque ella se ha convertido en sospechosa del asesinato de su marido.

—No pudo hacerlo, estaba conmigo y eso ya lo comprobaron.

—Ustedes dos pueden ser cómplices. No olvides que sabemos cuál fue el arma homicida.

—Estoy seguro de que ella no tiene nada que ver con eso.

El teniente Denis pensó durante unos momentos, la cabeza oscura inclinada.

—Tú estás enamorado de esa mujer. ¿O me equivoco?

Silencio.

Pese a todo Denis tenía la sensación de que Ignacio poseía una puerta falsa desde donde se podría encontrar el verdadero camino.

—¿No quieres que esto termine?

—Sí de una vez.

—Entonces, acabemos ya.

—¿Qué tengo que hacer?

—Cuéntanos la verdad.

—Está bien. Dígame qué tengo que decir para que estén contentos.

—No te burles de nosotros, Ignacio. Sabes que así no es.

—¿Y cómo?

Así era, Pavel, Denis, y otras caras y otras, una e incontables veces en el día y en la noche, en más días y más noches.

La última vez hablaron él y Pavel. Es decir, habló Pavel; como si al relatarle a Ignacio se estuviese despojando de una amenaza. Le narró de su familia: "los lacra", de su vida desde pequeño en el barrio de América Latina, del presidio, de la decisión de arreglar las cosas de su vida y de la trampa que le había puesto Tambulende Yaya para sacarlo del barrio.

—Nunca es tarde para enderezar el camino y tú puedes hacerlo —le dijo

Esperó la respuesta de Ignacio en vano, y cuando el investigador Pavel Lazcano habló otra vez su tono había cambiado por completo, indiferente a si Ignacio lo escuchaba o no

—Te metiste en camisa de once varas, Ignacio. No creo que hayas matado a esa muchacha, pero en el crimen de tu primo y lo del Beni quizás andes involucrado. Ella es linda, como muñeca de lujo y cara. Yo te disculpo y te comprendo, por una hembra así yo también haría lo que tuviera que hacer.

Vio la mirada muerta de Ignacio animarse por primera vez. De pronto Pavel percibió de un modo débil que se desgajaba toda su experiencia en el ambiente, dividida en dos. Y aquel otro Pavel, el de "los lacra" de América Latina, se destacó en su conciencia como un grito engrandecido en todos sus detalles, sumergiendo todo a su alrededor en una gran ola. Y Pavel "el lacra" descubrió la insospechada potencia del hombre que tenía enfrente. Y lo respetó.

—Te importa un carajo quien mató a tu primo y al Beni. ¿No? Y te importan tres carajos lo que yo haga contigo.

Ignacio lo miró fijo. Extraña mirada ausente.

—Pero lo que si te importa y mucho es quién se cargó a tu jeva, porque ella está muerta. Y tú se lo vas a cobrar cuando salgas, porque sabes quién fue. ¿O me equivoco?

El silencio inmóvil se trasmitió a su cerebro, vaciándolo lentamente.

—Nosotros estamos aquí para que nadie tome la justicia por su mano, y necesitamos de ti para que el culpable pague, aunque si no, paso a paso lo vamos a averiguar.

Pero Ignacio no quería decírselo, al menos a ellos.

—Supongo que no vas a cooperar con nosotros, porque ya tienes el barrio dentro y el barrio es odio, rabia de todo. Ahora tú también eres una víbora solitaria.

Cuando Pavel salió, el teniente Denis estaba parado frente al cristal de la falsa ventana.

—No lo mortifiquen más por ahora, y déjenlo descansar un poco porque ese hombre no va a hablar, al menos eso cree él.

Pavel sintió que un gran peso se le había escapado desde dentro, se sentía más libre, sereno y triunfante.

Increíblemente para Ignacio nadie lo interrogó en los dos días siguientes. Al tercero se presentó el teniente Denis, otra vez. No llegó a entrar del todo, franqueó la puerta y se quedó mirando a Ignacio sentado en su cama de la celda. Era posible que este no lo hubiese visto, porque ni siquiera levantó la cabeza.

—Lo que tengo que hablar es un poco difícil para mí, es decir para todos —dijo Denis.

Ignacio no se movió, no le dirigió siquiera una mirada.

—A nombre del Ministerio y de la Quinta Unidad de policía nos estamos disculpando con usted —había deferencia en el trato— sabemos que el teniente Pavel Lazcano cometió muchísimos errores con su persona y hasta lo maltrató físicamente; pero le comunico que fue sancionado por ello y que precisamente hoy ha sido enviado como Jefe de sector a un modesto caserío del Escambray.

Ignacio se puso de pie. Hubiera sido embarazoso determinar cuál de las dos caras estaba más absorta.

—Ríos de Primavera —prosiguió el teniente Denis— el pueblecito adonde lo castigaron se llama Ríos de Primavera.

Y continuó hablando como si la situación fuera perfectamente lógica.

—De ahora en adelante yo llevaré el caso y puede contar conmigo para lo que necesite —Ignacio no pareció darse cuenta de la diferencia en el tono— venga a mi oficina para que se vista, a partir de este momento usted queda libre.

—Prefiero cambiarme aquí —replicó.

Le trajeron la ropa y los zapatos de que había sido despojado días atrás. Estaba terminando de vestirse cuando el teniente Denis habló otra vez.

—Yo mismo lo llevaré en el carro hasta su casa.

—No iré con ustedes a ningún lugar

De eso se trataba, como en las películas. La policía paseándolo en su auto por la ciudad. Cuando la gente del barrio lo viesen, la existencia de Ignacio y la de su familia quedaría marcada para siempre.

—¿Quiere que le avisemos a su mujer para que venga a recogerlo?

—No

La mano de Denis se levantó en una rígida caricatura.

—Como guste. Solo le pido que acepte nuestras disculpas y además que recuerde que la actitud del investigador Pavel Lazcano nada tiene que ver con los procedimientos de la policía y el Departamento de Criminalística del Ministerio.

Cuando Ignacio salió de la Quinta Unidad no miró hacia atrás ni una sola vez.

CAPÍTULO LXII

Isora

M ientras estuvo cerca de la prisión Ignacio avanzó con el paso rígido del hombre que no tiene prisa, pero en cuanto dobló la esquina caminó tan rápido que la gente volvía la cabeza, asombrada.

El asfalto exhalaba un vaho que ponía una especie de halo flotante en las casas del Condado que le resultaban tan familiares ya, encerrados en el claro oscuro palpitante de la tarde.

Entró por fin en la desierta calle de su casita, pero no era hacia ella adonde se dirigía. Subió los escalones hacia la entrada y tocó con suavidad.

—¿Quién es? —preguntó una voz grave de mujer.

—Soy yo, Ignacio, el marido de Milagros.

Y la mujer abrió la puerta, erguida, con la cabeza alta, con una media sonrisa que no era más que una nota dominante de efecto.

—Pase Ignacio —dijo ella, con esa reserva que poseen las mujeres solas ante la presencia de los esposos de sus amigas, ateos, adúlteros y presidiarios.

Ignacio entró, pero Isora no cerró la puerta ni lo invitó a sentar. Serena, sin jactancia, sin autoritarismo, con el aire de una mujer pronta a hacer algo que no le va a gustar a la persona que tiene delante.

—¿Qué desea, Ignacio?

—Solo quiero que me conteste unas preguntas, por favor.

Preguntas que esperaban respuestas en las que cada palabra tenía un sentido definitivo.

CAPÍTULO LXIII

Bajo los almendros

L a calle estaba silenciosa y nadie se paraba a mirarlo ya. "La muerta y desierta calle, en la que me espera mi muerta y desierta casa". Pensamiento que lo llevaba al recuerdo. No pudo esperar a Milagros en la casa y se dirigió hacia el canal de televisión Telecubanacán, donde ella trabajaba.

Hacía mucho no transitaba por las soleadas avenidas junto al Hospital militar, que no subía la desnuda loma de piedras que conducía al Telecentro, cubierta siempre de pasto ralo y reseco o que no se sentaba a conversar con Milagros en la acera bajo los almendros junto al portal del Museo provincial;

"¿Dónde habrá ido a parar todo eso?", pensó. Pero desde hacía mucho los espacios y el tiempo habían perdido su significado.

Cuando Milagros lo vio frente a ella emitió un gemido sofocado, que al cabo de un momento se acalló.

—¿Por qué no me mandaste aviso que te liberarían hoy? —dijo

—Ni yo mismo lo sabía.

La voz de Ignacio sonaba más alta que de costumbre.

—Vamos a casa —dijo Milagros

—Mejor caminamos un poco —objetó él

Caminaron sin rumbo por las soleadas avenidas junto al Hospital militar, sus pies se movieron por la desnuda loma de piedras, y después de un rato se sentaron en la acera bajo los almendros, junto al portal del Museo Provincial. No habían hablado una sola palabra, pero según pasaba el tiempo los ojos de Milagros figuraron más y más dos globos extrañados. Pero Ignacio no parecía haberse dado cuenta, no miraba nada.

—Vengo de casa de Isora —dijo

Luego volvió la cabeza, aún sin mirarla.

—Te fuiste de la iglesia la noche en que mataron a mi primo. Estuviste perdida casi dos horas, le inventaste a Isora que me ibas a vigilar.

—Oh —replicó ella. Y hubo otra vez un silencio.

—Mataste a Pedro

Ella no respondió nada.

—También encontré mi camisa en la casa —agregó Ignacio

Ella pudo haberle preguntado: "¿Qué camisa?", pero no lo hizo. No valía la pena.

Levantó la mirada y se volvió a su vez, apenas sin moverse.

—La dejaste en su casa. Era tu camisa y no la de ella, yo te la compré.

—¿Y por eso me drogaste, echándome diazepam en el té? ¿Para salir de la casa y matarla?

Ignacio quiso que ella lo negara, que lo ofendiese irritada, pero en vez de eso escuchó la voz monótona que decía

—Me engañó, me prometió que no lo haría más y se acostó otra vez contigo.

—¿Dime dónde está, Milagros?, ¿quizás aún podamos salvar a Albita?

—Se acostó otra vez contigo, lo quería todo.

—Entonces de eso se trata. ¿Eh? De mí.

—Sí, de ti y también de mi hija. Pero supongo que nada valió la pena.

—Aún podemos resolver las cosas Milagros. ¿Por favor dime si aún está viva, dime dónde está?

—Se fue

—No se fue, coño, debe estar tirada por ahí en algún lugar, desangrándose ¡Por favor, dime dónde está!

—Tanto la quieres que cambiarias a tu hija y a mí por esa puta asesina

—No es una asesina, Albita no ha matado a nadie, estaba conmigo cuando mataron a Pedro. Tú eres la asesina, tú mataste a mi primo, saliste de la Iglesia en la madrugada y lo apuñalaste. Me lo habías advertido que ibas a resolver el problema del dinero nuestro, con él y con Albita. Pero no tenías porqué matarlo, no tenías que hacer eso

—Y también asesiné al Beni, supongo

Había una profunda ironía en la pregunta, pero Ignacio la ignoró, tal vez ni siquiera se dio cuenta.

—¿Dime dónde está, por favor?

—No maté al Beni, lo hizo tu amada Albita.

"¿Cómo se podía estar tantos años junto a una persona y no conocerla nunca? ¿cómo era eso de tener hasta una hija en común, fundar una familia con una homicida?"

—Ella lo planeó todo —dijo Milagros, con los ojos vacíos.

Y entonces fue recuperando la visión del cuarto de Albita y de Pedro, el fogón del que subía un vapor húmedo, el escudo de armas en la pared, el juego de comedor y la cama obstinadamente inmóvil. Todo envuelto en un rayo de luz.

"Te estaba esperando hacía días", le dijo Albita, cuando ella llegó, cegada por el odio y los celos.

Milagros ignoró el comentario inexplicable. Odiaba a aquella mujer

"Te estás cogiendo a mi hombre y tu marido le robó el dinero a mi hija", le dijo, y Albita la miró desafiante.

"Entonces es con Pedro con quien tienes que hablar, pero no le dirás nada nuevo, él lo sabe"

"No lo creo"

"Entonces allá tú ¿o por qué tú crees que jodió a Ignacio en el negocio?"

Quizás fuera verdad, tenía sentido.

"Eres muy mala, y tu marido un cabrón"

"Soy mala hoja, pero tú también lo eres. Conozco a las personas con solo mirarlas, eres igual que yo, lo supe desde el primer día en que te vi"

Se quedaron mirándose. Dos mujeres bellas, pero distintas. Una escondiendo los muslos firmes, las caderas bien torneadas bajo las faldas por debajo de las rodillas; los pantalones sueltos y las blusas asfixiantes que susurraban miles de secretas delicias escondidas. La otra exhibiéndose provocadora, la mitad de los magníficos pechos fuera, short y sayas que dejaban ver casi el nacimiento de las empinadas colinas. Cada una con su encanto propio, compitiendo ahora.

"Si no dejas a mi marido tranquilo te voy a matar. No te advertiré más", dijo Milagros.

Era capaz de hacerlo, y la otra lo sabía.

Ya estaba saliendo del cuarto cuando la voz de Albita la detuvo.

"Pedro me ha aguantado muchas, pero ahora me va a dejar, por lo de tu marido. Y yo llevo mucho tiempo comiéndome a ese gordo baboso, aguantando esa guitarra insoportable las veinticuatro horas del día. No voy a volver a la calle".

"Ese es tu problema y el de él, lo mío es que te alejes de mi hombre"

"En eso te equivocas, es tu problema también, porque yo no me quedo mostrenca otra vez. Tu marido te dejará por mí, va a vender o a permutar la casa de ustedes en el Condado por dos más pequeñas todavía. A ti y a tu hija les toca un cuarto como este o más chiquito, lo más seguro que en un pasaje y dichosas"

"Voy a matarte puta", le dijo e inmediatamente apagó la palabra con un gesto, a punto de agredirla. La condenarían por vida. Su hijita se quedaría sola

Vida y muerte en ideas, vibrando en el dolor.

"No me mates a mí, mátalo a é, a Pedro y quédate con tu marido y con tu hija", dijo Albita.

Inexplicable, sin apoyo lógico en el espacio y en el tiempo. Vida y muerte necesarias, proyección vibrante que no se entendía, hasta que los sentimientos chocaban con ella.

"¿A qué te refieres, no entiendo?"

"Entiendes muy bien, quédate con tu hombre, yo me quedo con el cuarto y el dinero del mío"

¿Qué hacer ante la degradación, ante el peligro de permanecer en el sufrimiento, la pobreza y la soledad? ¿Cómo concederse una tregua entre ella y ella misma, para después reencontrarse de nuevo con su familia sin peligro?

¿Qué hacer?

"Eres una bruja. No quiero hablar más contigo", dijo confiando en que todo fuese un sueño y que al despertar debajo de la lava se hubiese apagado el fuego.

Abrió la puerta para irse. A sus espaldas escuchó la voz de Albita que la detuvo en seco.

"Te espero en la mañana para planificarlo todo, porque no tenemos mucho tiempo, Pedro me botará pronto. Después de eso estaremos jodidas las dos"

Milagros se volvió hacia Albita, esta era una gata con los ojos ardiendo sobre las mejillas y la boca triunfante.

"Un día te voy a matar", le dijo. Palabras locas.

La inquietud se apoderó de ella sin raciocinio. "Tal vez tenga que ir, tal vez..." Cerraba los ojos tratando de conciliar el sueño, pero no podía. Y desde el fondo de sí misma, tras los momentos de silencio y abandono, surgió, al principio vacilante, después cada vez más fuerte y dolorosa, una llamada. No quería orar, no podía orar. Así sin darse cuenta se quedó dormida y volvió a la luz del día.

"El primero es muy difícil. Ensaya el golpe en tu casa, porque si no, no lo conseguirás" le dijo Albita.

Todavía no estaba tan agotada que deseara rezar en vez de descubrir el dolor y conocer todos los misterios y el poder supremo sobre la vida y la muerte de una persona.

"¿Tú a cuantos has matado?", le preguntó a Albita.

"Los suficientes", contestó esta.

Dispusieron todo para que Ignacio se fuese con Albita la noche fatal del Domingo de Pascuas, y ella fuese a la iglesia, con Isora. Después se ausentó del templo, con el pretexto de que vigilaría a Ignacio. "Solo un momentico", dijo.

Pedro le abrió la puerta y conversaron, ella le contó del engaño de Ignacio y Albita hacia ambos. El fingió que no sabía. Orgullo de hombre.

Milagros le entregó una copia de las instantáneas que le había dado Raúl el fotógrafo; estaban allí desnudos, revolcándose. Y Pedro se sentó a la mesa, embobado, contemplando la prueba del delito de su mujer, sorprendida in fraganti por el lente de una cámara.

Milagros fue hasta el fogón, y debajo, en un estantico abierto, tomó la lanceta del escudo que le había dejado Albita. El escudo no estaba en su puesto habitual ¿Quién sabía dónde lo escondería la bruja?

Caminó en puntillas hacia el hombre que estaba de espaldas.

"La cobardía es más difícil", pensó ella, respirando apenas para que Pedro no la escuchara mientras se acercaba. Movimientos todavía sin epítetos, temblor que nace, se desenvuelve, y muere sin testigos. Cuando le dio el golpe, y la pica hubo entrado en el cuello de Pedro; mientras él se debatía, notó un cansancio gigantesco.

Un golpe y otro y otro, por la espalda, pues como decía Albita el primero era el más difícil.

Pero inexplicablemente no estaba muerto. Algunos vecinos vieron llegar a Albita y esta tuvo que ponerse a gritar, sin poder terminarlo. Cuando acudieron los médicos, Pedro todavía respiraba.

"Hiciste una chapucería y ahora hay que remediarla porque corremos peligro las dos", le dijo Albita ese mismo día.

Y mientras el cuerpo de Pedro se aferraba desesperadamente a la vida fue necesario ir a rematarlo al hospital. Albita la disfrazó de enfermera e hizo la llamada a la asistente Luz, anunciándole el accidente de su hijo. Cuando ella salió, Milagros entró a la sala de Terapia, pasando por la puerta que custodiaba Benito "el turco"

"Esta vez todo tiene que quedar perfecto, cuando veas salir a la enfermera por la puerta a los tres minutos exactos entra, nadie va a sospechar, una enfermera por otra. Ve directo hacia la habitación sin mirar a los otros departamentos ni a los médicos. Pedro tiene puesto un suero, solo inyéctale esto en el suero y enseguida te vas.

Le indicó como llegar hasta la habitación de Pedro, se lo explicó tanto que Milagros podía llegar hasta él con los ojos cerrados.

Pero el Beni la conoció al caminar cuando salía. Lo que pensó coincidencia al verla entrar se convirtió en certeza cuando salió. Descubrió aquellas mismas ancas firmes que había mirado decenas de veces en la calle y que ni siquiera los pantalones amplísimos lograban disimular, el mismo tono en los senos erectos y la cintura tan estrecha que le sobresaltaban el corazón y se unían misteriosamente a los retazos de su memoria.

"Es ella mismita"

Días después el Beni la paró en la calle para pedirle perdón. Perdón por extasiarse delante de ella, perdón por hallarla deliciosa, perdón por pedirle de favor que lo dejase despojarla de aquel vestido, porque necesitaba una cita urgente con ella y quería que fuese con ese mismo vestido. Le pedía perdón también por haberla reconocido aquel día en el hospital cuando desgraciadamente se murió Pedro e incluso por no tener dinero y pedirle un préstamo, que ella llevaría la misma noche de la cita.

"Está bien, pero con una condición", dijo Milagros.

"¿Cuál condición?"

"Que nos veamos donde yo decida"

"¿Y cómo yo me entero de cuándo y dónde será?", preguntó el Beni, goloso.

"Búscame mañana y encuéntrame como me encontraste hoy"

"No te olvides del vestido", reafirmó él, volviéndose para verla caminar.

"Qué cosa más rica. Aquí me la puso Dios", pensó el Beni, "estoy jugando con candela, pero vale la pena"

Solo que a la cita en un edificio abandonado del barrio del Gigante no fue Milagros, sino Albita. Lo esperó escondida en la oscuridad bajo la escalera y le hundió la lanza del escudo de armas en un pulmón. Y observó al Beni irse acabando hasta morir, mientras cada una de sus fibras palpitaba aún, llenas de sangre.

—Y todo hubiera estado bien, pero esa bruja se estaba acostando contigo otra vez. Iba a matarme a mí y al final se iba a quedar con el dinero, con mi casa, con mi marido y hasta con mi hija. No podía permitirlo. Era ella o yo.

Ignacio respiró por primera vez en el tiempo en que duró el relato. Todo era tan monstruoso, más grotesco por el hecho que Milagros ni siquiera comprendía el cataclismo inútil.

—Ella no te iba a traicionar. Aquella madrugada me botó definitivamente.

Milagros se encogió de hombros. Ya nada podía hacerse con lo inevitable. Había perdido algunos caminos y ganado otros. Quizás Albita hubiese intentado traicionarla más adelante. Con una lechuza como aquella nunca se sabía.

—Hubiera podido vender ese escudo y sacar muchísimo dinero, pudo haberse ido adonde quisiera, dejándonos tranquilos y comprarse una casa de dos pisos y hasta un carro, pero no, dijo que era una reliquia familiar, que primero muerta que perderlo. Y ahí está ahora, como ella misma dijo.

"Quiero morir ahora", pensó Ignacio. Pero no tenía derecho. Por Maydolis.

—¿Dónde está el cuerpo de Albita? —preguntó.

—Pudriéndose en el infierno junto con su escudo.

—Tenemos que pagar por esto, los dos —dijo Ignacio y se hizo un silencio casi sorprendente.

—Ni siquiera entiendes —dijo Milagros al fin, con los ojos desmesuradamente abiertos, mirando fijamente delante de sí— me traicionaste con esa cualquiera y te perdoné. Ahora vas a condenar a nuestra hija a vivir con el estigma de saber que tiene una madre criminal. Y fuiste tú quien inició todo esto, el que a pesar de mis esfuerzos destruirá su vida para siempre.

Milagros tendió la mano hacia él y lo tocó en el pecho. Ignacio ni siquiera lo sentía, tenía los ojos abiertos sin ver, con toda la atención hacia el sufrimiento, con una dimensión más allá de su propia existencia.

—Nunca pensé en abandonarlas a ustedes dos —dijo.

Los dedos de Milagros tocaron los labios de Ignacio silenciando las palabras.

—Todo estará bien entre nosotros... —susurró ella.

Y súbitamente ante las palabras de Milagros, a Ignacio lo asaltó el miedo. Un torbellino de angustia llenándole todas las células

—¿Tú no me vas a denunciar a la policía, verdad? —preguntó ella

Todo lo que él pudiera decir no bastaría.

—No les haré eso ni a ti ni a mi hija, además la policía nada tiene que ver.

CAPÍTULO LXIV

Ríos de primavera

P avel se levantaba bien temprano. Su casa del Reparto Militar en la Base Aérea era espaciosa y él destinó un cuarto para gimnasio; así no molestaba a su mujer y a su hijo que a esa hora dormían.

Hacía tres tandas de a treinta planchas de corazón cada una. Luego dos tandas de barras fijas. Quince minutos en la bancada con pesas, diez ejercitando los hombros y los bíceps y cinco o seis minutos de suiza. Los domingos cuando no trabajaba en un caso, corría varios kilómetros por los alrededores y después practicaba defensa personal al aire libre. Eso lo mantenía fuerte y en forma.

Después se bañaba y tomaba el autobús de los militares rumbo a su trabajo en la ciudad. El transporte salía a las 6 A.M, a las 7.30 A.M y a las 9.00 AM, pues eran muchos los oficiales que residían allí y trabajaban en la urbe con diferentes horarios y luego regresaba a las 11.00 A.M. a las 4.30 PM y el último a las 5.00 PM.

Normalmente Pavel viajaba hacia la Unidad a las 7.30 A.M, lo que garantizaba que sobre las 8.00 A.M estuviera ya sentado tras su escritorio.

Pero esta vez no podía aguantar la impaciencia; el caso se había convertido en algo grande, más grande que el propio Capitán López y lo había llevado él solo. Ya sonreía cuando pensaba en la cara que pondría la gente cuando él relatara ante las cámaras de televisión que para resolver el proceso se vio obligado a viajar a pie por media Santa Clara, ocultándose casi de los oficiales de la Unidad que no tuvieron ni siquiera la poca inteligencia para dejar de molestarlo. Crímenes, drogas, robo del patrimonio de la nación. Todo un escándalo internacional y Pavel Lazcano en el centro de él.

Después de una noche casi de total insomnio se levantó, mientras se cepillaba los dientes con los ojos, se veía ya en medio del juicio junto al fiscal. ¿Vestiría de civil o de uniforme? El traje de uniforme le proporcionaba más personalidad. ¿Si vestía de civil qué ropa le quedaría mejor? Algunas personas decían que le sentaba bien el color negro.

Mentalmente se trasladó al día del juicio. Ensayó, levantando el brazo armado del cepillo de dientes, en actitud teatral.

El magistrado con voz profunda diría algo como eso:

—Comienza el juicio del Estado contra Ignacio Rodríguez, sin vínculo laboral conocido, acusado de asesinato, tráfico de estupefacientes y delitos contra los bienes del estado socialista.

Después cuando le tocara hablar a él iniciaría su discurso de forma rotunda, aplastante:

—Señor juez y demás miembros del jurado, probaremos que a pesar de su fachada de hombre estudioso, padre ejemplar de familia, el acusado es un depredador alevoso, que lleva una doble vida; esa existencia oculta lo involucra en robos, negocios ilícitos, tráfico de estupefacientes, entre otros delitos, hasta llegar al asesinato. El ha descendido a lo más bajo de las peores esencias de esta sociedad para la que constituye un grave peligro. Nosotros lo vamos a ubicar primero en las escenas del crimen y después...

Después nada, porque desde el cuarto le llegó un ruido. Su mujer se levantaba de la cama.

El brazo de Pavel descendió, el cepillo volvió a la boca. Su esposa apareció recortada en el marco de la puerta del baño, donde él estaba.

—¿Con quién hablabas?

—Con nadie.

—¿Cómo que con nadie, si escuché clarito voces aquí, dentro de la casa?

Ya Pavel no podía disfrutar su momento por adelantado. Ella no lo dejaría.

—Tengo que irme ahora —dijo.

—Tan temprano. Son las cuatro de la mañana, y ayer no me dijiste nada que tuvieras que irte a esta hora. ¿Adónde vas?

—A la Unidad, ¿adónde más va a ser?

—¿Esa Unidad no será otra cosa, con dos piernas abiertas?

—¿Cómo crees?

—Pues mira que sí creo. Dime algo, ¿quiénes están en la Unidad a esta hora?

—Supongo que el oficial de guardia y el carpeta.

—¿Y qué tienes tú qué hacer con esos dos?

—¿Cuándo insinué que tuviera algo que ver con ellos? Te dije que tenía que ir a la Unidad a esta hora a trabajar.

Así, sin dejarlo tranquilo, alterándolo cada vez más.

Aquella discusión estéril podía durar horas y por eso, sin afeitarse ni desayunar salió a la carretera antes de las cinco de la madrugada, a hacer autostop para la ciudad.

El transporte público estaba muy deprimido y no le quedó más remedio que montarse en un carretón de caballos, con un farol como guía.

—Voy nada más que hasta allá adelante, a buscar dos sacos de hierba fina al lado de la pollera —dijo el cochero, intentando desmotivarlo a montarse.

—Esto es una emergencia policiaca. Date por movilizado —le contestó él.

De forma que una hora después, apremiando al caballo que jadeaba por las calles de Santa Clara y comiéndose las uñas por la impaciencia, Pavel descendió del carricoche en la entrada de la Unidad.

El guarda de la carpeta hablaba algo con un suboficial joven, que seguro cubría el turno de guardia, y al ver a Pavel se calló de pronto. Al investigador aquello no le gustó nada. Dirigió una mirada de fuego hacia ambos oficiales y se dispuso a subir hacia su oficina que se encontraba en el segundo piso, pero el carpeta salió de tras su escritorio rápidamente y se le interpuso.

—No puede subir compañero teniente.

—¿Cómo que no puedo subir a mi oficina, qué pasa aquí?

—Hay una reunión en el salón y el coronel dio la orden de que nadie subiera.

En el ejército las órdenes no se discuten, así que Pavel se distendió.

—¿Quiénes están allá arriba? —preguntó.

—El Jefe de Criminalística de la Delegación, el Capitán y todos los demás.

—¿Cómo que todos?

El suboficial salió de la oficina sin mirar a Pavel, mientras que el carpeta enrojecía.

—Nadie pensó que usted vendría tan temprano.

—¿Entonces, están todos los de la Unidad menos yo, me puede decir porque ellos pueden estar y yo no, qué es esto, una sorpresa o qué?

—No se moleste conmigo teniente —dijo el carpeta cuadrándose— yo solo cumplo órdenes.

Entonces Pavel salió al portal y se sentó en la misma esquina de la baranda, limitándose a estar, observando como la naciente claridad de la aurora derrotaba a las sombras, semejante a la eterna lucha entre el bien y el mal.

Puso su mente en blanco, con la calma sombría, dura a la visión de los objetos semi invisibles, suavemente modelados.

Quizás había estado esperando algo "Era demasiado bueno para ser verdad; para esos oficiales tan perfectamente adecuados no soy más que un espécimen de barrio, un ejemplar que tiene sus fallas de fábrica y que hay que reciclar"

Entonces se recostó a la columna con los ojos cerrados. Lo despertó el carpeta que lo tocaba suavemente con la mano, hablándole torpemente, con palabras entrecortadas.

—Dicen que suba —su voz se apagó de golpe.

Había amanecido y el paisaje tan conocido se ofreció a sus ojos, renovado.

Pavel se pasó la mano por la cara y se echó a reír, pero no había alegría, no había nada.

—Ya voy subiendo —dijo en voz baja.

La puerta del salón de reuniones estaba abierta y uno de los policías se levantó y la cerró cuando él hubo entrado.

—Acérquese teniente —dijo el Capitán López.

Pavel no se movió inmediatamente, por unos segundos se quedó inmóvil mirando a los presentes. Estaban todos sus compañeros de armas, agrupados en las cuatro primeras filas del recinto, y él se preguntó en qué momento habrían acordado aquel concilio a sus espaldas.

En la presidencia de frente al auditorio estaban el Capitán López, jefe de la Quinta Unidad a la extrema izquierda, al centro el Coronel Lorenzo Lunar, Jefe del Departamento de Criminalística de la Delegación del Ministerio del Interior y a la derecha el teniente Denis, su ayudante en el caso.

"¿Qué diablos hacía Denis allí en la cabecera de la reunión? ¿Por qué no le avisó de esta?"

El coronel Lunar estaba vestido con un pulóver negro con un letrero en blanco que decía: "El último aliento", que podía estar haciendo alusión a cualquier cosa y que hasta los mal pensados podrían tomar como propaganda contra el sistema. Observaba muy abstraído unos papeles que tenía en la mano, mientras enseñaba los dientes a través de su barba entrecana. Con su aspecto post modernista quería demostrar que él no era un inmovilista y que su pensamiento había evolucionado con los nuevos tiempos.

Las cosas estaban cambiando. Por cuánto años atrás no se permitía tal indumentaria y esa barba en el Ministerio.

"¿Cuántos minutos durarías desarmado en el barrio, Coronel Lunar, con ese pulóver ridículo y esa barba indecente? Yo te calculo media hora o quizás una, por si acaso logras esconderte detrás de unos cartones viejos en algún pasaje pulguriento", se dijo.

Pavel se acercó y permaneció de pie, de espaldas al auditorio y de frente a la directiva.

El Coronel Lunar levantó el brazo pidiendo atención aunque se podía escuchar el aleteo de una mosca.

—tú llevas el caso "Dovarganes" Pavel, y cuando te lo asignamos creíamos, es decir estábamos seguros, que eras nuestro mejor opción para este y así se lo hicimos saber al Delegado del Ministerio, es decir al General. Pero las cosas empezaron a complicarse en vez de clarificarse y ya ha pasado más de un mes y ahora tenemos a dos muertos y una mujer desaparecida sin nada concreto en las manos. Miren señores, ustedes saben la presión que ejercen desde arriba cuando hay un muerto, mucho más aquí que hay dos, casi tres.

Se calló y pasó su vista implacable por los presentes hasta fijarla en Pavel; la mirada irritada de un hombre forzado a llegar a una transición entre la justicia y la sentencia.

Continuó.

—Bueno, hace dos días creímos que había habido un avance, pues el teniente Pavel informó al Capitán López, aquí presente, de la existencia de una posible banda de tráfico de estupefacientes y de una red de delitos contra el Patrimonio, posibles móviles que llevaron al asesinato de los dos ciudadanos y la desaparición de la otra víctima. Y el Capitán, aquí presente, ingenuamente me lo informó a mí y yo ingenuamente al General y él ingenuamente llamó a La Habana, pues se hablaba de una operación internacional a gran escala. ¿Ustedes se imaginan lo que se ha formado?

Se produjo un murmullo de reprobación. Y el Coronel Lorenzo Lunar aprovechó para tomar un sorbo de agua de un vaso de cristal que tenía delante.

"Teatro", pensó Pavel, ya esto lo han hablado entre ellos ahorita mismo"

—El caso es que se movilizó el Escuadrón antidrogas de la Habana y los Departamentos que atienden los delitos contra el Patrimonio de la nación y la Seguridad de Estado. ¿Y saben para qué? Para nada. Aquí lo único que hay son varios crímenes comunes y una desaparición, todo sin resolver por falta de métodos. Lo demás es motivo de la fantasía heroica del teniente Pavel Lazcano, también aquí presente.

Mientras el Coronel Lunar hablaba con voz que subía de intensidad, Pavel comenzó a sentirse mareado y no podía ya ni siquiera distinguir las palabras y solo atinaba a mirar al suelo con aquellos ojos como si observara a la muerte.

—Entonces decidimos chequear los videos del último interrogatorio realizado y descubrimos que el teniente Pavel aporreó al sospechoso y saben más... el hombre estaba aterrado, medio muerto de miedo y se tomó un cargamento de pastillas porque desde la vez anterior en que estuvo preso también por sospechas, el teniente Pavel Lazcano, aquí presente, le destrozó los nervios, no tengo que explicarles como. Y los estupefacientes: 1,4 benzodiazepina, esas simples pastillas de diazepam, señores, eran el gran cargamento de narcóticos de la banda de los traficantes de drogas, y la imitación, bastante chapucera por cierto, de un escudo de armas antiguo de metal, de donde salió la posible arma homicida de los dos asesinatos, era la pieza histórica estrella del grupo Internacional fantástico que se ocupaba de robar los objetos patrimoniales y sacarlos ilegalmente hacia los Estados Unidos y Occidente.

Calló de pronto, fatigado por la pronunciación de aquel discurso impresionante, esperando además el impacto de sus palabras.

Y la bomba estalló, con una onda expansiva silenciosa.

—¿Alguno de ustedes ha visitado en los Países Bajos, la Corte Internacional de Justicia que radica en el Palacio de la Paz, de La Haya?

Pero absolutamente ninguno del auditorio había visitado los Países Bajos.

—El sospechoso principal del teniente Pavel Lazcano, aquí presente, es un intelectual graduado ¿Se imaginan ustedes si ese hombre se suicida, o en su defecto, si le da por quejarse a algún grupúsculo pro imperialista de esos que andan por aquí dando guerra y hablando basura sobre las violaciones de los Derechos humanos en Cuba? ¿En qué posición internacional quedaría este país? De hecho, hay un disidente que se llama Fredy Pérez, que vive en el poblado de Wilfredo Pagés que anda difamando por ahí que nosotros le dimos una paliza, le quitamos el dinero, la grabadora y de paso le robamos su bicicleta china —hizo una pausa— ¿Y saben qué? Nos enteramos de que ese Fredy Pérez anduvo por el Condado y visitó a Ignacio en su casa ¿Alguno de los aquí reunidos lo sabía?

Se produjo otro estallido, este parecido a una andanada disonante, mientras Pavel permanecía de pie, en una oscuridad poblada de innumerables visiones que lo miraban fijo con sus caras acusadoras que se iban desvaneciendo.

—Entonces decidimos analizar toda la investigación hecha por el teniente Pavel Lazcano y descubrimos muchísimas incongruencias, errores incluso en los métodos indagatorios. Les estoy hablando de no poner protección a una víctima atacada con arma blanca, hospitalizada y que perdió la vida por esa causa, les estoy hablando de ocupar como evidencia una jaba de comida pasada a un preso incomunicado. Hemos sido muy benévolos y responderemos por eso, pero creo que aún no es tarde. Lo sucedido hasta ahora nos obliga a replantearnos todo otra vez desde cero, con la tremenda presión que tenemos encima por esas dos muertes y la mujer desaparecida.

La voz del Coronel Lorenzo Lunar por fuerza sobrepasó la de los participantes.

—Entonces recurrimos a la ayuda del teniente Denis, que con mucha profesionalidad acompañaba en el caso al Investigador Pavel Lazcano, junto al agente especial Fuentes, que no está presente y no lo estará nunca más por causas que todos conocemos; el teniente Denis nos manifestó su preocupación con los métodos del teniente investigador Pavel Lazcano y así nos enteramos que este desde el principio estaba trabajando por su cuenta, sin concilio con nadie, lo cual fue corroborado por el capitán López, también aquí presente, que incluso le hizo una llamada de atención por este motivo.

Un nuevo murmullo.

—No somos injustos, incluso en el transcurso de esa investigación se produjo un incidente que pudo convertirse en un problema político interno. Se corrió la voz de que nosotros nos habíamos aliado al Consejo de Iglesias para destruir a la Asociación Yoruba. ¿Alguien sabe por qué?

Claro que lo sabían, pero nadie lo dijo.

—Porque por orden del Investigador Pavel Lazcano, aquí presente, un agente nuestro, que lógicamente no está presente, se metió en una Iglesia Cristiana, a hablar con un cura y después fue directo a una Casa templo Yoruba, entró sin contar con el dueño y le cayó a patadas a la gente. Luego para rematar, destruyó un altar de santos. La suerte fue que yo mantengo excelentes relaciones con la Dirección Provincial de la Asociación Yoruba y evitamos que esta pronunciara una queja; desgraciadamente al agente especial Fuentes no lo pudimos salvar.

Aquello parecía el clímax, pero el Coronel Lorenzo Lunar no había concluido todavía.

—¿Alguien de los aquí presentes quiere que los tambores batá suenen en contra de nosotros?

Nadie quería eso, por supuesto.

—¿Y quién quiere que repiquen a favor?

Manos unánimes levantadas con entusiasmo. Esa era la verdadera cumbre

—Analizado todas las circunstancias decidimos primero que nada liberar inmediatamente al sospechoso principal, Ignacio Rodríguez, le pedimos al teniente Denis que se ocupe de esto cuando concluya la reunión y le de las disculpas de nuestra parte; segundo, que el teniente Pavel Lazcano se ponga en contacto con el teniente Denis inmediatamente y comparta con él toda la información que tiene sobre el caso, contándole en detalle lo que ha hecho y los posibles por qué, explicándole asimismo cuales son los FH que están colaborando actualmente con él. Esta es la prueba de fuego de Denis.

Pavel parecía estar fuera ya de su letargo. En realidad, solo había escuchado claramente las últimas palabras del Coronel Lunar. Así que se cuadró militarmente y dijo.

—Sé que me ha faltado comunicación con mis hombres, mayormente con Denis, y me autocritico por eso, lamento profundamente lo sucedido al Agente Especial Fuentes, pero me comprometo ante todo el colectivo a mejorar la situación y también aprovecho este marco para adelantarles que el caso va progresando, y que tenemos detenido a un sospechoso, gracias a la acción conjunta de nuestros órganos y del pueblo. Que confiese parece cuestión de tiempo. Existen muy buenas pistas, se los aseguro.

—¿Qué? —la cara del Coronel Lunar se llenó de asombro —¿Es posible que no haya entendido teniente investigador Pavel Lazcano? Entréguele el caso al teniente Denis, porque usted está fuera. Y pasará de inmediato a cumplir otras tareas.

—También importantes —le apoyó el Capitán López, persuasivo.

Pavel "el lacra" levantó ojos asombrados para mirar las tres caras, más bajas que la suya.

—Al principio pensamos dejarle acá en Santa Clara, en otra de nuestras Unidades urbanas, pero se presentó un problema en un pueblo del Escambray y razonamos que era mejor que fuera allá.

El Coronel Lorenzo Lunar se rascó la barba, enseñando otra vez los dientes.

—Hay un caserío en medio del lomerío de Manicaragua, de donde sabemos que se está bajando café ilegal en cargas. Y a cada rato también sale hacia acá algún viaje de maderas preciosas.

El teniente Investigador Pavel Lazcano no podía dar crédito a lo que escuchaba.

—El Jefe de Sector de ese lugar era un suboficial llamado Mario Brito —intervino de nuevo el Capitán López— pero hace tiempo renunció, no quiso revelar el por qué, aunque imaginamos que estaba demasiado comprometido con los maleantes, pero eso no es lo más importante ahora.

—Vamos a enviarle a usted allá, de Jefe de Sector, para que acabe con el relajo en ese nido, confiamos en su capacidad y sabemos que es un policía eficiente y sacrificado. Todos los compañeros de esta Unidad, aquí presentes, comparten nuestro criterio —tomó la palabra otra vez el Coronel Lorenzo Lunar en un tono grave; sentado con la espalda muy recta, con esa actitud que adoptan los ídolos orientales una vez que ha pasado la tormenta.

—Y para que se vaya familiarizando con la situación, es un Proyecto experimental, idea del grupo de trabajo del Departamento de Criminalística que encabeza el Coronel Lunar. Estamos hablando de una policía más integral y activa, que se halle permanentemente en el teatro de operaciones y que sea capaz de dar una respuesta rápida ante el delito y adaptarse a cualquier situación por repentino que sea el cambio de esta —dijo el Capitán López.

Iban a limpiarse con él. El pez grande siempre se comía al chico. La cara de Pavel, sus brazos, sus piernas, todo él se revelaba ante aquella tremenda injusticia.

—Un criterio parecido a la concepción de la Policía Montada del Canadá, pero no igual, porque este Proyecto es comunitario y propio nuestro —volvió el Coronel Lunar a la carga.

—Queremos aprovechar su experiencia en los barrios marginales de Santa Clara para sacar adelante esta misión. También hemos tenido en cuenta que usted tiene nivel universitario, pues como se trata de una tarea experimental, para su generalización se necesitarán informes muy claros y precisos, sin pasar nada por alto. Como se dijo hace un rato, todos aquí coincidimos en esos criterios y apoyamos la proposición del Departamento de Criminalística del Ministerio —el teniente Denis habló por primera vez.

"Queremos, queremos..., hijo de puta. Y arriba de eso me van a llenar de papeles ¿Quién eres tú para dar opiniones? Andabas detrás de mi puesto, y yo estaba ciego contigo. Pero esto no se queda así, que va, yo te la cobro así sea lo último que haga en la vida"

—Si como esperamos cumple con nuestras expectativas se lo vamos a considerar como una promoción —agregó el Coronel Lunar

Pavel "el lacra" tragó en seco, pero no pudo contenerse por más tiempo. Dos lagrimones en forma de alegato descendieron por sus mejillas.

"Jefe de sector al lomo de un mulo, cayéndole detrás a los guajiros por una lata de café o a los arrieros por esas lomas en los quintos infiernos del Escambray, ¿para qué diablos estudié y me sacrifiqué tanto?"

Lo más difícil sería contárselo a su mujer.

"Ella siempre con la cantaleta de que me estaba acabando con la vida, que la Unidad ya tenía su nombre, que el día que yo no les conviniera me daban una patada en el fondillo y como si nada. ¿Ahora quién le aguantaría los "te lo dije"? De día y de noche escuchándolos, un camión lleno de "te lo dijes".

Le esperaban días muy duros.

Los árboles que no dejaban pasar la luz del sol, la luz del sol, el suelo lleno de hojas, la peste a estiércol, el fanguero, el juego de dominó los domingos en casa de algún colaborador, las miradas torcidas de la gente del pueblo, la turbina rota, el rio crecido, la maestra de su hijo, con pobres conocimientos, su hijo cada vez más bruto, la casa de madera y techo de zinc, el polvo, el frío, el calor, la lluvia, las quejas de su mujer por todo y por nada y otra vez las lujurias sin savia, deshidratadas por los disgustos que ya habían desaparecido desde que se mudaron a la casa nueva del Reparto Militar, en el barrio Malezas.

—¿Y cuando tengo que salir para ese lugar? —preguntó, alisándose los pómulos.

—Ríos de Primavera —dijo el teniente Denis, con una sonrisa disimulada y pasando a tutearlo descaradamente— el pueblo adonde te han designado se llama Ríos de Primavera.

CAPÍTULO LXV

El Síndrome del arca

E l barrio ardía. La primera percepción que tuvo Manolito de que la caída del andurrial podía ser definitiva fue cuando Raúl el fotógrafo le pidió licencia a Robin para visitar a una supuesta prima de Chambas que se estaba muriendo; pero cuando "el nene chalupa" casualmente miró por una rendija del cuartito se descubrió que el experto había limpiado hasta la cama, y nunca más se supo de él. A instancias de Robin, Manolito le preguntó a Rosmely "la vikinga" por su prima enferma de Chambas, y esta dijo que ellos no tenían familia allí, es más, que supiera Raúl nunca había visitado Camagüey.

Luego cerraron totalmente la candonga, con multas y decomisos incluidos; después Robin "el dibujante", le pidió a Manolito gentilmente que le diese más calor y mayor atención a su pobre mujer, en otras palabras, que hiciera mutis de su casa en la calle Ciclón.

Pero lo más increíble para todos fue cuando los habitantes del contorno vieron al "dibujante" en la calle, vestido modestamente de paisano. Un negro escuálido, la ropa colgante sobre los huesos. Ridículo, estrafalario, absurdo, con un desorganizado rostro alocado.

"Una peste", pensó Manolito.

Las cosas empezaron a complicarse en el barrio desde que Ignacio fue detenido bajo sospecha por el asesinato de su primo Pedro. Luego le tocó el turno nada menos que al "Fide Stevenson", y ese fue un aviso de que el investigador Pavel, el de los "lacra" de América Latina, no creía ni en su madre.

Después que lincharon al Beni en el Gigante, el Condado se convirtió en una hecatombe. Estaba claro que a Robin el barrio le quedaba grande. La policía no salía de allí. A cualquier hora del día o de la noche se podía encontrar uno de boca con un carro patrullero.

Cuando Ignacio cayó preso por segunda vez, por la desaparición de la mujer de su primo, la situación del barrio se puso en punto de ebullición. Luego cuando la gente esperaba que fuera juzgado y condenado, lo dejaron libre. "¿Sería chiva el tipo?" Cualquier cosa se podía creer.

Tanto cuidarse Robin de que no hubiera gente extraña en el barrio, de que no entraran la policía ni los fiscales. Tanto esfuerzo por nada, porque ahora el andurrial era una mierda.

Quizás ese era el momento de darle a Robin el empujón final para desbancarlo, como predijo la difunta Anita y ocupar el lugar que por derecho le correspondía.

Pero no era fácil. Pensó en cómo hacerlo de todas las formas posibles, hasta que llegó a la conclusión de que lo mejor era hacerle saber a Pavel "el lacra" y que este fuese quien detonase la granada, pero sin comprometerse él personalmente.

No había que ser adivino para saber que Robin guardaba sus cuadros y los cuerpos mutilados y putrefactos en la casa de Los Sirios; eran su vicio y su enfermedad: El síndrome del Arca, no podía evitar acumular todas aquellas cosas macabras. Lo hacía, así como otros coleccionaban perros, gatos u objetos curiosos; incluso allí estaban aquellos dibujos que nunca la policía encontró cuando él era jovencito y calló preso, acusado del asesinato de los amantes de su madre. Bastaba un registro para que se descubriese lo que contenía aquel estudio encerrado entre negras colgaduras. Se iban a sorprender cuando ocuparan la tenebrosa colección.

Lo malo era que si no lo fusilaban iba a salir algún día y entonces pobre de la persona que lo había echado para delante. Quien tuviera dudas que le preguntase a los fantasmas de los vecinos del barrio, nadie más los había visto, ni por fotos.

Lo más seguro era mandar una carta anónima a la Quinta Unidad, dirigida a Pavel "el lacra", donde le contaba muy por arribita lo que había dentro de la casa de Los Sirios, luego que él se encargara de lo demás.

"Robin no sospechará de mi, si no le cuento a Pavel cosas gordas no sabrá que fui yo, y cuando ese Pavel la emprende con algo lo sigue hasta el fin, sin freno, como un perro rabioso; se lo veo en los ojos"

Pero la suerte que tanto le predijeron le volvió la espalda. El "nene chalupa" le dejó caer una noticia. A Pavel "el lacra" lo habían tronado de la Quinta Unidad.

—¿Y no será una nueva estratagema del tipo, para cogernos a todos mansitos? —preguntó Manolito

Según "chalupa" aquello no tenía marcha atrás, porque fue nada menos que el coronel Lorenzo Lunar, el Jefe Provincial de Investigaciones y Criminalística quien lo hizo talco.

Manolito estuvo un día entero tragándose su resentimiento, pero al amanecer del segundo decidió ir a casa de Robin, aunque este le hubiese prohibido visitarlo. Aquello era demasiado importante ¿Y en dónde más podía corroborar la mala nueva?

Lo cierto era que el barrio se veía demasiado tranquilo, no había rastro de perseguidoras ni de policías. Cuando pasó junto al solar vacío donde antes había estado ubicada la candonga, vio al "mosca" barriendo el espacio que ocupaba la tiendecita de los plásticos. No había armado el puesto, solo pasaba la escoba, como al descuido.

—¿Cómo está Manolito?

—¿Qué tal su mamá y su esposa? Dele mis saludos.

—Después si puede, Manolito, necesito conversar con usted

El regreso de la gente a la amabilidad y al respeto de antaño, le dio una mala espina tremenda. Últimamente esos mismos apenas lo miraban en la calle.

A la altura del puente sobre el rio Bélico, apoyado en la balaustrada, Manolito se detuvo a contemplar desde la altura las aguas negras, pero repentinamente se sintió atraído por la fascinación de la muerte con tal fuerza que sintió un mareo y retrocedió.

Fue entonces que vio a Ignacio; caminaba lentamente, bamboleándose y los ojos sin ver. Casi tropieza con él.

Iba a decirle algo ofensivo, pero se contuvo, había algo en Ignacio que le inspiró un respeto mayor que el que había sentido momentos antes hacia el rio que fluía muy abajo.

Más allá del puente Ignacio se integró a la línea regular de las casas, vagamente delineadas en la contraluz del sol mañanero.

Era un día muy raro. Esperaba que Robin "el dibujante le reprochase su presencia, pero no ocurrió. Le abrió personalmente la puerta y luego fue directamente a su despacho y se sentó, pensativo y silencioso. No lo invitó a sentar, ni le reprochó el olvido por la falta del saludo.

Vestía otra vez de blanco, impecable. A Manolito se le estrujó el corazón. Decidió romper el hielo.

—Sabe, jefe, ahora cuando venía para acá vi a Ignacio. Caminaba como si estuviera ido. Me dio la impresión de que iba llorando.

Robin no contestó.

—Por poco tropieza conmigo ¿Qué se habrá creído ese traste?

—Ignacio estuvo aquí, vino a hablar —dijo al fin "el dibujante"

—¿Y qué quería, jefe, si es que se puede saber?

—Me planteó un negocio y yo lo acepté.

—¿Un negocio, usted con él? —preguntó Manolito asombrado.

—Me pidió que hiciera algo, a cambio el se irá inmediatamente de este barrio.

—¡Habrase visto alguien más fresco que ese tipo! Pero usted lo sazonó, Jefe, porque iba llorando.

—Ignacio no es un fresco, Manolito, es un hombre justo que ama a su hija. Hay que tener mucho coraje para pedirme lo que me solicitó.

—Usted disculpe, jefe, lo bueno es que al menos se va de aquí. Desde que ese hombre pisó el barrio no ha habido un momento más de tranquilidad.

—Vero, Manolito.

Luego volvió otra vez el silencio. Robin el dibujante se quedó mirando al "palomo" con sus ojos de piedra.

—La muerte es fácil, Manolito, y no asusta. Lo difícil es el viaje, a eso es lo que hay que temerle.

Un escalofrío recorrió la columna vertebral del "palomo" ¿Robin sabría algo de sus planes? El no los había comentado absolutamente con nadie, pero "el dibujante" hablaba de una forma muy sospechosa. Quizás Anita le contó a alguien antes de desaparecer. Manolito se dio por muerto y sus piernas comenzaron a temblarle.

—Saca el auto, Manolito y llévame a Los Sirios, tengo que trabajar.

"El palomo" se dio cuenta que hasta ese momento nunca había sabido lo que era el verdadero pavor…. Algo oscuro, confuso y zozobrante, abierto sobre él como un monstruoso abanico. Había un tufillo a flores secas dentro de la habitación.

—¿Perdone, Jefe, pero usted tiene que decirme si este viaje a Los Sirios tiene que ver con Ignacio? —lo preguntó haciendo gestos casi estúpidos con las manos. La cara pegada a los huesos, medio terrosa, lista a cuartearse de un momento a otro. "¿Cómo se le había ocurrido siquiera pensar en destronar a Robin? ¡Había que estar chiflado!"

El corazón de Manolito continuaba bailoteando locamente.

—Tiene que ver con Ignacio —afirmó "el dibujante" con desgano.

Manolito miró rápido el papel que había ante el "dibujante". Tuvo el atisbo de un boceto sobre la mesa; la cara deformada de una persona pelada al rape, que le resultó extrañamente conocida, atrapada dentro de una armazón de metal de la que salían infinidad de varillas que le atravesaban el rostro, una de las barras penetraba directamente sobre un párpado. El otro ojo estaba desmesuradamente abierto por el terror y el labio superior, que se veía desgarrado casi hasta la mitad de la mejilla, dejaba al descubierto la encía y los dientes, rojos de sangre.

"No importaba quien fuera, el caso es que no era él..."

Robin fijó su mirada de vidrio en Manolito. Este sorprendido en pleno acto de fisgoneo desvió la vista rápidamente, de su boca escapó un sonido parecido a cuando se descorcha una botella de sidra.

—¿Entonces por fin Ignacio se va a llevar su merecido, Jefe? —preguntó, para proseguir la conversación interrumpida y sobre todo para que el dibujante pensase que él no había visto ni una línea de aquel esbozo macabro.

—Sí Manolito, al fin.

—Sabe, Jefe, no entiendo como un plasta como ese tiene esa tremenda mujer.

La voz de Robin sonó extremadamente rara. Fue aquel sonido frío y despersonalizado que puso otra vez en alerta a Manolito.

—Olvídate de la mujer de Ignacio.

—Yo solo le decía lo buena que está...

—Jamás la viste en este barrio, no recuerdas su cara, nunca existió ¿me entiendes?

—Lo entiendo, jefe, lo entiendo —repitió Manolito, haciendo otra vez gestos impotentes con las manos.

—Cambia el tema ya, Manolito.

—Y cambiando de tema, Jefe ¿Usted sabe qué se habrá hecho de aquel "cana" que tenía el barrio a punto de parto, Pavel "el lacra", se llamaba?

—Y cómo quieres que yo lo sepa, Manolito ¿acaso me ves cara de policía?

Su voz sonaba tan falsa como una moneda vieja.

ÍNDICE

©Copyright: Reynaldo Cañizares
©Copyright: De la presente Edición, Año 2018 WANCEULEN EDITORIAL

Título: EL SÍNDROME DEL ARCA
Autor: REYNALDO CAÑIZARES

Editorial: WANCEULEN EDITORIAL
Sello Editorial: WANCEULEN NARRATIVA

ISBN Papel: 978-84-9993-906-3
ISBN Ebook: 978-84-9993-907-0

Depósito Legal: SE 1519-2018

Impreso en España. 2018.
WANCEULEN S.L.   C/ Cristo del Desamparo y Abandono, 56 -
41006 Sevilla
Webs: www.wanceuleneditorial.com y www.wanceulen.com
Email: info@wanceuleneditorial.com